锦城烟云

下册

龚莹莹 著

陕西师范大学出版总社

下部

芙蓉三醉

22. 诗书城

花蕊此行微服，身边只带了玄宝和如常。

如常五岁了，花蕊希望她在懂事之前，以张氏后裔的身份祭拜父母，告慰张公铎和暮雨的在天之灵。暮雨是朝光身边长大的孤女，她用尽一生的努力摆脱散花楼的桎梏，随着张公铎薨卒，却不可避免地要继续为青衫效力。花蕊在玄宝满月之后得知，就在张公铎下葬的前夜，暮雨自杀殉夫，是李玹赶在朝光到来之前将如常交给了孟昶。

赐予如常公主的身份是皇帝给予张公最好的关怀。

彼时驸马伊延环调任嘉州，眉州刺史名叫申贵。

花蕊头戴幞巾做男装打扮，身穿青底团花锦衣，一副翩翩浊世郎君的模样。韩保贞是皇帝身边的大红人，刚一下船便被八抬大轿抬入州府，申贵眼拙，只将花蕊、玄宝和如常当成了韩保贞的朋友亲眷。一连住了两天，酬酢设宴礼节烦琐，韩保贞脱不开身。

这天，花蕊请刺史遣几名仆僮给她，她要去祭拜张公铎。一行人经东门水码头上岸，来到一处叫作蟆颐观的桃源仙境。

张公铎和暮雨的陵墓就在离蟆颐观不远的山上。府中的掌事老嬷嬷领御旨购置了此地田产，儿孙皆为守墓人。嬷嬷平常就在观中修行，尽管年事已高，可她一眼便认出了花蕊，再看如常更是泪雨磅礴："都统与夫人泉下有知，当可安息了！"

一行人带着香烛、纸钱和酒水走向蟆颐观山上的陵园。祭品摆放在坟头，玄宝和如常跟在花蕊的身后，学着她的样子虔诚地跪在地上。

“都统，暮雨姐姐，蕊娘带如常来看您了。”说完，她深深地叩首而拜，礼节完毕，又命如常来到嬷嬷跟前。只见她的身后整整齐齐地站着儿子媳妇儿、孙儿孙女几十号人，如常睁着大眼睛，目光一个个地落到他们的身上。

“如常跪下！给道婆婆磕头。”

如常听话地后退了两步，俯身拜倒在地，用力地磕了三个头。白发苍苍的老嬷嬷一把将如常抱在怀里，号啕大哭，她望着晴朗的天空大喊：“都统，夫人啊！你们看如常长这么大了，她终于来看你们啦！”哭声回响在密林上空，周围的人纷纷落泪，花蕊也忍不住红了眼。不知过了多久，老嬷嬷才将如常放下，对花蕊躬身说：“放心吧，儿孙都在都统的墓前发过誓，老身子孙不绝，守墓不止，一诺千金，绝不食言，带着如常回去吧！”如常是个极聪明的小孩儿，她目不转睛地看着这一切，知道跟自己有关，虽然无法问清缘由，但这件事儿就像种子似的在她的心里埋了下来。

从蟆颐观回城，众人难得能在街市闲逛，见这眉州城虽然不大，却很精致。穿城三里三，围城九里九，东西南北四条街，街尽头便是城门，城中学馆林立，放眼尽是读书人。

“可顺道拜访李先生了。”孟九说着来到城西叫作纱縠行的织锦小巷。巨榕荫盖的掩映下有红墙环绕的小宅院，他敲开院门，奉上拜帖，上面写着“翰林学士长子县韩保升敬拜苏翁”。

“翰林韩先生？”姓苏的老人家身高八尺，脸膛红润，是个喜庆的老头儿。他接过拜帖，面露疑惑，一个垂髫小童从他身后探出头来，笑嘻嘻地伸出两根粉嫩的手指：“又来一个？”

如常趴在孟九肩头，抬起头来问他：“难道还有一个韩先生？”

“杲儿，不许无礼！”苏家翁拍了拍小童的头，听明来意后说：“请吧！”

花蕊一行跟进门，如常从孟九肩上溜下地，带着玄宝和那名叫杲儿的小童蹦蹦跳跳地往前跑。从正堂转至雨廊，池塘水岸徐徐展开，宅院占地面积不大，古木扶疏，殿堂匾额对联，词意隽永，彰显着浓郁的风雅文气，令人大开眼界。

来到藏书楼下，刚踏入书房，就看见楠木屏风下端然坐着一个熟悉的身影。如常大叫一声："阿耶！"丢下刚认识的小童，和玄宝一起奔上前去，双双投入那人的怀抱里。

苏家翁挥着手臂，提着衣袍踏入房中，大声说："先生你看，我又给你带了位韩学士！"屏风后站立着王昭远，扬着浓眉，忍不住哧哧地笑了起来。

圈椅里坐着的人是孟昶，在他对面，一儒士钳着茶盏微笑地看着他们。他身穿青碧襕袍，宽颐的下巴上蓄着三撮儿黑须，深邃的眼眶下灼灼闪动的是琥珀色的眸瞳。

花蕊眼角一热，恭敬地行礼揖拜："学生韩保升见过先生。"李玹示意她坐下，笑吟吟地问："几年未见，学问可有见长？"

"今日府上两位韩学士突然造访，让我迷惑不解，索性都迎进苑中！"家翁招呼花蕊和孟九落座，亲手就着老壶沸水捣茶。

"都是韩学士，无妨无妨！"四郎李玹也不多做解释，笑着掠过。

花蕊对苏家翁拜了拜说："眉州人杰地灵，学生代先生谢谢苏翁收留。"苏家翁摆摆手哎了声："先生治学有别于其他学馆，家中学童被他治得服服帖帖的，各家呈上束脩之礼比上年多了一倍不止，这是苏门的荣幸！"花蕊听苏家翁这么说，想起自己小时候。费府中的名士也数不胜数，可她最爱四郎李玹，同样一本《隋书》，经李玹讲读就比其他人来得有趣。几轮叙旧寒暄后，苏家翁告辞离开，孟九和王昭远抱着玄宝、如常去到厅外，小童苏杲跟他们玩儿得不亦乐乎。

房内剩下孟昶、花蕊和李玹三人。

李玹说："朝廷发生的事在坊间传得沸沸扬扬，据说太尉遭小人构陷，得陛下谕旨包围其府邸，幸有李廷力辩才得以豁免，太尉心灰意懒，自请解除军权。"

"嗯……"孟昶不经意地皱了皱眉，"我与他君臣缘薄，退了也好。"

李玹见他未做辩解，恐怕确实对赵廷隐心存愧疚，说道："以往蜀人从不关心时政，现在连五岁的学童都能议上两句。杲儿就问我，是不是因为陛下推行轻刑，两位宰辅臣相才得以保全？"

"严刑峻法在乱世中能以刑去刑，大蜀尊儒崇道，民风淳朴，推行轻刑已成必然。至于两位宰辅，"孟昶坐直身体，看着李玹说，"不管有没有推行轻刑，都得保全啊！中书令告老还乡，朕准他以太子太傅全身而退。如此，先帝留下的宰辅大臣，六去其五，只剩毋相一人。"

"数十年苦心经营，陛下总算真正执掌蜀朝大权，接下来可有新的打算？"

"毋相提议于明年春天设置吏部三铨，礼部首开贡举，力求在朝中推行经学文治，其实也是朕期待已久的新气象。"孟昶的脸上露出迷惘而疲倦的神色，顿了顿才说："当年三郎认为蜀地据守容易，主动进取无异于自取灭亡，你责怪我逃避自己的命运，几乎不愿意出手救治一个无为的君主。"

"呵呵。"李玹笑起来，似有几多回望和惆怅。

"现在，三郎想继续请教先生。"

李玹眯了眯眼睛，起身走入房中，他解下交领长袍，脱去袜履，从壶门底下抱出一卷大轴地图缓缓铺开。

那地图足足占满半个内庭的地面，是一幅囊括十国的地形图纸。

花蕊认出这是李玹游历时节重新绘制的，和花间草庐的那幅比起来有所不同！孟昶同样惊诧，目光落在图纸上再也挪不开。

李玹说："北辽将幽云十六州纳入版图，已然超越中原，成为名副其实的大国，我华夏却还四分五裂，征战不休。如今，陛下秦、阶、成、凤四州在手，可打算继续北伐？"

"北伐？"孟昶眼中的光彩倏地闪了闪，他想了想说："张虔钊失利后，入陇右的兵力都西撤到了秦州，分兵扼守诸门及衢路。朝中接连失却两位肱股将领，军心难免涣散。朕也在考虑是否要打一场来重振军威。"

“打一场……嗯……”李玹觉得失望，皇帝似乎没有对北伐进行整体展望，想到朝中刚刚结束的那场震动，李玹理解孟昶，但也因此陷入了尴尬的沉默。

花蕊想打破这沉默，问道：“师父为什么在浣花留下那幅画帛，让我们猜得好苦！”

“醉酒涂鸦罢了，陛下用不用得上都不影响什么。”李玹眼看花蕊不解，望了望孟昶，笑着解释道：“说来话长，还得从鹤峰土司田行皋说起。”

花蕊记得，当初在柳庄店时，听柴七讲过，这人与张业有串谋。田行皋原是鹤峰土司，归蜀后被高祖知祥封为施州刺史，孟昶前不久才调他入朝任兵部尚书，可他行为粗鄙，屡教不改，只好又将他遣回施州。张继昭投靠施州以后，与京畿遥相呼应，策应反叛被朝廷剿灭。田行皋逃到江陵，南平王迫于蜀国的压力，不敢袒护，却又不愿放人，索性便处死了他。张继昭得柴七搭救，侥幸逃过一劫，也正因为如此，张继昭才完全放下对柴七的芥蒂。在后来缉拿张业的过程中，柴七立下汗马功劳，现在已归入了韩保贞的麾下。

花蕊知道李玹目光长远，远非自己可想象，于是笑道：“难怪当初柴七不肯回蜀，你们将他放出去那么多年，真是不简单！”

孟昶说：“蕊娘能看出凝烟阁的端倪，也不简单，顺利抓住张继昭，你记首功！”

花蕊摆了摆手，说：“三郎跟师父布控了这么多年，我却班门弄斧，还当自己发现了什么了不得的秘密呢！”

李玹说：“蕊娘聪慧绝顶，那张画帛是我与朝光在浣花醉酒时的涂鸦，的确是故意留下的，权当留个线索提醒陛下。”

“朝光，怎会轻易信你呢？”花蕊问，“她绝不是我们想象的那般糊涂。”

“朝光是生意人，名义上讲，我还是川楚八帮的帮主。”李玹道，“我付出一些代价请她引见张业，助我铲平高从诲，她信不信都不重要。”

李玹的话让花蕊想起暮雨的死，想到她说过的那些话，想到自己能够一帆风顺全靠恩师庇护，此时他却流落到此寄人篱下，不由得心痛鼻酸，说：“师父，您一个人太不容易了！青衫扶持张业，接下来定会为难您的，让蕊娘……”李玹摇头打断了她的话：“青衫也是一样，讲求顺势而为，传国玉玺一天未出现，他就一天未做选择，不会那么轻易树敌的。趁现在还有时间，陛下试着改变大势吧！”

“噢！”花蕊想起暮雨曾说天家势小可欺，李玹为何重新回蜀，并鼓励她入宫。孟昶也明白了，这片苦心让他不由得感动万分。两人双双拜倒在前，感谢他辅佐之心。

“那日我与朝光在浣花喝酒聊天，说起暮雨和蕊娘，她似乎也很动情。当时酒醉涂鸦，我在挖有地道的小殿上标注了‘凌烟阁’三个字，告诉她东湖凝烟阁并非皇城的凌烟阁，即便张业霸业得逞，也不过是一只山鸡插羽的假凤凰而已。”

“先生所言，与蕊娘同出一辙，正是心意相通！”孟昶诚挚感谢，说道，“张业已被正法，先生大可不必寄人篱下，就此随我回朝吧！”李玹摇着头笑起来：“四郎终其一生脱不了波斯人的本色，喜游历摄生，爱卖香制药，教书治学而已，终非治世良才。”

李玹性情古怪，人所共知，话已至此，孟昶知道无法强求。

苏家后苑中摆了酒席两桌，一行人受苏翁盛情款待，饭后又走到街市闲逛。小城巷陌纵横，酒肆盈门，玄宝、如常自小深处宫禁，见到品类繁多的民间花样，开心得哇哇直叫。

路过文庙广场，万仞宫墙的对面有家梁记米市，周边羹店、酒店、香药铺、绸庄人来人往，街边有贩夫搭车架炉烤芝饼。孟九抱着玄宝买饼，孟昶随手指着米行问那卖饼人家：“请问小哥儿，今日米价多少？”

那年轻小哥儿乐呵呵地一笑：“蜀王开恩，赋役都省了，眉州城和成都府一样，斗米三钱很多年了！郎君是个读书人，不认得稻麦，不知道米价呢！”

“我家阿郎刚回蜀地，小哥儿说说，当今蜀主究竟什么样？”花蕊故意问他。

“怪不得！”小哥儿立刻神气起来，他一边揉面搓饼，一边将孟昶上下打量了一番，“郎君算得上一表人才，但跟我们皇帝比就差远了。天家原是晋阳人氏，他身长九尺，美髯二尺，面若白瓷，唇如丹脂，丹凤眼、卧蚕眉，那叫一个相貌堂堂、威风凛凛！”

“身长九尺！”玄宝和如常咯咯地笑成一团，孟九赶紧拿饼塞到他们嘴里。

“蜀中百姓和乐，如果有天不做皇帝，随便找些事做也能养活你们。”孟昶心里高兴，告别卖饼小哥儿，负手看着集镇的百姓感慨道。

“卖芝饼就很好！”如常手里还捏着刚咬了半边的芝饼，大声地提议。花蕊哂然而笑，孟昶敲敲她的头说：“如常，你把芝麻吃到鼻子上了，嗯？”

“阿耶打鱼卖吧，我要大嘴鹅！”玄宝窝在孟九怀中，手指着擦身而过的渔夫。“阿耶怎么能去卖鱼！”孟昶不乐意，声音也不自觉地提高起来。花蕊哈哈大笑，皇帝刚才还说愿意放下身段随便找事情来养活家人。“我看写字卖画不错！”孟昶不理会花蕊，走到万仞宫墙之下。这里有一位中年儒生提着一杆布杵，就着脚边的木桶，一边沾水一边在青石板地面上书写《易传》，旁边围观了不少人，另有几名学童跟随模仿。孟昶凝视半晌，见他身姿挺立，地上的文字笔法精美、遒劲有力。广场人来人往，或绕道而行，或驻步围观，他与学童均享受其中，毫不在意。

孟昶感叹道：“蜀地孕奇育秀，想不到小小眉州城也有这般人物。”

儒生抬头看了看他，朝天拱手说：“郎君有所不知，文翁治蜀首重教育，以至巴蜀好文雅；之后高目矢承文翁遗风，筑周公礼殿，兴复第馆；今朝更甚，丞相毋昭裔受命主上兴馆办学，取九经琢石于学宫。你们中原人不也是看到这番世平道治，民物阜康，才避祸于此吗！”

孟昶深受鼓舞，眨了眨眼问学者：“兴馆办学、刊刻石经好是好，但四方战乱，蜀中人人饱读诗书，弃武从文，万一打起仗来怎么办？”

“马上得天下，安能马上治之？商汤周武以武力争得天下，以文治守成让国家长治。蜀地民风自来彪悍，文治是安顿心性，凝聚人心的良策。倘若有朝一日外敌来犯，蜀人必然投笔从戎，誓死捍卫家园！”保境安民是朝廷和公卿的责任，他想不到巷陌中的文士庶民有这等见识，于是忍不住又问：“蜀国与中原、江淮各国分庭抗礼，以文治国如何得天下，这不是笑话吗？”

儒生仔细看着孟昶，鼻翼阖张，眉尖高耸：“如何得天下是朝廷和皇帝的事，苏某一介读书人，只知民心所向。”

“民心何在？”

“上月蜀主以雷霆手腕铲除悍臣，成都府的百姓无不拍手称快，苏某以为这就是顺应民心的弃武之举。大蜀陛下要得天下，首要致力传承文脉！陛下撰《官箴》颁于各州府，让官员‘历历在目’，‘隐惕于其心’；又设匦函于四门，定期开启，避免蒙受视听不清之祸，这番举措跟始皇帝焚书坑儒，堵塞言论的办法迥然不同。主上治蜀如此，治天下又有何难！”

孟昶心中畅快，不禁大笑着拱手行礼：“先生言辞恳切，孟某受教了，敢问尊姓大名？”

“在下蜀中处士苏祜。”

孟昶听闻再次行礼告辞，一行人飘然离去。

苏祜重新沾了清水，专心地写起字来。待桶中水尽，正准备与学童收拾离开，旁边有个青袍青年拨开人群微笑着走来。苏祜认出这是先前那位郎君的随从，只见他恭恭敬敬地拱手说：“我家阿郎赠先生束脩薄礼一份，万望休要推辞。”说完递上一个锦袋，告辞离开。

苏祜漫不经心地接过锦袋，只见内中有金锭一枚、条墨一根。学童中也有有见识的，其中一个大叫着：“先生这是徽墨吧，上面还有金粉勾纹！一两黄金一徽墨，这位贵人到底何方神圣？”苏祜神情微变，倏地收紧了袋囊。他望着孟昶离去的方向沉默许久，这才躬身抬手深深地拜了一拜。

23. 忆陇山

这是多事的广政十一年（948 年），正月夺取关中的三路王师战败而回，朝廷痛失中书令；宰辅张业起兵谋反，王处回、赵廷隐陆续请辞，迄今为止能让孟昶感到振奋的就是在眉州遇到的处士苏祐了。李玹说得对，天下未统，还有时间改变大势，有蜀地百姓支撑，孟昶感觉自己并不是高处孤寒的寡人，还能安然承受摆在他面前的混乱不堪的朝政。

六月这天凤州边奏，北境的形势突起变化。屯驻于凤翔的王景崇派出密使，蜡丸书中表示愿意投降蜀国。没人会想到，这个逼退李廷出散关，令张虔钊吐血而亡的汉朝将领，竟要率军归蜀！

“兕奴有半月没看到阿耶了！”

玄宝和如常坐在花树下玩耍。一群宫娥正围着他们编篱笆，刚出壳的小鹌鹑四散在周围叼虫吃。

玄宝走上琼台，手心里还捧着一只花毛小雀：“阿娘，小鹌鹑都快长大了呀！”

“长大不好吗？”烟柳手里拿着刮刀将竹片儿启成篾丝，她的脚边还放着一捆竹丝。

花蕊放下手上的书卷，伸手接过小雀，笑吟吟地说：“是啊，长大就能飞了！”

“飞到狮子门外去！”玄宝认真地说道，“阿耶还不认得它们，飞过去打个招呼！”

正说着话，一阵馨风吹来，细碎的脚步声在花树后响起，如常从矮丛里跳出来，大喊着："阿耶！"人影一晃就不见了，玄宝听闻，也立即掉转头跑去。

果然是龙驭驾临，花蕊笑逐颜开地迎上前。孟昶从花树后现身，左边抱着如常，右边抱着玄宝，款步走来，身后跟着一群提盂执扇的内监官。

"先跟花毛和素毛打个招呼！"孟昶笑着将如常和玄宝放在地上，跟着他们走到花树底下蹲下来。

"这些花毛的和素毛的要分开养，烟柳，竹篱笆编好就给我吧！"玄宝说，"交给我，请阿耶先用茶，我们把小鹌鹑的地盘儿分好。"

孟昶感到很好奇，问道："花苑这么大，兕奴为什么要将它们围起来？"

玄宝一边用竹片在花苑的地上划出线，一边把竹丝编好的短篱交到宫娥手中："这些素毛身强力壮，经常抢花毛的虫吃，还要扑啄它们。玄宝只好将它们分开，花毛才能获得安宁。等它们长大以后，花毛就不怕跟素毛一起拼抢了！"

孟昶的目光越发柔和起来，他拍了拍玄宝的头说："好！就让花毛在自己的地盘儿上长大，总有超过素毛的一天！"

他说完站起身，和花蕊一起走上琼台。

长榻上铺着冰簟，孟昶全身放松，斜靠着席枕。琉璃耳盘里放着玄宝最爱吃的玉露团，花蕊捻了一块放在他嘴里，冻过的奶酪在口中化开，像丝绸般顺滑流淌。"……不管怎么说，这是天大的好消息！王景崇若能像何重建那样率凤翔归蜀，关中败绩不足挂齿，三郎也就可以安安稳稳地补睡一觉了！"

"王景崇怎么能跟何重建比？"孟昶捏着花蕊的手，掰着她的手掌摩挲道，"当初朕自信可以囊括凤翔，以至朝廷损失惨重，再行提议众臣都很谨慎，分歧更严重了。"花蕊徜徉乱世七年，她很清楚那些江湖武人的习性："王景崇是因利而动的武将，三郎何必自寻烦恼！"

孟昶紧蹙着眉头说："王景崇将李廷逼出散关，俘虏蜀军四百多人，中书令战败后吐血而亡。张虔钊的旧属，都不接受招降王景崇，纷纷请命披挂上阵要将凤翔打回来。章九龄和幸夤逊今日还在朝堂上把李昊骂得狗血喷头。”

“这些言官的坏脾气都是三郎惯出来的，怎么骂的？”花蕊笑问。

“李昊力主招降王景崇……”

“嗯，凤翔确实太诱人了。”

“章九龄骂他没有节操，是软蛋。”

“确实……王景崇背负着蜀朝太多血债……”说这话的时候，花蕊的黑瞳目不转睛地看着孟昶，“王景崇这样的人，不会只向陛下投了蜡丸书吧？”

孟昶心里一动。

话说蜀朝也有自己的情报系统。这天，长安和汴州的探子回报，王景崇的亲卫牙兵赵思绾在长安反叛，向丞相李守贞敬献御衣奉其为秦王！李守贞身为汉室丞相，官至太保，但他曾投靠北辽并接受司徒高职，同时以郓州节度使的身份跟随契丹进军汴州。这是一个无耻之徒，面对百姓的唾骂全无愧色，还暗中支援草寇，令他们偷偷举事，自己则派兵占据潼关。

“朝廷柱国与王师瞬间成了叛军，这乱象叫人厌恶。”孟昶接过奏疏冷冷一笑，“中原三地反叛，让枢密使郭威趁机把持了军政。”

“他不这样，还能怎么办呢？”安思谦面带忧郁地自言自语。

“哦？”孟昶蹙眉抬眼，瞬间垂下了眼睑。

安思谦意识到自己失言，赶紧改口说：“王景崇投蜀是假，利用天家出兵牵制汉军是真；但天家亦可利用这次机会，授予主帅临机专断之权，强取凤翔！”话音刚落，韩保贞也拿出蜡丸中的密信对皇帝说：“陛下你看，同样的蜡丸，吴越和契丹也收到了。”

果然如此……

孟昶并非没有注意到安思谦的话，只是他在思量另外一件事。朝中接连痛失肱股武将，军心涣散，确实需要一场战争来重振军威，考量新帅。

“既然王景崇投诚，朕便改他所领的凤翔军为岐阳军，封他为岐阳节度使，同平章事，派军应援便在情理之中了。”

朝会上，毋昭裔上疏进谏：“以臣愚见，陛下还是不出兵为好。后唐庄宗皇帝贪于向西征伐，前蜀王衍意在向北进军，当时凡在朝臣子，全都劝谏上疏，他们也都没有听取采纳。结果呢，什么成就也没有！有这两朝先例做借鉴，还请陛下三思。”

可孟昶心意已决，为安抚安思谦因赵廷隐一事引起的芥蒂，让他改领山南西道节度使，授予专断之权。高彦俦和申贵随他一道领兵救援凤翔，又责韩保贞从千阳出兵来分散汉军的兵力。

“安思谦对赵太尉落井下石不成，一直耿耿于怀，他毕竟是朕自幼以来的亲随爱将，希望你们能看到他的诚意，改变对他的看法。”

私下里，孟昶这样对毋昭裔吐露心声。

“既然这样，臣等拭目以待。”毋昭裔无可奈何地摇了摇头。

转眼，几个月过去了，秋风飒飒，醉芙蓉在枝头盛放。蜀地的秋天和木芙蓉的花期一样深长，朔风卷曲的落红纷飞中，皇城的仓鹞起起落落，边奏按时送达，同时到来的还有暗探的一封封密报：

二十一日，安思谦驻扎在距凤翔四十里的宝鸡寨以西，汉军驻扎宝鸡。申贵率兵两千奔赴模壁，在竹林中设下伏兵。

二十二日早晨，申贵用几百士兵逼近宝鸡布阵，汉兵驱逐，在竹林中了埋伏，申贵乘胜追击，攻破宝鸡寨。安思谦非但未向宝鸡增兵反而令申贵带兵离去，以致汉军重新进驻。

二十四日，安思谦领兵驻扎到渭水之滨，汉军增兵五千保卫宝鸡；安思谦对众将领说：“军粮太少，敌军强大，先撤回，为以后打算。”

二十六日，安思谦退兵驻扎凤州，不久回到山南西道兴元府。

孟昶捏着密报眉头紧蹙，秋日的斜阳下，他的眼瞳中迸射出一道凌厉的光芒。

安思谦心中有气！孟昶明白。但他诬陷赵廷隐谋反是莫须有的，败坏的不仅是自己的名声，还有皇室的。孟昶后悔自己意气用事，给了安思谦专断之权，他只好又一次以墨制直接向高彦俦下旨，要他阵前督促安思谦："王景崇屡次上表告急，朕命安思谦务必出兵援救！"凤翔如此紧要，他量安思谦不敢在这个时候延误军情。

但是边奏传回的消息再度让他震惊：十一月初八，安思谦从兴元府领兵驻扎到凤州便不再前行，他要求先运军粮四十万斛才出境。孟昶又气又恼，咬着牙冷笑说："看他的意思，怎肯进兵攻取！"话虽如此，孟昶依然调集了兴州、兴元的几万斛米发送了过去。密报称：

> 十四日，安思谦进兵驻扎散关，高彦俦、申贵袭击并攻克汉军箭安都寨。
>
> 十六日，安思谦在玉女潭打败汉军，致使汉兵马退守宝鸡，安思谦进军驻扎在宝鸡寨西南的模壁。与此同时，韩保贞也从新关出兵，驻扎陇州神前，与汉兵形成了对峙。

"粮食吃完了，我们也该回去了！"在一鼓作气乘胜进取的关键时刻，安思谦却傲慢而冷淡地下令撤军，高彦俦几番请求，甚至提刀对峙，也未能改变他的心意。

腊八前夕，成都府下了一场罕见的大雪。

孟昶刚为教坊谱完年终宵宴上的一批新曲，就接到了边奏，心绪烦乱的他摆驾天启宫，花蕊却不在。他径直来到琼台，只见摩诃池上人鸟俱绝，宣华苑的殿前屋顶白茫茫的一片，宫人们都藏在暖房中歌舞宴饮，只有满池雾气弥漫，水面上孤零零地漂浮着一只平头小船。

他留富贵在琼台，独自撑篙去往湖心的丹霞亭。

丹霞亭内，地龙熏蒸，厚厚的裘席上，有炭炉烧酒咕咕作响。亭中缥缈着馥郁的酒香，其间两人相对而坐，一红一黑犹如滴落到白色画帛上的朱砂和墨迹。

花蕊身穿朱红锦缎披风，怀中抱着一把紫檀五弦轻拢慢捻。一曲《忆陇山》未毕，她放下琵琶，伸手提起酒壶来。孟昶开口："朕知道你是痴人，这么冷的天也只有你会到湖心来做这闲情雅致的事情。"说着接过花蕊手中酒壶为她斟了一杯。

两个人接连痛饮三大杯，直到身体慢慢温热起来。花蕊这才轻轻地拿走了他手中的边奏："要说痴人，还有比蕊娘更痴的人！"孟昶听了花蕊的话，像被一箭穿胸，他扭头看着薄雾茫茫的池水，喃喃说："虽说他无义，朕却不能无情！"

遥想关山古道，陇上吹笛的少年将军，身边总是随侍着安思谦。事实上在他们的少年时代，很多军队的将领拉扯队伍四处投靠，养成谁给钱多就跟靠着谁的习性。曾经摔杯歃血、誓死捍卫的情谊至此改变，十多年的君臣义气成为赤裸裸的买卖，这样的利益交换，毫无情分可言。边奏有消息说，韩保贞本已出新关与汉兵对峙，但随着安思谦的撤离，他只好退守到弓川寨，又一次错失了攻取凤翔的良机。

"次次错失良机，这是上天启示，朕的德行不足以掌管天下呢！"孟昶少有这般灰心，他自嘲地笑着，笑自己忘了武将的本性，以为是亲随爱将就可以跟他同心同德。花蕊看到他眼瞳中白茫茫的一片，鼓励说："时机未到是好事，何苦因某个将帅离心便心神大乱呢！三郎还记得那位眉州处士吗？天家着眼爱民、忧民，治蜀繁盛，治天下又有何难！"

孟昶敛了笑颜，说："爱民、忧民、广恩、慎刑。还是做自己该做的事情吧，想得太多于事无补。"

这时，花蕊站起身向孟昶躬了躬身，行礼说道："蕊娘有番话，不知当讲不当讲。"

孟昶略略诧异，执盏说："大逆不道的话也说过不是一次两次了，在我跟前还有什么不当讲的，还要朕先恕你无罪吗？"

“陛下恕我，蕊娘已经戴罪了。”花蕊坐回来，抿着嘴说，“天下人张口就说得民心者得天下，而我记得幼年时家中的旧笔记上，此话还有后半段。”

“得君子之心者得诸侯，得诸侯之心者得士大夫。”孟昶不以为然地接口。

“不错！臣以为，这是司马宣王告诫后世子孙，获得民心的君王可执掌天下；得到君子的支持，也能称霸一方；然而寄希望于诸侯，希望获得支持依靠的，顶多是个士大夫，最后不得不屈居人下罢了。中原汉帝，何以在短短时日内便以正统自居号令天下，是因当时中原被蛮夷所掠，他的所作所为顺应民心，此乃时势造化。陛下困守蜀地，若以为只有得到诸侯的支持才能开拓中原，经略天下，便是忘了李唐溃败至今，天下大乱如此，正是武将把持藩镇之祸！”这番话当真是胆大至极，孟昶乌黑的眼睛直盯着花蕊，露出复杂的表情。

花蕊的眼波如水，在孟昶尖锐的注视下始终温柔地荡漾着。他终于迟迟地开了口：“司马懿出身贫寒，悉得民心，但孟氏本是武将世家，先帝若没有藩镇支持，如何立国？”

花蕊倾身靠在他膝下，抬眼望着他：“三郎受了多少苦，蕊娘难过不能为你承受。你忌惮史笔如刀字字带血，但也得看执笔是何人。”孟昶揉了揉肩，对她之前的话不置可否：“后人读史，往往只看结果而不重过程的。”说完，他抬手将杯中残酒一饮而尽，拾起五弦横抱于胸。捻拨间，孟昶形散态漫，《忆陇山》的曲韵在层层雾霭中缥缈，散尽。

古谚云：“腊鼓鸣，春草生。”

这天是腊日，成都府内细腰腊鼓喧天震地，百姓们纷纷头戴面具扮成金刚力士，敲打腊鼓，驱除瘟神。宗庙祠堂内都设着酒具案台，摆放着猪蹄儿、腊肉祭送灶神上天。腊日之后紧接着是冬至祭天礼，而后是春节元日，直到正月初七人日过后，休沐才结束。

广政十二年（949 年）。

正月初十，安思谦退屯凤州，上表待罪。

孟昶欲将主帅军法处置，可是依照军法第十七条，安思谦的所作所为找不出具体的罪行，他在前方的战绩不错，屡屡得手，但凡紧要关头却以钱粮不济为借口或败或退。

“是钱粮不济。他太了解朕了！”孟昶咬牙切齿道，“我却对他没有丝毫办法。”

“安思谦小人做派，陛下还是不要跟他纠缠的好！”当初毋昭裔极力反对出兵，可是看到功亏一篑的局面也感到异常惋惜，为朝中有安思谦这样的武将感到愤懑，“不如就此放下别过问，时间长了，他自会露出马脚。”

“将卒能在用时收买，朕又何必花费心思在他身上！”孟昶承认毋昭裔说得对，他将待罪奏疏摔在地上，大声宣旨：“令安思谦即刻回京！朕命他执六军都指挥使，遥领保宁军镇，从二品。”

“陛下为何……”毋昭裔看着孟昶几乎捏碎的拳头，想了想没问出口。

援救王景崇的事就这般搁浅下来，朝中武将不服。

高彦俦领众将纷纷上疏，指出一连串战事暴露蜀朝治军在战略部署、协同作战及军队战斗力等方面的诸多弱点，故虽有良机出现，却不能够把握。孟昶正在盛怒的当口，便以高彦俦故意推卸责任为由，解除了他六军都指挥使的军职！

北方边境，王景崇被困凤翔孤立无援，计谋用尽，不知出路何在，绝粮时居然将妇女和幼子充当军粮，像杀猪宰羊一样烹饪。这样惨绝人寰的事在中原各地时有发生，战争使人性荡然无存，只有挣扎求活的野蛮姿态而已。到了年底，王景崇终于无法支撑，在城破时举家自焚。

当消息传回成都府，孟昶和欧阳炯、王昭远正在太清宫的御书房议事。

“汉朝太弱了，举全国之力围困了整一年才攻破！若不是……”王昭远将说出一半的话硬生生咽了回去，安思谦无功待罪，皇帝不仅没过问，反封领了保宁军镇，他有一丝熟悉的不祥的预感。

“经此平定，郭威声望如日中天，”欧阳炯转移话题说道，“丞相的任免他仅用枢密使的一张堂贴就换了，跟换亲兵一样。”武人政权始终避免不了这样的局面，中原不知道要折腾到什么时候。

“郭威……”孟昶想起太后曾经提到过郭威的正妻柴氏，她们俩曾经都在李存勖潜邸为妾，庄宗即位后柴氏获得晋封，后来被明宗皇帝遣散回家。据说，柴氏在归途中遇到还是马铺卒吏的郭雀儿，慧眼识英豪，资助缗钱五百万，这才有了郭氏的发迹。

想到这儿，他忽然问道：“他不是有个儿子叫郭荣？”

“是的，那人本名柴荣，是柴氏的侄子，被郭威收养，改名郭荣，多年前在江陵贩茶，后来回到汴州效力。”王昭远很快想起这个人来，“与他一同到汴州的还有赵匡胤。”

“郭荣……赵匡胤……”孟昶一下子想起了什么，冷冷地哼道，“果然是流氓当道！”

欧阳炯深知孟昶的遗憾，拱手劝道：“天家大可不必为一时成败困扰于心。蜀中人才济济，年初首开贡举，除状元费黄裳为蜀地双流人氏，其余十六名进士有一半都是中原避祸的外省人。成都府人口暴增，罗城内外，闾巷之间，弦管歌诵，昼夜相接，比起广政初年又不知繁华了多少倍。”

24. 无服之殇

冬去春来，草长莺飞。

广政十三年（950 年）的花朝节异常热闹。百花潭到锦江一路，华轩彩舫在河中游弋不绝，城中百姓倾城而出，郊游雅集。花树下、流水边、亭桥里，煮酒对饮，唱歌赋词；传花令、抽花签儿、斗茅草，落花拂身，醉成风雅。

同是这一天，孟昶在摩诃池雅宴群臣，由宫女采集百花捣碎，制成花糕赏赐。会真广殿的临水戏台上，教坊梨园和后宫乐部组成千余人的庞大乐队，共同演绎着声势浩大的弦管歌舞。海棠花下，皇帝身边，另有一队小乐部排列在酒筵边，双韵合阮咸，嵇琴合箫管，锹琴合葫芦，檀板轻敲慢打，银笙齐喧。

一曲《梁州序》，半场歌舞毕。

宣徽院使伊审征在百官面前宣读圣旨："谕礼部：朕奉皇太后懿旨，咨尔费氏花蕊，门袭钟鼎，训彰礼则，器识柔顺，质性幽闲。美誉光于六寝，令范成于四教。宜升徽号，穆兹朝典。可册慧妃，摄六宫事。钦哉。"

天启宫内修葺一新，翰林学士、礼部尚书徐光溥为正使，礼部侍郎令狐峤为副使，持节赍、册宝册封花蕊夫人为慧妃。

这一年她三十岁。

慧妃花蕊身穿新制的青色翟雀袆衣，头戴细钗凤冠，项圈八珍璎珞，足穿双珠云履，庄严地在凌波殿内接受了众妃嫔的朝贺。

“花蕊夫人册封慧妃，天家也准备预立储君了吧？”

延昌宫，咸宜殿中，褒国太长公主朝太后这样慧黠地笑问。

“三位皇子都未出合封王，皇帝正值盛年，立储之事言之过早。不过，以褒国所见，三位皇子何人能担此重任呢？”太后虽然否认，却漫不经心地问起褒国的主意来。

“自古储位宜推嫡长，论功辞让贤能者为先。皇长子的生母赵贵妃虽然早薨，但玄喆聪明好学，爱习音律，最近几年更是发奋读书，我记得他将姚崇《口箴》刻录于宣华苑的石头上，还得到了天家的奖赏。”

“玄喆爱习音律、发奋读书倒是不假。”太后笑了笑，“论聪明好学，却首推兕奴。”

褒国笑着说：“兕奴之聪慧，连朝中欧阳炯、毋昭裔等人都对他赞不绝口，如今慧妃又被敕摄六宫，储君之位非兕奴莫属？”太后摆了摆手：“立储是国家大事，需朝臣共同商议。何况皇子年幼，此间闲谈到此为止，到外头休要再提。”

太后制止了褒国的揣测，却无法制止类似的闲谈臆断在朝野间流传。玄喆是皇长子不假，但玄宝生母椒房专宠，如今又奉召摄六宫事，身份地位显然更盛一筹。

与此同时，御书房中。

地火龙烧得正旺，夕阳的光芒在房间里显得愈加温暖。

门外响起嗒嗒嗒的脚步声，鲁富贵在房外轻呼：“兕哥儿当心，先行通报再进去吧！”

脚步声骤然停止，孟昶面露微笑，仰头说道：“兕奴进来！”

话音刚落，只见房门打开，露出一张面如傅粉、眉目如画的笑脸。“兕奴求见父皇大人！”话毕，富贵掀开门帘儿，五岁的三皇子玄宝穿着金银百花的大红色锦缎皮裘，脚蹬玄色小皮靴走了进来。王昭远上前解开他外套的皮裘，将他抱起问：“兕哥儿手里拿着什么？”

玄宝嘻嘻一笑，杏仁大的眼睛黑亮如漆，他从袖管儿中掏出两卷儿黄麻纸，声音如银铃般脆响：“今日背诵《雅》一百零五篇，《颂》四十篇，还有《虞书》《夏书》和《周书》，这是书写的《千字文》，兕奴向大人讨赏赐！”

欧阳炯面露惊诧，接过黄麻纸赞叹说：“兕奴小小年纪，竟深得欧阳询八诀精要，还能诵书万言，真乃绝世聪哲之才……耶？这是……”大概经常受到这样称赞的原因，玄宝一派坦然，聪慧的大眼睛扑闪着光，惹人怜爱：“兕奴还需勤勉才当得上丞相的赞誉，阿耶答应兕奴能背《书经》便赐我赤龙驹，我画了身长九尺的美髯郎君感谢阿耶。”欧阳炯手中的另一张黄麻纸上，画着一位风度翩翩的郎君。画上那人，一双龙眉凤目、皓齿丹唇、美髯长须，头上戴着皂纱簇花巾，身穿团胸绣龙袍，腰系玲珑嵌玉环，足穿金线皂朝靴，斜挎弹弓弩，背插稚箭壶，右手高扬，指尖夹着一枚黄金弹。

王昭远想起眉州卖饼小哥口中文韬武略的蜀王，在玄宝笔下竟成了斜挎弹弓弩的模样，忍不住捧腹大笑。孟昶和欧阳炯见他这般天真烂漫，也都笑了起来。

“不错，君无戏言。”孟昶收起画卷回答，“赤龙驹就在飞龙院，赏你了。”

“昭远，走！”玄宝很激动，在王昭远的怀中跃跃欲试，“你给我的小马厩派上用场啦！”玄宝谢恩告退。

神武殿的西侧是飞龙院，一排整齐的马厩外有一间单独的小马房。玄宝一边跑一边喊着：“刘十三！刘十三！”话音刚落，只见一名少年马夫牵着一匹个头矮小的红鬃小马驹出来。

“兕奴，等等！”王昭远在后边跟着，见玄宝一个箭步冲上去，提着鞍辔就往马背上飞跃。这小马看似个头不大，性情却异常暴烈，玄宝还没跨上去，它就扬着后蹄倔强地腾跳，旋转，并喷着响鼻愤怒地振鬣嘶鸣。玄宝毫不客气地跃上马背，只手把着缰绳，挥着金鞭猛抽，直到它开始安静，并用带掌的前蹄在石头地上狠狠地蹬刨。王昭远在旁边笑着鼓掌，喜爱得不得了。

御书房议事完毕，孟昶邀欧阳炯一起来到神武殿球场。

暮色苍茫，龙池沿途的巨木银杏叶落得只剩虬桩，还未入殿，便听到鼓乐声异常热闹。

神武殿的球场上灯火通明，宫人们穿着回纥衣装，骑着高头大马分列球场四周，花蕊抱着如常与李艳并辔在前。同样艳丽绝伦的两个女人，手上都挽着紫红色的马缰，目不转睛地看着平坦的马场。马球还未开场，玄喆、玄珏分别身穿深浅两色的回纥劲装，领着各自的队伍勒马分列两侧。三皇子玄宝则神气地托着球，正在场地正中，胯下一头红鬃小马驹，鞍鞯精美异常。

看着三个快乐活泼的儿子，孟昶感到无比欣慰。还未下舆，场外人便纷纷下马山呼万岁，王昭远跑上前来，手执金槌行礼道："请陛下鸣锣开球！"

只听哐的一声，手起槌落，身量未足的玄宝扬起箭袖，那小球儿犹如一道月色闪电在半空划出一道弧线。几乎在同一时间，玄喆和玄珏同时挥出球杆儿，两杆在空中交错，溅起一阵火星和脆响。眼见小球儿即将落地，两侧队员以迅雷之势纵马起身，玄喆身后的一匹白马越过他的身旁，人还未至，球杆儿已经探出将小球儿铲向对方球门前。

"怵儿！"玄喆听见马嘶，回头望去。

只见玄宝还在场中催动赤龙驹，他的队员抢球心切，驭马向着玄宝狠狠地撞了过来。赤龙驹虽小，却是回纥良种，只见它嘶叫着高扬前蹄，马身竖立，后蹄蹬着地面灵活地扭动避开。玄宝因为刚刚得到赤龙驹，还未驾轻就熟，在交错起立的瞬间，来不及调整便被狠狠地甩了出去。

"兕奴！"

欢呼在刹那停滞，如常一声尖叫划破长空，只见那娇小的身躯像落叶般飘起，双龙鞍鞯还在翻飞，人已经重重地扑在了地上。

"来人！"孟昶飞奔而上，冲上球场，将玄宝紧紧地抱了起来。

花蕊觉得自己在瞬间死了，她踉跄着从马背上翻身落地，也不知道是如何连滚带爬地扑到球场中。欧阳炯、安思谦、王昭远、玄喆、玄珏、李艳和如常纷纷围拢上来，身后的宫人在丈外紧紧站成一圈儿。

玄宝在孟昶怀中紧闭着双眼，嘴角还带着一丝血迹。

“小人罪该万死……罪该万死……”那位身穿浅色回纥服的小内监跪在圈儿内瑟瑟发抖，十四五岁的年纪，平日的伶牙俐齿全不管用，只等皇帝降罪。玄喆见自己的人闯下大祸，操起手中的偃月杆儿便劈头盖脸地打下去：“刘十三，你胆子好大！连兕哥儿的马也敢撞！”刘十三不敢反抗，任凭偃月杆像雨点儿一样落到自己身上，咬着牙蜷成一团儿。

孟昶抱着玄宝坐在地上，花蕊见他像小猫似的，忽然颤了颤身子，她的心也随着紧紧地揪成一团。孟昶的粗胳膊圈着玄宝，他的睫毛开始颤动，慢慢睁开眼睛。

“兕奴……”如常伸手想摸他，又怕碰到他，便轻轻地呼唤着，“兕奴乖……”

玄宝咧着嘴笑起来，睁大眼睛叫了声：“阿娘！”花蕊听到这清脆的喊声，一颗心咚地落了地，眼泪便如断了线的珍珠一样纷纷滚落。孟昶凛然起身，喷火的目光几乎要焚了那名内监：“来人，将刘十三拖出去！杖——”

“阿耶！”

孟昶话未说完，玄宝忽然打断了他：“兕奴向阿耶讨个赏。”

一说赏赐，孟昶的眼睛便不由自主地越过人墙，落在场中的那匹赤龙驹身上。“阿耶！”玄宝的头蹭了蹭他的胳膊，那双杏仁儿样的黑瞳在粉嫩的脸上含波凝望。孟昶心里一软，抱着他朝场外走去，温和地责怪说：“想为赤龙驹讨赏吗？那小马本该杀了，你要能重新骑上去，随你处置！”玄宝回头望了一眼被玄喆打得鼻青脸肿的刘十三，恹恹地靠在孟昶胳膊上说：“赤龙驹欺负儿臣两次了，刚从小马房牵出来便喷我一脸鼻涕，又将我甩在地上，杀了也好。”孟昶见他眼光闪亮，焦灼的心已经大好，又听他毫不犹豫地说要杀掉那匹赤龙驹，反倒想起教养的责任，连忙说道：“赤龙驹是战马，只忠诚于驯服它的人，它欺负你，说明你还未曾驯服它。再者，马跟人一样，都是不可滥杀的。”

“噢，阿耶的教诲兕奴都记下啦！”孟昶见玄宝眉眼微挑，似笑非笑，心中突然一动，感觉像中了圈套。果然玄宝说：“马跟人一样不可滥杀，今日兕奴学艺不精，酿下大错，让阿耶跟阿娘担心！要罚便罚兕奴一人好了。”

孟昶和花蕊相视一笑，都明白了玄宝的心思，于是喝住王昭远：“今日的事就此算了，不可怪罪任何人！”

过了两日，烟柳求见慧妃。

“内廷发生一件蹊跷事，请慧妃示下。”烟柳禀报道，“尚宫局司记竟私自将宁国公主的身份文牒交予了昭容娘子。”

花蕊皱眉问：“昭容娘子拿如常的身份文牒？”

“那份文牒虽然原封返还，但司簿发现掌印司记未曾审署加印，并无登记出入记录，臣不想胡乱猜疑，特请慧妃授臣专权私下调查此事。”烟柳这些年，愈发知轻重了。花蕊想起流传宫闱很多年的谣诼，她知道皇帝可以处理好，昭容绝没有可能独立查到更多，除非与宫外有勾结。

花蕊没想好应该怎么告知孟昶，等烟柳告退之后，她踱步来到鹤鸣轩。

如常和玄宝正在专心临帖，那名叫刘十三的内监研墨伺候，态度谦恭。他仪态优美、口齿伶俐，以前是玄喆身边的陪侍，杖责之后被丢弃打扫马厩。玄宝见他可怜，便收在身边。他也感念这番救命之恩，尽心地将如常、玄宝姐弟二人照顾得妥妥帖帖，让花蕊无话可说。

刘十三见到慧妃正要行礼，花蕊食指微抬，示意他不要打断姐弟二人的功课，独自走进抱厦，坐到廊前发呆，也不知神游到了何处。

张公墓前的守灵人原是府上的掌事嬷嬷，暮雨什么来头，如常被谁抱走，她都一清二楚。花蕊深知不该对道婆婆有所猜疑。心想：“或者应该派人去趟眉州，以防万一。”

“娘娘请用茶。”

刘十三的声音将她的思绪打断，触眼看时，面前的小内监已经将眼睑垂了下去。烟柳接过茶盘，把刘十三打发了，回头对花蕊说道：“刘十三这么机灵的人，昭容娘子居然舍得丢他去马坊！”正说着，富贵亟亟来报，皇帝召她去御书房。

孟昶席地坐在红泥火炉前，穿着赭黄色的袍衫，胸前大团花上金龙盘踞，见花蕊走来，远远地朝她伸出长臂。

花蕊知道孟昶召她定有要事，正巧她也有事跟孟昶商议。

没等孟昶开口，她便亟亟说道：“臣妾想请三郎派人去眉州。”

“眉州……原来你知道了……”

花蕊一愣，问：“知道什么？”

“你让我派人去眉州，不是为了李玹先生吗？”

“师父怎么了？”

“孟九刚才在御前禀报，说李玹遁入空门，今日在大圣慈寺剃度，法号‘不归’。”“不可能！”花蕊如遭雷击，不禁跳起来问，“三郎邀他入朝，他还说过此生脱不掉波斯人的习性，他性格洒脱不羁，怎会遁入空门？”

“你不知道？”孟昶若有所思，皱眉说道，“我也百思不解。若说受人胁迫，可在整个大蜀境内，谁有这个胆子？可他却什么也不肯说，宁愿落发出家。我正想会不会因为青衫……但孟九又查到，曾有安思谦的人去眉州拜访，不知……”

“安思谦！”花蕊心慌意乱，“师父为了保护蕊娘不愿受制于安思谦？怎么这么傻呀！”

“你也想到了？”孟昶望着花蕊说，“你出宫七年与李玹朝夕相处，此前无人过问。但我刚刚提出封妃，朝中诸臣均有异议，好像都有备而来。他们知道天威不可触碰，旁从李玹下手挖出一些把柄，希望捞些好处吧。”

花蕊鼻子一酸：“师父他……”

孟昶抬手摸了摸她的脸，安慰道：“放心，一切有我。李玹远离红尘不得自由，却会受到妥帖的保护，总比浪迹天涯好，蕊娘不要辜负他一片苦心。”

“你不知道李玹此生最爱自由，他哪有什么佛心禅意，做出家人与活死人有什么区别！”花蕊说着，已经忍不住泪雨滂沱。孟昶抱着花蕊，下颌抵在她的头顶，陷入长久的沉默。

花蕊想到了守灵人，抬头说：“安思谦既然已经找上李玹，一定也在沿着如常的身份追踪暮雨。臣妾恳请三郎派人去眉州，将张公府上的掌事嬷嬷从蟆颐仙观带走，他们定会不惜一切代价找她麻烦。”

“嗯。”孟昶眯着眼睛点头，“我还没来得及想到这一层，不过安思谦只是个简单粗暴的武人，断不会头脑缜密到联想如常的身世，难道真有青衫的人背后作祟？”

花蕊冷静下来，摇头回答：“师父说过，除非找到合适归统的人选，青衫绝不会轻易树敌。那个人既然能从李玹着手查我，自然能想到去蟆颐观找都统府中旧人。”

“是宫中的人吗？除了安思谦，还有谁？”

花蕊不能肯定，更不愿意在孟昶面前如此肯定，她小心翼翼地回答说：“接回掌事嬷嬷以防万一，只盼这件事能就此了结。”

“嗯，好。”孟昶答应。

但是，在孟昶答应花蕊的翌日午后，鲁富贵跑来，气喘吁吁地向花蕊禀告：“眉州蟆颐仙观失火，烧了两重偏殿厢房，有位老嬷嬷在火中身亡。”

“啊？”花蕊身子微颤，站在花窗旁的如常低叫了一声，手中的雕花奶酪碎了一地。终究是迟了一步！花蕊将如常搂在怀中，问：“你还记得蟆颐观道婆婆吗？”

如常睁着大眼睛，喃喃低语：“前两天刘十三他……他还问如常……是否去过眉州。”

花蕊觉得如常这话来得奇怪，再行细问，她却什么也不肯说了。

“摆驾！”

花蕊身着盛装，决定亲自面见昭容李艳，看看她究竟意欲何为。

“慧妃娘娘明察，臣妾当日例行查看，或是司记忘了审署加印，照章登记，臣妾这就去尚宫局补齐手续。”面对花蕊的探询，李艳并未矢口否认，而是态度恭谦，轻描淡写地敷衍，“往年太后叮嘱臣妾监督六局二十四司，以后有娘娘摄六宫事，臣妾自当不再过问。”

李艳这套说辞毫无破绽，只当花蕊前来示威，她立刻服低。

在李艳还是晴好的时候，就知道皇帝对花蕊的心意，可皇帝却将花蕊逐出宫去。当年，富贵、烟柳都在御前发下重誓，要追随而去，她却没有。她敬仰皇帝具备伟大男人的毅力和品格，没有寻常百姓的儿女私情。她决心用超越肉体的渴望侍奉皇帝，而非将前途抵押给一个短视的女官。她做对了，这些年的忠诚恪守，换来无上的恩宠与赏识，她以为自己已经心满意足。可是花蕊回宫，一切都变了。她不止一次看到那灼热的目光越过重重彩衣，眷恋地落在花蕊的脸上；也不止一次看到皇帝随手折下御衣红，插入花蕊的髻中。宁国公主的出现更让她醒悟，那个男人心中最柔软最私密的地方从来没有给她看过。她觉得自己是自作多情，姿态可笑可怜。特别在知道花蕊与皇帝交欢不许彤史照看记录时，便想到她来自民间，江湖中有媚人的妖术。

自古以来，妖姬误国啊！

她怔怔地看着花蕊，花蕊也正看着她。

花蕊发现自己一直小看了李艳。嫉妒之心如同毒蛇，也像牢笼，害人困己，花蕊忘记留意它的存在。她明白两个人难免渐行渐远，再也找不回从前的情谊，于是她颔首对李艳说：“后宫事多繁杂，有劳昭容娘子帮我留意，或者娘子需要我帮忙，我也会尽力而为。”

随后的两月，前朝后宫风平浪静，针对慧妃的动作似乎因为李玹皈依、掌事嬷嬷身故而不了了之。孟昶与朝堂诸臣商议，玄喆和玄珏到了出合的年纪，诸位皇族兄弟在剿灭张业的时候功勋卓著，应同时予以封王。

这一年，皇长子玄喆十四岁，次子玄珏十二岁，三子玄宝五岁。

孟昶与花蕊商量，玄宝也到了该读书的年纪，可到金华殿跟侍读孙逢吉做学问。

这天下着雨，如常早早地将文物书笔收拾妥当，又包了几碟爱吃的玉露团藏在袖子里。刘十三领着鹤鸣轩的四个祗候内侍抬着板舆等在殿前，玄宝快活地拉着如常上了板舆，眉开眼笑地与花蕊告别。

午后雨停，鼻息清爽沁心凉。花蕊推开窗，看见新开的大簇牡丹被风吹得七零八落，提了花锄到园中收捡。

远远地，一个身影连滚带爬从滑腻的小径跑来，烟柳定睛一看是刘十三。

"娘娘！兕哥儿，兕哥儿……"他跌跌撞撞，没等站稳，便语不成调地大呼。

像被花枝戳了手，花蕊没来由地颤了颤，抬起头来，映入眼帘的是刘十三那张惊慌失措的脸。

"兕哥儿他——太医已经赶到金华殿，天家也过去了！"

未等刘十三说完，花蕊已经提着襦裙，一个箭步奔出殿外。

烟柳丢开花囊大喊了声："摆驾！"

宫人内侍抬着肩舆，怎么也快不过那双曾经踏遍千山万水的脚。花蕊心急如焚，连跨带跑地跳下那些无穷无尽的台阶，跑出天启宫往东，上了摩诃池的廊桥。趴在桥头折荷花的宫娥纷纷抬起头来，看到慧妃绯红的身影如箭矢般冲了出去，惊得池中的仙鹤扑棱着展开双翅腾出荷塘。抬舆的内侍在后面喊叫着："愣着干啥，快跟上啊！"内监宫娥们回过神来，扔下手中的莲蓬，一路跟着飞快地朝嶰宫跑去。

花蕊跑到太清宫的时候，披帛已经散了，云头履也丢了，半截襦裙湿漉漉地淌着水。跟随的宫人被挡在殿外，只有她光着双脚走进清河苑。嶰宫内乱成一团，内监宫娥端着水盆、提着熏炉进进出出，只有如常目光呆滞地跌坐在屏风下。

一见花蕊，如常便哇地哭出声来，花蕊连忙将她抱在怀里，疾步走到龙床边。

玄宝躺在孟昶怀中，裹着薄薄的锦衾，只露出个头。他双眼紧闭，粉嫩的面颊变得灰白无色。二三十个翰林太医束手无策地站在旁边，见到花蕊纷纷下跪。

“这……怎么……”花蕊哆嗦着颤声问。

“是寒湿之邪，侵袭胃肠，上吐下泻为霍乱之症。”太医拱手回禀，花蕊伸手正要抚摩玄宝，却被孟昶挡开。

“三郎……”花蕊未曾见过孟昶如此冷峻，不禁倒吸了口凉气。

“别动他！”孟昶低吼了声，目光直瞪瞪地看着玄宝，全然无视花蕊狼狈的模样，“他全身都是凉的，我抱着他，暖和些。”一边说着，一边将锦衾朝上拢了拢。

玄宝在他怀中像只小猫，全无动静。

花蕊低头问如常：“兕奴吃了什么不寻常的东西？”

“午膳是御食厨准备的，后来就是这个。”如常颤抖着从衣袖里拿出一个巴掌大的食盒，眼睫上还挂着泪，“早晨走的时候从屋里带的，兕哥儿喜欢，如常一块儿没吃……”说到这里，她的牙齿抖得咯咯响，语不成调地问道：“娘娘，是不是……如常做错了？”

“然后呢？”花蕊忍不住提高了声音，或者是她全无悲伤的表情感染了如常。如常虽然脸色青紫，依然拼命咬着牙槽说：“午休时兕哥儿嚷着口渴，刘十三端了水来，刚喝一口便开始吐。内侍禀告了阿耶，很快翰林的太医也来了，可兕哥儿连药也喝不下去，不管什么，一沾口就吐，胆汁儿都吐出来了。”

花蕊望向孟昶，她知道他懂医，若玄宝无事，断不会是这般情形。她平生第一次用尽全力大声宣召：“宣大圣慈寺，不归和尚入宫！”

“娘娘，”富贵低头回禀说，“不归随悟相禅师外出，明天早晨才能回来。”

花蕊颓然地跌坐在榻上，全身像被抽了魂一样。待到天黑，玄宝仍没有苏醒的迹象，灌下去的汤药又全数呕了出来，探寻气息，仿佛较白日里还微弱了些。

半夜，憭宫中渐渐安静下来，烟柳将如常带回鹤鸣轩。

花蕊靠在孟昶身边，两个人拥着玄宝静静地坐在床上。

孟昶不知在想些什么，花蕊看他这半日，说过的话不到十句。她深知他的秉性，越是事关重大，越是沉默，于是就这么靠着，静待不归入宫的消息。

“你先睡，”孟昶抱着玄宝不松手，他的唇边挤出一丝笑纹，对花蕊说道，“兕奴或者是在吓唬耶娘呢，上次坠马不也把我们吓坏了吗？等他醒了我叫你。”

鎏金的双龙灯台上烛火摇曳，博山炉中不知燃的是什么香，异常浓烈。花蕊的眼睛渐渐被雾水迷了般，恍惚起来。迷蒙间有烟尘袅袅，像是在青城。玉垒山边，芙蓉树下，滚滚江水咆哮东流，一个垂髫小童背对着她站在鱼嘴，迎着江风吟诵着什么。

花蕊缓步走过去，隐约听到的竟是：

> 车辚辚，马萧萧，行人弓箭各在腰。耶娘妻子走相送，尘埃不见咸阳桥。牵衣顿足拦道哭，哭声直上干云霄。道旁过者问行人，行人但云点行频。或从十五北防河，便至四十西营田。去时里正与裹头，归来头白还戍边。边庭流血成海水，武皇开边意未已。君不闻汉家山东二百州，千村万落生荆杞。纵有健妇把锄犁，禾生陇亩无东西。况复秦兵耐苦战，被驱不异犬与鸡。长者虽有问，役夫敢伸恨？且如今年冬，未休关西卒。县官急索租，租税从何出？信知生男恶，反是生女好。生女犹得嫁比邻，生男埋没随百草。君不见，青海头，古来白骨无人收。新鬼烦冤旧鬼哭，天阴雨湿声啾啾。

花蕊忍不住朝那空旷处呐喊：“兕奴为何诵子美诗？知不知道耶娘急得手足无措，快跟我回去！”玄宝转过头来不回答，明亮的大眼睛里是从未有过的重重忧伤。花蕊看着他的样子，怔怔地停下脚步，不知不觉眼泪淌了一脸。

玄宝远远地向她跪倒，磕了三个头，因为用力，额头上还沾了些许杂草，花蕊想上前帮他拨开那些草，却悲伤得迈不动步子，只是张开臂膀默默地流泪。

“兕奴生在隆盛皇家，诗礼氏族，耶娘护犊情深，日日簪缨袍服锦绣文章，方才只看一瞬人间疾苦，只觉悲痛难抑，想到些话请耶娘谨记。”

“兕奴，赶紧跟我回家，百句千句耶娘陪你慢慢讲！”

玄宝并不起身，他跪在地上看着花蕊。

花蕊痴痴地望着自己的儿子，觉得他分外陌生，五官虽然还是那般模样，但眉眼中童稚全无，显得异常端正。他说：“坚硬的果壳从外是打不开的，衰败定是由内部起始。阿耶任人自来唯亲，但粮仓硕鼠，贪婪奢侈、内外勾结，政权衰微的根源在此。”

话音未落，只见那烟尘更深更厚，把玄宝隔绝在江岸，隐约另有声音在说：“痴儿，痴儿，多说无益，随我走吧！”

“兕奴！”花蕊想呼喊，可是喉中半个声音也吐不出来，只是哭。

“阿娘，自古离散皆有定，兕奴就此别过……望耶娘保重身体……”

花蕊听到这话，全身发冷，顿时惊醒过来，睁眼一看，天已大亮，自己却身在罨画居，旁边只有孟昶陪着。

“兕奴？你把兕奴放哪里了？”花蕊心急，声音有些变形，几乎是哭喊着问。

“兕奴没了。”孟昶一边沉静地看着她，一边抚摩着她的脸，手指轻轻地将她腮边的泪水拭干。轻轻几个字，却像重锤一般，花蕊听见了自己的呐喊声：“不——兕奴不要丢下耶娘！”

她挥动双拳打在孟昶的身上，跳起来要往外跑。孟昶一把将她抱在怀里，不带半点儿感情地说：“兕奴不想看到耶娘哭，他走得很安静。”花蕊浑身颤抖着，梦中的情形和现实混合在一起，在她脑中呈现一片混乱，她觉得自己活不下去了，肝肠已经被搅碎，只有哭喊着问："师父呢，师父还没来！兕奴从未出过宫，他找不到路的——让我去陪他呀！"

孟昶的臂膀像铁箍，任凭她挣扎却毫不松动："不怕，悟相禅师和不归正在送他。"

"为什么！为什么不等我？"花蕊被孟昶箍着动弹不得，发疯样地在他身上猛捶，"你骗我！你让我见兕奴，让我见见他！他舍不得丢下阿娘——"孟昶执拗地沉默着，紧紧地抱着她不松手。烟柳和富贵听到动静，赶到龙床前跪了下来，哭着恳求道："娘娘不要为难天家，刚才……还请娘娘节哀！"

花蕊看了眼孟昶惨白如雪的脸，颓然蜷缩在他怀中，仿佛被抽去了全身的力气。

正在这时，殿外响起了梵音，富贵说："悟相法师出来了。"

"刘十三怎么还没来？"孟昶皱着眉头问。

富贵回答："董禄达已经去通传了。"

孟昶宣旨："金华殿的护卫、宫娥内监，御食厨的值日，一律收监待审。医官院的太医，交给王昭远。富贵、烟柳，你们去吧！"

花蕊全身发软，但一股强烈的心愿支撑着她，她看着孟昶，哀求说："让我去看看，看看他好吗？"孟昶点点头，抱着她走下床榻。从罨画居的长廊一路到艀宫，身披袈裟的僧侣肩并肩齐聚成长排，悟相和不归站在艀宫的大插屏下。玄宝就静静地睡在那里，清油佛灯的照耀下，他面容如生，嘴角含着浅浅的笑影，跟花蕊睡梦中看到的一模一样，更安详、更宁静、更悲悯，就像玉雕的仙童。花蕊捏着孟昶的手默默凝视着，慢慢埋下头去贴着他的脸，热泪洒在他的脸上，珍珠样地滚落开。

花蕊出了会儿神，听到孟昶在旁闷哼了声。转过头去，见他眉间乱颤，豆大的汗水从鬓角浸出，顺着腮边浸入月白色的衣领间。花蕊忽然清醒过来，玄宝也是他的儿子，他的痛苦哀伤并不比自己少，可是他咬牙忍着，不允许有丝毫的悲痛渗透出来。花蕊的心像被刀剜着那般疼痛，心想自己要陪着他，玄宝已经没有了，为了孟昶，怎么也得活下去啊！

孟昶痛苦地耸着眉尖儿，手搭在花蕊肩头，坐到地上，身后是声声起伏的梵音，两个人犹如失雏的燕雀相互依靠着，彼此沉默地看着玄宝。

“如常，让她跟不归走吧。”孟昶大半身都靠在花蕊身上，低声说道。

“啊？”花蕊下意识地一愣，一下子明白了些什么，“为什么是如常？”

“食盒里不干净，朕亲自验过。”孟昶捂着胸口，花蕊从他怀中摸出蟠龙瓷瓶递上，孟昶接过，说：“如常那么小，要在食盒里做手脚太容易了。我答应兕奴，不开杀戒……”

“兕奴……”花蕊望着玄宝哭道，“他还说了什么？”

孟昶摇摇头：“兕奴希望天下太平，他……”花蕊想起梦中的情形——“贪婪奢侈、内外勾结，政权衰微的根源在此。”

花蕊还想再说什么，却见董禄达穿过层层僧侣前来禀告：“刘十三沉水死了。”

花蕊嗯了一声，紧紧地闭上了眼睛，如常被利用了！

“刘十三自尽，反倒让他们露出了破绽！”

孟昶显得疲倦，噩梦般的一夜让他感觉自己也随着玄宝的死而死去了一回：“蕊儿，兕奴没了，朕要宁国公主离开，不能继续追责，你恨我吗？”

花蕊不知道自己该不该恨，如果可以，那恨意何去何从，她赤红着双眸直盯着孟昶，咬着牙一句话也不肯说。

孟昶避开她的眼睛，低声道：“让她迁出宣华苑，到蜀王旧宅住吧！”

花蕊遵从了孟昶的安排，后宫的颜面需要维护，皇族的利益也需要保全，或者还有其他更重要的、必须要稳住的人。

这就是她、玄宝和如常必须承受的命运。

孟昶和花蕊并肩走出嶰宫，延伸到清和苑的水面台阶上，早已准备妥当的水盆中，有两条红白相间的锦鲤，金丝笼里有几只鸟雀。僧众低眉合掌，口中念着《般若波罗蜜多心经》，花蕊随着嘤嘤梵音，口中喃喃道：“青雀儿，兕奴找不着往生路，请你带着他，给他指一指吧！”她打开阀门儿，那些鸟获得自由，争先恐后地冲出樊笼，扑棱着朝天青色的高空飞去，其中一只体型略小的灰雀忽然停在飞檐翘角上，四处张望了半天，才又懵懵懂懂地展翅离开。

花蕊看着最终消失在雕栏玉砌外的影子，眼泪便滴落了下来。

灵柩停在清和苑，太常说玄宝为无服之殇，没有赠典，以日易月，服丧三十六日即可。孟昶转头问李昊，李昊说唐德宗封四岁夭折的皇子李详为肃王，赠扬州大都统。孟昶便依此为据，赠玄宝青城大都统，追封为遂王。

六月初五，朝堂大典，封皇弟孟仁毅为夔王、孟仁贽为雅王、孟仁裕为彭王、孟仁操为嘉王；十四日，再封立皇长子孟玄喆为秦王，次子孟玄珏为褒王。

25. 罪己自咎

七月初，两位皇子即将前往封地三年，临行前到太清宫向皇帝辞行。

他们没有见到父亲，内监官鲁富贵口传圣谕："去吧，随慧妃去旧宅昭圣宫。"

玄喆和玄珏面面相觑，迟疑着未做回答。

"你们都大了，应该懂得自己选择，我不想代替你们做出判断。如果难以面对，留在外面听一听也好。"

富贵领路，三乘肩舆从狮子门出，穿过夹城直接来到蜀王旧宅。下乘后，玄喆和玄珏驻步停在影壁之后。

昭圣宫内只有几位年老的宫人在打扫，这片曾经繁华的宫殿如今显得落寞而寂静，皇城的艳阳依旧能够照耀普及，这里并不是衰草连天的阴鸷之所，只是不再有宫廷乐舞，也不能听到荡漾在摩诃池上的弦管歌声。李艳身着素净的青衣坐在干净的院子里晒太阳，手中拿着一片瓦块儿当拍板儿，轻敲慢打唱着孟昶的旧作《万里朝天曲》。

看见慧妃步入，打扫庭院的宫人纷纷下跪，只有李艳眼皮轻抬如入无人之境。小内监亟亟上前正要呵斥，被花蕊制止。直到曲毕，李艳丢开瓦块儿站立起身，拜倒在地，抬头的时候眼波停在花蕊脸上久久不再移开。

"玄喆和玄珏如你所愿封王食邑，明日便启程前往封地，今日特来告知于你。"花蕊在李艳跟前坐下来。

"天家竟不肯让喆儿和珏儿来见见臣妾。"李艳流露着一丝哀怨，冷笑着看了富贵一眼。

“只等两位皇子出阁三年，回京后自然会将你从这旧宅迎回宫中。”花蕊知道李艳怎么想，她不会甘心，玄喆和玄珏都是由她带大的，何愁没有机会东山再起。

李艳却说：“皇子长大成人，自然是为社稷出力，哪里会惦记贬黜的母亲。”

“你处心积虑为两个皇子铺平这阳关大道，他们怎会忘记你？”花蕊站立起身，长长地吐了一口气，“可惜两位皇子想不到，母亲竟不惜害死他们的弟弟。”

“慧妃娘娘丧子心痛，想找人发泄，我不怪你。”李艳显得端庄，“给我准备了什么，三尺白绫吗？”

花蕊眯眼看着李艳，不知道那看似光洁美丽的素颜，隐匿于面皮下的到底是何种蛇蝎心肠。她并没有跟随李艳的情绪起伏，反而平静地说道：“刘十三无意冲撞遂王，昭容见天家并不追究，便让他接近玄宝，是我小看了你。”

“刘十三一个去势的小内监，行事鲁莽被喆儿杖罚，临死还不忘挑拨离间！三皇子因病夭折，陛下迁怒于我，慧妃失子没有辨别能力，说出这样疯疯癫癫的话来我不怪你。”

花蕊苦笑，对富贵扬头示意。

富贵会意，上前一步道：“娘子与六军都指挥使安思谦是旧识，挑选入宫前住在安家别院，还曾一度想放弃入宫，是也不是？”

李艳哼了一声，“这些旧事，是当年在延昌殿时的闺中私语，真不该告诉你们。”她看着富贵反问：“那又如何？”

“如果不是安太夫人极力反对，或者娘子现在应该是安都统的一名侍妾。”富贵没有理睬她的揶揄，继续说道，“陛下开恩，安都统领禁军都指挥使，原是为保障皇城治安，却让你们有了会面的机会。”

“荒谬！”李艳不屑地说，“我入宫多年，深得皇宠，以昭容之位肩负养育两位皇子的责任，岂会因旧识的外朝臣子就心起波澜。欲加之罪，何患无辞！”

“娘子对陛下忠心不假，可安都统却对娘子难以忘怀。”富贵继续说，“秦王学马球，不就是安都统将刘十三引荐给皇子的吗？”

“这是安都统对秦王的忠心，与我何干！”

“刘十三原是安都统的牙兵，安都统将他引荐给秦王教习马球，是以心腹与昭容重新联络。”富贵说道，“娘子原本对这人不感兴趣，可是你从慧妃娘娘那里无意中拿到一卷手绘的图纸，便妄图从中查到娘娘私通宫外的证据。娘子通过刘十三，委托安都统在宫外调查慧妃娘娘离宫七年来的行踪，希望找到些许把柄扳倒娘娘！”

“说到绢帛图纸，难道不是陛下被慧妃蒙蔽吗？”李艳仰天冷笑，“苍天明鉴！再给我一些时日，所有证据手到擒来。我蒙受的不白之冤终有大白于天下的那天！”

“荒谬！”

“你敢说宫中没有南平奸细？”

终于说到了关键，花蕊看了看富贵，对他坚定地点了点头。

“正因娘子一片赤诚，陛下才眼看遂王惨遭毒手而没有下令诛杀，想不到你居然毫无悔改之意。”富贵说着，目光炽烈，怒火顿起，“当初，慧妃娘娘奉旨出宫，我与烟柳在御前起誓，你却以身体不适推脱。七年来，不仅烟柳和我随侍娘娘，还有暗卫时刻跟随。娘子所谓私通是心魔，你终日臆断，竟在宫中散布宁国公主的谣言，继而查到了已故忠良张公的头上，引发螟颐观一场大火，让守陵人葬身火海！”

“宁国真是公主吗？”李艳打断富贵的话，逼问道：“内廷文牒上，宁国诞于广政七年八月。然而广政六年年尾到七年年初，陛下从未出宫，倒是慧妃娘娘七年二月回蜀。宁国出生的时候，你正在张公府邸。我很好奇，宁国既然不是公主，又是谁呢？张公的诰命夫人与慧妃娘娘一道同出散花楼，你们俩有什么不可告人的秘密吗？为何安都统刚刚获得一丝线索，螟颐观的嬷嬷便放火自焚，四郎李玹就落发为僧？这欲盖弥彰的动作连我都不能说服，又如何堵住天下悠悠众口？”

富贵语塞，无法辩驳。

花蕊浅浅地笑了笑：“你也说是悠悠众口，何必执意去堵呢？”她心平气和地理了理朝服宽袖，说：“娘子天资甚高，生性敏感，可是往往好奇之心也是祸害之源。世间事自有它的规则，你何苦这般执迷，不该你知道的也要强行探究。若起因是源自我，花蕊给你赔罪，可你到底连累了旁人呀！掌事嬷嬷何其无辜，四郎李玹何其无奈，刘十三走投无路，宁国注定无福，还有兕奴……他才五岁，犯有何错！”说到此处，花蕊喉中一哽，强行咽下悲伤，继续说道：“娘子臆断直指花蕊，一心想让我死，可惜开初就错了，一路下来更是错上加错。你太高估自己在宫中的地位。你不知道是陛下怜惜宁国父母双失，由太后娘娘做主收养在后宫。你们逼迫毫无抵抗力的知情人，让他们陷入两难，说什么忠心耿耿，不过是贪恋权力罢了。玄宝乃陛下幼子，生母地位再高，又怎能高过薨殂的赵贵妃。玄喆勤勉好学，深得陛下信赖，在朝中诸臣的扶持下，他迟早会继承大统。娘子何必沉不住气，非要赶尽杀绝。你乱了章法，因为你所嫉恨的，到头来是花蕊一人而已。”

羞愤双生，李艳站起身，双目赤红。她从花蕊的话中听出胜利者对无耻之徒的蔑视，这让她恼羞成怒：“因为你？凭什么！你外出七年，回来做什么！”她直指花蕊，撕心裂肺地吼叫起来：“陛下如神一般不可侵犯，你却让他躬身折腰！自古以来，多少江山社稷便是毁在你这样的狐媚手中！”

又是妖姬祸主的言路！花蕊看着李艳恍惚狰狞的面目，明知是她指使加害玄宝却不能逼其就范，不禁悲从中来。她止住将滴未滴的泪水，对李艳说：“若你这般执迷不悟，不论身处昭圣宫还是回到宣华苑，无非画地为牢而已。刘十三走投无路，沉水自尽，可安思谦会为你守口如瓶吗？再者，你觉得朝廷那么多查控都是白养的吗？我今日奉召见你，皆因陛下怜悯秦王和褒王，不愿在百官面前审理宫闱丑事。若你能口述罪行，以泄陛下和太后心头之恨，此事便到此为止，也不枉你一番苦心除掉玄宝，秦王、褒王从此前途无忧。”

李艳面色苍白，仇恨的业火几乎把她烧成灰烬，她眯着眼睛，喉咙里发出不知是笑还是哭的阴冷的声音：“陛下和太后的心头恨？那你呢，玄宝死了，最恨我的是你才对吧？”

“不错！”花蕊目光如炬，泪珠蓄在眼底，却面带微笑，她说：“我还记得沁芳园中，四人情同姊妹，曾经相互依偎着，要在幽幽深宫里活下去。如今就算我失手杀你，有谁肯责怪我吗？”

富贵的头猛地抬起，又赶紧埋下，张着嘴想说什么，最终什么也没说。

昭圣宫内一派寂静，偌大的宫廷只有孤零零的几重殿堂阁楼，琉璃瓦反射的灼日闪闪发光。大风从广场的青玉石板刮过，远远地能听到飞檐翘角的风铃叮叮作响。

秦王玄喆和褒王玄珏跪在慧妃花蕊的肩舆下泣不成声。

“母亲因一己之私加害三弟，其罪当诛，儿臣甘愿替母亲领罪！”玄珏磕头哀号，“请慧妃娘娘饶恕李氏，玄珏甘愿放弃封地，为兕奴守陵！”

花蕊脚步停滞，眼中积蓄多时的眼泪终于滴落了下来，她挥挥手，满脸倦意：“褒王不必如此。陛下若要大开杀戒，何须令你前来。今日奉旨只为给你兄弟二人一个真相，你们能够明白，也不让兕奴枉死一场。如今，皇嗣只剩了你跟秦王。从今往后，兄友弟恭，内平外成，假以时日，让蜀地祯祥呈现，让百福咸臻，才是臻举！”

玄珏抬起头，正午的阳光涂抹着寂寞宁静的殿瓴，慧妃的华盖在明亮刺目的天空下渐行渐远，他沮丧地跌坐在地上。皇长子玄喆目送慧妃消失在夹城尽头，后背阵阵发冷，豆大的汗珠从额头滴落下来。他自幼丧母，昭容李艳凡事以父皇为尊，兄弟二人习音律、练书法、学马球均是为了投其所好，从来不似兕奴那样浑然天成。他素来羡慕玄宝可以不必讨好父皇，却未想到，看似没有面面对峙的冲突背后，却比沙场厮杀更残酷。

愧疚、彷徨、恐惧和哀伤，一时之间情绪复杂。

“有些真相虽然残酷，但是应该懂得自己选择，我不想替代你们做出判断。”临来昭圣宫时，皇帝的话再次响起，玄喆忽然明白，这是到了自己要做选择的时候。

从昭圣宫一路走来，富贵疾步跟随在花蕊的肩舆下，他不安地问道：“娘娘这番苦心，二位王爷能否领会呢？”

“任何人在短时之内都难以接受，何况秦王和褒王。三年，时间应该够了。”

富贵恍然大悟：“原来陛下让王爷远离京都，令孙逢吉和陈鄂两位侍读学士随行，是这个意思！”

正说着话，只见狮子门前有几名监官拥着内常侍田敬全恭迎在旁。这田敬全从前侍奉在咸宜宫，后来领永平节度使升为从三品的内常侍，宫城外有他的府邸，平常都在太清宫和承乾殿侍奉，已经很久没有出入后宫。田敬全远远看见花蕊的肩舆，跪下地来恭候，花蕊掀开纱帐问道：“公公特意等候在此，所谓何事？”

“老臣刚从咸宜宫出来，奉太后懿旨去大慈寺为遂王点灯。听说娘娘去了昭圣宫，心想幸许娘娘也愿同去，故在此恭候。”

花蕊心头微颤，迟钝混沌的痛楚在肺腑中蔓延，她记得这是八八六十四天，玄宝已经离开自己整整八八六十四天了！大慈寺中还有如常在那里，她曾私下请求微服去看看，均被皇帝拒绝，这敏感多事的时候，要避免节外生枝。

“公公有心了，请带路吧！”花蕊朝田敬全点头示意。

肩舆掉头朝城外走去，禁军都指挥使安思谦早已在宫门外备了凤舆鸾驾，委派侍卫司全师雄整肃小仪仗恭候随驾。随驾即是监视，自刘十三自尽，李艳迁居昭圣宫，安思谦一改飞扬跋扈的姿态，行事更加小心谨慎，对禁军的把控也越发严密。

大圣慈寺在普贤阁设了门燎，清跸庙门，悟相禅师领僧众在阁中为遂王诵经，平常能聚集万余人的场中空旷寂静，今日只听梵音潺潺。宝相庄严下，僧侣在层层蒲团中循环往复。花蕊看到如常小小的身影，缁衣笼罩着单薄的身体，在金黄色的蒲团中好像飘零的落叶。

她全身摇晃，几乎控制不住自己，想要拥上前去，她要抱如常回宫！

田敬全制止了她："请娘娘以大局为重。"

一位年轻僧人将如常带到花蕊跟前，她已经落发，法号亦叫"如常"。

"如常别怕！悟相禅师和不归会照顾你，安生待上一年半载，等阿娘接你回宫！"

相比花蕊的情绪激动，如常却显得宁静而平和，在孵宫时那惊慌失措的表情已经平息。看样子，她确实在宏大的佛法中获得了保护，得到了解脱。

"如常心甘情愿皈依我佛，终此一生为玄宝虔信祈祷，愿以此功德，庄严佛净土。上报四重恩，下济三途苦。请娘娘不必牵挂。"

花蕊听如常这般说话，心如刀绞，她扑倒在地，泪如雨下地哀号着："暮雨姐姐啊……蕊儿没有好好照顾如常，是我对不起你！"

从大圣慈寺回宫后，花蕊大病一场。

许是积郁的痛苦难以愈合，孟昶亲自处方也未见成效。恍惚中如常那张无辜苍白的小脸和玄宝粉嫩晶莹的面庞相互交替，一个双手合一，一个俯身下跪，那清澈的眼睛闪烁着无邪的光芒，令花蕊肝肠寸断。

病榻缠绵，天启宫中少了两个欢愉的身影，更显得昏暗寂寥。

孟昶日日前来，亲手为她熬制参汤药剂，太后驾临探望，看到花蕊的病容，心生怜悯，她责备孟昶说："椒房专宠，才会让他人心生怨恨。慧妃虽然德行配位，但她形势单薄，以妃位摄六宫事已是恩宠极致，三郎大概忘了当年的赵贵妃和张修仪吧？"

孟昶冷汗潸潸，赵贵妃和张修仪的惨死历历在目，他无法想象换成花蕊会怎么样。

"皇帝仅有两位皇子，六位公主，帝王之家讲求多子多福，难道那些佳丽都不能入你的法眼吗？盛年之际，恩宠过专对蕊儿也不是好事。"

"我懂了。"孟昶恭敬回答。过了不久，后宫刘婕妤和王安宸便被册封为楚国夫人和越国夫人，其余诸位号十四品，昭仪、昭容、昭华、保芳、保香、保衣、安宸、安跸、安情、修容、修媛、修涓等均有册封，秩位堪比公卿士大夫。

刚入秋，楚国夫人和越国夫人便领太后懿旨，时常到清晖阁向花蕊讨教词曲，编排中秋宴的歌舞。

好些时日，凌波殿内舞乐俱齐，好不热闹，孟昶谱曲，花蕊凤笙合奏，先教宫娥再传教坊编排。丞相欧阳炯雅善长笛，偶然也会到宣徽院中助兴一二。帝妃二人原本精通音律，经孟昶谱曲改良，后宫的弦管别具一格，令教坊部头李彦武心悦诚服。弦乐、曲词、书画几乎占满了花蕊和孟昶的所有生活，白天教授宫娥弦乐，晨晚练书法、作词、画画。各位妃嫔刚开始的时候还探访迎合，渐渐地觉得无趣起来，煮茶、焚香、养些花草，作些诗画，固然美好，但帝妃两人的生活太清静了。孟昶更沉迷道学参禅，并自封道号“玉宵子”。少年时期，孟昶每年去青城山清修，是为了消减身上的杀戮血气，如今他沉迷道藏，却是企望从中获取解脱，找到智慧的力量。

李昊和毋昭裔谏言说：“毕竟是帝王，怎么能跟俗世隔离呢！”

十一月，前朝传来赵廷隐薨卒的消息，孟昶主持祭祀有月余忙碌，只是无论多晚，他都会到清晖阁陪花蕊用膳，没时间也要看上一眼才离开。

冬至过后，花蕊病体渐愈，孟昶却时常缺席紫宸朝。

这天教坊都头李彦武为元宵宴乐舞的事求见花蕊，他将教坊牵头收集整理的乐曲以及由乐府抄谱、校正完毕的书册呈上，新翻御制曲、词和新调曲目可以千计，还有不知唱名的曲子请她批示。清晖阁中，花蕊一边听取李彦武的汇报，一边专心致志地糊裱一张黄麻纸画。画上郎君美髯凤目，幞头簪花，肩挎弹弓弩，风度翩翩，右手高扬，指尖夹着一枚黄金弹。

太后携了褒国亲临凌波殿，正好看见宫女在殿前排演，便赏了锦罗数箱。花蕊见状，笑着放下手中裱糊的画像，口占一绝投其所好：

宫娥小小艳红妆，唱得歌声绕画梁。缘是太妃新进入，座前颁赐小罗箱。

说完，花蕊吩咐左右将装裱妥当的《挟弹图》挂上东墙，太后看着画上的郎君，忍不住哈哈大笑起来，笑着笑着眼泪就如滂沱大雨，连累褒国也陪着号啕大哭了一场。临走，太后将那首俏皮的曲词抄了下来，带给孟昶说：“蕊儿已经恢复生气了。你呢，总该做自己该做的事情了吧？”

广政十四年（951 年）正月，开封探子回报：

汉太后下诰，授郭威监国符宝，正月初五自皋门入宫，正式即皇帝位于崇元殿中，改国号为周。

蜀中，孟昶高坐于承乾殿上，听着朝臣议论倍感疲倦。臣子们能看到皇帝的脸庞在漆纱幞头下微微泛黄，眼底隐约呈现灰黑色，这是长期无法安睡的表现。皇帝才三十三岁，正值盛年，很多人以为这是纵欲的结果。

“遂王因病夭折，陛下为安抚慧妃，竟迁怒昭容娘子，实在有违贤君之道。”高彦俦很不满，“还说经略陇右，拓边西北！中原形势巨变至此，陛下居然无动于衷。”两年前安思谦遣援王景崇失败，他曾上疏启奏，希望皇帝能够从战略部署、协同作战及军队战斗力等诸多弱点着手整顿治军，可孟昶却将精力放在文教经济上，并未对治军多做指示。枢密院在高延昭和王昭远的主持下，常常出现意见相左的局面，一批战功卓越的将领被两位不通军事的外行弄得焦头烂额，心灰意懒。后宫倾轧，遂王夭折，朝中不免流言四起，安思谦更时常流露出飞鸟尽、良弓藏的言论，使得京都禁卫人心离散。

高彦俦是追随高祖知祥入蜀的老臣，为人忠心，耿直坦荡，在孟昶和王昭远处屡屡碰壁之后，他想到了太后李氏。

于是他请求宣徽院使伊审征辗转告请，得以觐见皇太后。

“海晏河清日，修文偃武时；川蜀四塞之地，易守难攻，但刘秀攻公孙述，刘备取西川均不足两年；钟会邓艾伐蜀和桓温伐蜀亦不足半年；前王衍因边防懈怠，兵无斗志，灭国仅七十天！蜀地偏安数十年，能带兵打仗的将领日益递减，但凡皇帝还有拓边西北的雄心壮志，就该整顿军务才对啊！”

高彦俦的拳拳忠心让太后深受感动，更明白这些并未危言耸听。“山河之固在德不在险。”可皇帝目前的状况，她心知肚明。面对肱股忠臣的直谏，太后承诺一定找机会劝勉皇帝，请他务必继续将国事挂劳于心，不可推卸责任。

皇帝此间废朝，也得到了很多人的同情理解。

比如王昭远。他虽出身低贱，蒙皇帝不弃受命主持枢密院事务，备受鼓舞，因此孜孜不倦地翻阅兵书，努力学习。但那些纸上谈兵的理论并不足以服众，更使同事主持枢密院的通奏使高延昭感到很为难。一边是功勋卓越的武将，一边是陛下亲狎的权臣，都得罪不起，他思前想后便在御前请辞，想回丰德库安心做肥差。孟昶挽留不得，遂任用伊审征为通奏使，同王昭远一起为枢密院执事。过了几个月，他又将吏部尚书、御史中丞范仁恕改立为中书侍郎兼吏部尚书，加封同平章事。众臣都看得出来，自遂王夭折后，孟昶长时间疏于朝政，他将皇权下放，同时分散相权，自己则把更多精力放到了弦管乐曲之上。

宣徽院内，沉香袅袅，孟昶握着尺八，花蕊捧着曲谱，二人双双端坐在龙榻上，百十个教坊小宫娥各司其位，手执钟钹铙磬，只听箜篌憧萧和鸣，筚篥琵琶齐响，另有几十人和着乐曲唱词，在廊下演习。教坊都头李彦武满脸通红，异常兴奋，他正滔滔不绝地在御前禀报：“天家和娘娘始创的弦管，有别于北方音乐，如今风靡锦城，宫中乐舞已达上千，民间管弦乐手更是多不胜数，均以皇帝为尊。”

花蕊并不欣喜，摇头叹息。

她是女人，丧子之痛在彷徨后以病痛的形式反映，她可以堂而皇之地伤心、愤怒，还能获取同情。多年历练的坚强帮助她顺利地走出来，为了更好地陪伴孟昶，她将痛苦煎熬吞咽，直至超越了痛苦。

但孟昶做不到。

他生平遭遇背叛和暗算无数，李仁罕、张业、王处回、赵廷隐莫不如此，为了社稷和大业，他忍受下来。可是这一次全然不同，是他所信任的妃嫔跟最亲密的臣子联手害死了他的儿子。花蕊清楚玄宝对孟昶意味着什么，这个儿子有孟昶被江山社稷所压抑的快意潇洒的天性，他聪颖敏锐、天赋异禀，好像一块绝世美玉，浑然天成，甚至没有遭受过任何苦难，毫无瑕疵。孟昶对他灌注了最深厚的父爱。玄宝夭折，犹如将孟昶身体的一部分也抽离掉了，初时无知无觉，时间越久越是失魂落魄。有功的臣子需要安抚、封赏，贤惠的妃嫔需要宠幸、受封，孟昶努力地行动着，希望自己做得比大多数的君王更好。

此间的天下在发生着翻天覆地的变化。

郭威刚刚在汴梁城禅汉立周，汉室余脉刘崇便接受契丹的护翼在晋阳即帝；江南李璟更是乘机灭楚，国土与大蜀接壤，其实力足以抗衡中原。中土又一次被割裂开去，大蜀王朝虽然被周、唐两国钳制，但四面险塞阻隔，就像山谷中沉睡的坚果，既没有人能够从外砸破，自己亦没有破壳而出的力量。

这些难以化解的痛苦让孟昶沉迷在宫廷声乐中自我麻醉，他不仅下令教坊牵头组织大批官员和优人进行乐曲收集、整理和翻新，还将御制曲词抄谱、校正、刊印，传教于朝野；严谨而独特的弦管乐队将按拍唱曲之风带入盛行。“宴秋宵”可以“弦管挣摐”，遇着生辰宴、端午、贺春、东宫降诞、上头、三元节、腊日、承宠、寒食、清明无不是歌舞升平的好时光，如遇中元节、明庆节，更是少不得弦管彻夜，歌舞天明。除了舞乐，其他诸如绘画、诗词、版印、石刻、教育等都得到了发展，这些庞大的产业给蜀王朝带来了空前的繁荣。

又一年农事初毕，灌州古堰的拜水祭祀开始，蜀中百姓汇集在大江两岸，但没有看到皇帝的身影。

孟昶缺席了一年一度的祭祀，会真殿的戏台上却在表演新排的蜀戏《灌口神队》。

身着羽衣鹤氅的道姑们，头戴生丝越罗制成的道冠，罗冠上镂嵌着新样的白玉花，从会真殿后的道观徐徐而出，飘然而至，坐拥在会真殿的三层退台上。教坊女乐已经搬入摩诃池南岸的宣徽院中，聚集在摩诃池北面。排宴设在戏台对面的流杯亭，六局二十四司的宫人坐在观戏楼里，有位份的娘子则簇拥着孟昶和花蕊在流杯亭内就座。

所有人的目光都被吸引到十丈宽的庞大戏台上。

锵锵的锣鼓声中，台上用机括制造出电闪雷鸣，足以乱真，天空中有玄、金两条巨龙在云雾中斗得翻云覆雨，须臾间狂风大作、天昏地暗，紧接着大雨滂沱，飞溅的冰雹打在流杯亭的檐角，啪啪作响。众娘子吓得花容失色，花蕊也紧搂着孟昶呼叫："此间冬寒，怎么会有大雨冰雹呢？"正说着，戏台上身披金甲的灌口神启奏说道："岷江大涨，锁蹇龙处，铁柱频撼！"话音刚落，光着臂膀的堰工们冲进云雾中淘滩做堰。

而后，雨停云开。摩诃池又恢复了一片平静。

孟昶哈哈大笑，带头鼓掌："李彦武这台戏好，朕的花蕊夫人都当真了。传旨大赏！"

教坊宫伎领赏离开，亭中酒宴继续，一时金板轻敲，凤笙合奏，弦管吹弹，乐女的歌声再次荡漾在水云之间。

花蕊叹了口气，趁着孟昶与宫人喝酒畅饮的间隙，轻轻起身离开流杯亭。烟柳随行在后，为她罩上紫金色风雪貂裘："天家像是忘了今年的灌州祭祀呢！"

灌州的岁修祭礼已经延续百年，历朝历代的皇帝都引以为重。花蕊没说话，漫无目的地沿着水池徜徉，歌声抛在身后渐行渐远。她不知道孟昶还要沉醉多久，更不忍心将他从自我麻醉中拖拽到现实的痛苦中来。

春去夏来，宣华苑的牡丹开了又败。

汛期一个月，蜀中暴雨、酷暑交替，成都府周边几个县郡内涝频繁。暴雨后的酷热将整个蜀地烤得如同蒸屉，龙骨水车夜以继日地抽调摩诃池的凉水，浇灌到宣华苑的各个殿瓴间，以排解挥之不去的闷热。

蜀国春尽，越桃始开，仲夏夜，除了水中莲荷，各处的红栀子开得如同火焰般茂盛，那厚实的花瓣像蜀织锦缎，柔和滑腻，花香更是萦回千里。

这日子夜，狂风骤起，香味儿变得黏稠起来，凌波殿的芙蓉帐也随之上下翻飞，檐下宫灯横飞乱晃，灯火忽明忽暗。只听哐啷一声响，像是宫灯被风刮到地上的破碎声，值夜的宫女赶紧起身关窗户，还未闭严，那倾泻的大雨便瓢泼而来，溅了一身。

艄宫内监向鲁富贵禀告：“户部尚书欧阳炯在殿外求见陛下！”

“天家睡了，什么事儿明日早朝再说。”

“汛情紧急，欧阳相公不肯走。”

富贵不敢耽搁，来到清晖阁，见慧妃花蕊还未安寝，便向她恭请示下。

“天家好不容易才睡着，让他等等吧！”花蕊俯在孟昶身边，轻摇着羽扇。

“兕奴——”

孟昶在龙床上呓语。入夏以来，他每夜都胸闷得难以安眠，此时更是用力地攥着被角儿颤抖，仿佛全身的肌肉都在痉挛。天空一道闪电劈下，将清晖阁照得如同白昼，暗沉不过瞬息间，又是啪的一声惊雷巨响。孟昶骤然起身，他睁大空洞的双眼，用力地喘息了许久，直到眼前黑潮退去，耳边的轰鸣也消停，这才慢吞吞地抬手把花蕊抱在怀中。

“又做噩梦了？”花蕊的头抵在他的胸膛间。

“梦到兕奴站在水中，像是有很多话要对朕说，但怎么也听不清。”孟昶蹙了蹙眉，他的嗓音一贯清澈有力，此时却有些暗哑。

“兕奴已经离世多时，三郎要保重，不能太过悲痛伤害圣体，妨碍国事。”花蕊努力摒除自己的悲伤，尽力劝道。

孟昶没回答，抬眼望向紧闭的窗户问道：“雨下多久了？”

“两个时辰。”花蕊看了看窗边的莲华漏，说：“天快亮了，再睡会儿吧。”

“去看看！”孟昶耸了耸眉尖儿，执拗地掀开锦衾，吩咐富贵执伞。

富贵刚打开殿门，哗哗的暴雨声便如金石敲打地面，狂风将他头上的幞巾吹飞到老远，提着唾盂和宫灯的祗候内监纷纷抬起手试图遮挡雨水，东墙上的《挟弹图》扑哧一声歪倒摇晃。富贵来不及寻回头巾，亟亟说道：“天家回屋吧，雨太大了！”

孟昶像没有听到，迎着暴雨走到殿外。

他只穿着薄薄的越罗单衣，被狂风吹得紧紧地贴在身上。富贵赶紧抱着披风为他罩上，又招呼三四十个宫人执了帷幕挡在他的身前。孟昶在电闪雷鸣中放眼望着凌烟阁的方向，宣华苑的群楼殿阁，全都在风暴中失去了轮廓，铺天盖地的烟雾笼罩着整个成都府的城池。

忽然，楼下嘈杂声起，灯火影影绰绰。

“怎么回事儿？”孟昶问。

“摩诃池涨水了，他们在抢救琼台的物什！”富贵探出横栏张望了片刻，全身立即被浇湿了。

“琼台淹了吗，皇城外呢？”

“欧阳相公正在承乾殿恭候陛下！”富贵跪下禀告。

“怎么不早说？摆驾承乾殿！”

孟昶转身望着花蕊，他的眼睛明亮有神，脸色变得凝重起来。

这场暴雨自西岭延及整个蜀地，大江内外两条水道和支流全部猛涨，洪水呼啸着一路狂奔，像脱缰的野马，铺天盖地地朝成都府涌来，所到之处，房舍垮塌，提坝决口。罗城西面，延秋门的土墙被水冲垮，坊间居民在浑然不觉中就被巨浪席卷，变成沉溺水底的冤魂。巨大的水流裹挟着浮木、羊马冲向皇城，被萧蔷阻隔之后通过铁窗门的水道进入御河。

天色微蒙，暴雨还在持续，早朝的臣工与皇帝站在金水桥上，看见奔涌的河水中不时浮现出羊马尸身。皇城水门两岸有几百名禁军负责打捞，未曾来得及捞起的尸体就顺着水流经过金水桥。

“陛下！延秋门下的房舍全部被水冲毁了，臣请旨领卫圣军救灾！”

高彦俦跪在大雨中高呼，他看着孟昶从出现在承乾殿到现在为止一言不发，不由得心急如焚，不知道皇帝在想什么。李昊和欧阳炯领着使院三省六部的臣工早已分头行事，支计院的禁军也在王昭远和伊审征的带领下全部出动赈灾。

“好，高彦俦备船，领卫圣军一同查看灾情。”孟昶忽然说道。

巳时三刻，暴雨渐渐停歇，天色依然阴霾，狂风中不时散落着雨点儿。

龙船从水门出皇城，河道已经看不见了，洪水高过平常丈余，淹没屋顶，水中有浮尸不时飘过。每棵柳树、杨槐的枝头，但凡高过水面的地方，都挂着三四个幸存的人，他们看到官船驶来，纷纷解衣挥扬，高呼“救命”。

高彦俦指挥卫圣军划了小船，一个一个地将人背上拖船，不一会儿十来条拖船都装满了解救下来的灾民。

“传朕旨意，武担山、大圣慈寺和青羊观的地势较高，可供灾民暂且安置。”孟昶自小见惯战场的血肉横飞，看到这般惨状还是忍不住微微颤抖，他压抑着，沉静地指挥道，“丁壮全部留下随军救人，妇孺老者送到安置点！”

高彦俦对孟昶的临危决断心悦诚服，很快最后一条拖船也装满了。

孟昶又召集了几名生员耋老到龙船上，赏赐茶点果盘，详细询问了灾情前后的状况，探讨治理利弊。这些生员耋老见御驾亲行，连忙感恩进言，孟昶却恻然自责：“朕亟亟谋求明治功勋，面对浩浩流波却无计可施。”

“陛下，天灾背后莫不是人祸，治水先治人，赈济须及早啊！”朝中直言相谏的风气影响了民间，虽然面对的是皇帝，有见识的生员说起话来全无媚世之态。

“此话怎讲，老先生请讲！”孟昶态度诚恳地问道。

“近两年来，蜀地汛期破坏之严重，前所未有。大江上游草木葱茏，灌州每年岁修可保河床清洁，但下游河道有如蛛网，也需要保持土壤完好。老生对天灾之说心存疑问，连月暴雨，蜀地哪一年的雨不是这样下的，偏偏今年水漂罗城。”

生员的话刚说完，旁边有个老汉就连连点头，插嘴说道：“啥子天灾哦！延秋门被冲，其实早有预兆。原来的内江河床淤积沙土，该淘滩的没淘滩，只好找人力修石坎儿，将河道强行改道。京官和富户修宅建府的时候又都比拼着用百年楠木充梁。这些年来连续砍伐，沿江山林的金丝楠都被砍得差不多了，陛下你去看嘛，好几道山岭就像被剃了光头一样。”

孟昶听闻，表情变得有些不自然，说起楠木充栋，当年修建天启宫，从沿江山林伐下的金丝楠木就装了整整二十船，天启宫的窗棂格子用的都是百年金丝楠。自那以后，蜀朝臣工修建府邸无不以楠木为风尚。

只听老汉继续说道：“没有老树固土，泥巴涵不起水。这一个月的雨又急又大，雨水裹挟着泥石滚下山，到处都是堰塞湖，小湖冲垮变成大湖。延秋门城外是桥涵地形，水聚集起来成了个更大的堰塞湖。昨晚上暴雨不过下了几个时辰，按理成不了这么大的灾。是各地的堰塞湖垮了，那洪水就跟野马脱缰似的，罗城怎么能不遭殃嘛！”

生员拱手说道：“水是命脉，古今皆然，善为国者，必先除其五害，五害之属，以水为始。百姓永享水定波宁之安澜，才能天下归心呢，陛下。”

“啊！”老汉和生员的话让孟昶醍醐灌顶，不由得陷入深沉的思索。

经户部统计，这次水灾仅成都府内淹没的人家就达一千多户，淹死五千多人，冲坏太庙四座，摧毁整个司天监。孟昶下旨大赦，令范仁恕在青羊观救济灾民，赵季礼赶往灌州治水，散赈居民每户免徭三年，白金一两。

这时，翰林使王藻联名右补阙章九龄、李起和田淳、幸夤逊等人要求惩治那些趁机大肆敛财、欺凌下民的罪行。

孟昶问：“欺凌下民的，都有哪些人？”

如之前花蕊所讲，这些言官诤臣被皇帝惯坏了。王藻和田淳直指安思谦、赵季礼和王昭远，那些尖锐的言语，让听闻者心有余悸。王昭远见自己跟赵季礼和安思谦一道被弹劾，顿时目瞪口呆，他自诩并没有什么贪腐的行为，可在众目睽睽中一句话也说不出来。孟昶想起龙船上耋老所言，深深的自责萦绕于怀，他垂眸沉吟道：“这件事不能委过于臣下，灾异徒显，咎在朕躬。”

于是当即颁下罪己诏，自咎废政之举。

夜来南风，蟋蟀鸣叫，窗前竹影在书案上摇曳。天空刚吐出鱼肚白，紫阳钟声悠悠敲响，花蕊还在花窗前奋笔疾书。宣徽院的管弦乐声飘入凌波殿，值夜的宫女熄了灯火，烟柳领着女使捧了香囊唾盂候在清晖阁外。又是一夜过去了，皇帝已经接连几日没来天启宫了，这是近两年来，第一次出现这样的情况。花蕊走出清晖阁，精神却分外饱满。

此时，延昌殿西暖阁中，孟昶正闷声不响地把整盘蟹黄毕罗吃下肚。太后听到孟昶下罪己诏，激动得涕泗横流，趁机用高彦俦的话劝诫了一番，不赞成王昭远继续主持枢密院，她说：“乞儿人不错，又是先帝赏你的近随，你们自小亲近，锦衣玉食随他取用，怎么优待都没问题。可他出身寒微，对军事一窍不通，一旦边境或者蜀中有难，他连带兵都不懂的。高彦俦是先帝故人，又出身晋阳，正当委以重任，他才是值得托付的啊！”

孟昶摇头说：“高祖当年仰仗晋阳老臣站稳脚跟，却也给儿留下大患，我好不容易才将威胁尽除，怎么敢重蹈覆辙呢？儿怎么不知枢密院责任重大，就当是为父皇保存些肱股吧！我是断不能再将国之重器交给他的。”

太后皱着眉，苦口婆心地规劝道：“皇帝啊！分散兵权、援用亲随都是权宜之计。根本的问题在于，悍将既除，新遣的统帅却没有军功，兵卒毫无依附感，对皇帝你缺乏认同，让他们如何拼死卖命呢？时转势移，皇帝要提前做好准备，尽早重塑足以御敌的军队，要他们在军政上与我们同心同德才好。”

孟昶点头答应，重回太清宫理政。

很快，朝堂诸事井然有序，各自归位。这期间，办学置馆如雨后春笋般在各州郡成立，毋昭裔亲自督刻的《九经》不仅在蜀中村野随处可见，周边各国也以蜀本刊印为准；通商贸易空前繁荣，每月定期的蚕市、茶市、花草市和羊马市聚集了各种肤色的人群，不丹、尼泊尔、印度甚至更远的西域的马帮经过吐蕃、打箭炉和雅州到达成都府，他们带来纯种的胡马，换取蜀地珍贵的茶叶、织锦、盐和精美的日用器皿等。

可是繁荣安定的表象之下，很多事情都在不知不觉中改变了。

随着蜀境财富暴增，文官地位提升迅猛，武将唯恐背负猜忌，拓边的战略变得保守，北境秦州的许多边寨开通了与大周国之间的通商贸易，边关军镇也加入买卖的行列中。边寨守军不仅出面护镖，还帮商家酒楼看场，凡是有守军参与的买卖，出关入境都很顺利，使节督军睁一只眼闭一只眼。随着军卒越来越胆儿大，欺压商旅的事便时有发生，秦州是何重建归蜀时被纳入蜀地版图的，周边百姓心生不满、申诉无门的时候，甚至说出“不如跟周朝合并，免得多交关税”这样的话来。

26. 故地落日红

大蜀朝广政十八年（955 年），大周国显德二年。

金风玉露天，蜀地风情却胜人间无数，因为天高，视野更旷远些，从大玄门城楼俯瞰京都，闾巷之间，有弦管歌诵，日映合筵。大圣慈寺外人潮汹涌，上万僧众聚集在广场上拜佛诵经。坊中百姓抬着头，望着皇城的大定门这一路，左右两列禁军仪仗、幡帛、钺斧浩浩荡荡地护拥着皇家的銮舆过来。

两匹并辔的白马被挡在大圣慈寺的街巷口，马上有两位风姿绰约的年轻人。其中一位胡服郎君年纪小些，他头戴幞巾，憨态可掬，慧黠的双眸比灯火还明亮；另一位稍稍年长些，他身穿绯色缺胯，面堂紫红，阔唇隆鼻，两条高挑入鬓的长眉像宝剑般端正。被拦下之后，身穿胡服的年轻人勒缰问路人："是皇帝出乘吗？"有人回答："是慧妃娘娘在大圣慈寺拜佛诵经呢！"

正说着，人群朝前涌去，欢呼着："娘娘出舆了！"两匹白马顿时被挤退到街巷口的松树背后。远远望去，只见上百位妃嫔命妇从车檐内走下来，每个人的头上都戴着高耸入云的紫金冠，身穿锦绣朝服长袍。庙门的"敕建大圣慈寺"匾额下，沿着两根大红柱铺设了巨大的红色毛毡，一直延伸到大街上。僧众齐整地列坐在红毡两边，背后横列着上千面羯鼓。

松树后的白马焦躁不安地喷着响鼻，胡服郎君半张着嘴巴，目不转睛地盯着大圣慈寺的红柱庙门。

随着“娘娘千岁”的山呼，大街两旁的人潮纷纷下跪，在宝帐、垂诸和华幡的簇拥下，香水撒满整个广场，一辆铜凤花朵雕饰的御驾停在庙门口。众娘子蜂拥而上，从銮舆中款款走下一位身穿青色袆衣的女人，宽衣大袖上是金丝彩绢刻成的雏鸡，红珊瑚和七彩宝珠的璎珞垂挂在胸前，三重莲花金冠耸立在云鬓之上，展翅的凤鸟围拢发髻，金灿灿的步摇灼灼闪光。她伸出雪白的手来，从内监官那里接过一只鎏金的佛龛捧在手心，半拖着长裙走上红绣毡，细长的腰肢随着裙摆富有弹性地律动，炯炯有神的双目平视着前方，脸上流露出安详沉静的表情。

三十五岁的慧妃花蕊，如同一朵盛放的牡丹，仪态万方、冠绝群艳，在万人中央散发着绚烂而华贵的光芒。

白马上的男人被那炫目的艳丽晃花了眼，因为激动，他的脸色变了。那皮肤原本如瓷器般光泽，此刻有些发紫，眼眸中波诡翻腾，一时欢喜一时忧伤，眼底渐渐泛红，竟然蓄满了泪水。

“咴——儿！”只听一阵马嘶长鸣，松树下的胡服郎君转过头去，身边的白马早已扬起四蹄，须臾间便失去了踪迹。

热气熏蒸的巷陌中，身穿绯色缺胯的男人挥着精致华贵的马鞭从北向南，他紧握着枣色骏马的金勒策马狂奔，身后扬起一道烟尘。

暮色弥漫，钟鼓声遥遥相闻。

罗城外的渡口，绯衣男人左臂微垂，只手提着酒斛，立马站在斜阳里。那双透亮的眼眸眯缝着，露出一丝意味深长的笑容。雕梁画栋的高楼就在他的面前，即将远行的游子熙熙攘攘地登楼而上。有十八年了吗？他暗自思忖，往昔都随暮色淡了，只有那清水样的目光仿佛还近在咫尺。

楼底依旧喧嚣，俳优神态佝偻，头发花白。他盘坐在高台上，一手抱着鼓，一手扬着鼓槌，不知说了些什么，台下客人纷纷起哄：“陈年旧事，不听咯！快拣新鲜的说！”

“客官莫急！安思谦身为禁军统领兼领保宁军镇，落到抄家灭族的下场，捋起根源不就是他进谗言杀张业，企图废黜赵太尉的旧事嘛！”白发俳优敲了敲鼓槌，有气无力地说道。

台下有人接话：“是他自恃有功于社稷，领兵遣援凤翔时，三番五次徘徊观望讹诈朝廷钱粮！”台下还有不服气的，立刻站起来大声嚷：“安思谦无功而返，朝廷不怪罪他还加官晋爵，你的意思是，上至皇帝，下到督军，都是瞎子吗？”

绯衣男人背靠廊柱，双手交叉在胸前好奇地问：“是啊，戴罪之身还加官，这是何故？”

前方有中年儒生侧头回答：“朝中无人喽！三皇子夭折后，皇帝潜心修道，不愿重刑杀戮也是有的。反倒是安思谦惭愧恐惧、坐卧不安，统领禁军毫无威信，还不如属下侍卫司的小都头。”

听书的客官打断儒生，嘲讽道：“你又知道了！你是御前侍驾的还是堂前执戟？皇帝行事心机叵测，忘了歃血为盟行义天下的誓言，斩杀功高旧臣。照我说，安都统敢跟皇帝叫板，也是条好汉子！”

中年儒生嫌恶地说：“见过好汉不？安思谦对皇帝早已怀恨在心了，行事作为全是小孩儿耍赖。举个例子，皇帝查阅禁军名册，发现很多年纪轻轻就被斥退的，安思谦说是整顿军务，却尽是些荒诞怪异的理由。于是皇帝责令将他们留下来归籍。皇帝前脚刚走，安思谦后脚就杀了这些士卒！这样的人是跟皇帝叫板的好汉？”

那客官不想惹是生非，高声嚷道：“不讲了，不讲了！台上的，说个花蕊夫人的故事吧！那位梳朝天髻的娘子是不是真的跟安都统有旧啊？”

绯衣男人混迹在人群中，乍听到花蕊夫人的名字，不由得抬起眼来。

“还有这事儿？快讲，快讲，有得打赏！”起哄的人更多了，台上丢满了铜钱。白发俳优满面红光，他挠头笑道：“拍板儿虽然没谱，却不能信口开河，倘若客官想听宫闱秘史，在下讲个胡太后广集名门贵妇，挂帅老鸨做娼妓的千古奇闻让各位消遣消遣如何！”

台下顿时沸腾起来，不断有人起哄叫喊，丢了几吊钱到台上，吼着“要听”。

“……俗话说十只黄猫九只雄，十个老婆九个凶！长广王高湛将相貌平常的胡氏娶回宫，原本是想求个安稳……”

绯衣男人提着酒斛仰头咕咚了一大口，伸手拍了拍方才说话的中年儒生。

那儒生回过头来，正碰着男人递上的酒斛，只听他含糊不清地问道：“后来呢？姓安的怎么被抄家灭族了？”

中年儒生接过酒斛，饶有兴致地打量了男人一番，笑问：“郎君外省人吧？”

绯衣男人眯着眼睛道：“成都府说官话的，不都是外省人？”

“嘿嘿，外省人才这么问，成都府哪个不晓得！”中年儒生就着酒斛干了一大口，递还给男人问：“郎君敢不敢跟我上楼喝酒？”男人没动，中年儒生哈哈大笑，附在他耳边悄声说：“听闻大周皇帝刚刚提点的殿前司督虞候赵匡胤，骁勇善战，嗜酒如命，今天目睹，觉得传闻不实！”

绯衣男人身材高大，就势贴到那人身上，抬手圈着他的脖颈做亲密状：“嗜酒如命不假，骁勇善战也是真的。杀了你，我趁乱而走易如反掌。”一边说着指尖伸进他的衣领，微微一挑，已然看见那处“白虎负日”的刺青。

话音刚落，前后左右五六个黑脸的壮汉围堵过来，将赵匡胤抵在廊柱上，中年儒生悠悠地说：“没人护你，督虞候在秦州边境就身首异处了，你以为谁都能在成都府如入无人之境吗？”

“啊呀呀！”一个小酒保抱着大坛酒，笑呵呵地挤到廊柱前，高声说：“客官要的酒来啦！”赵匡胤看着那身胡服和慧黠的双眼，笑了起来，双手高高扬起，后退两步认输：“好好好，上楼喝酒，带路！”说着往戏台瞥了一眼，那俳优还在卖力地敲槌高唱：“……乞丐王身首异处，胡太后流落街头，长安城夜无鳏夫，名门妃闻风而来，谈笑之间有鸿儒，往来白丁照普度……”台下客官哄堂大笑，拍着大腿叫嚷：“胡太后算活明白了，做皇后哪有娼妇的乐趣大啊！”他摇了摇头，心想朝光离开散花楼不过六年，鼎盛与华丽不再，瓦肆内愈发粗鄙不堪。

一名黑脸壮汉在前方带路，小酒保抱着酒坛笑眯眯地跟来，憨态可掬。中年儒生看了看赵匡胤，又看了看酒保，一边走一边说：“安思谦追随皇帝多年，李仁罕和张业被雷霆处死，他都曾参与策划。后来讹诈朝廷，皇帝任他飞扬跋扈而不指责，是不愿与他同道分裂。但凡他能稍稍收敛一些也可保一世安稳，可惜三个儿子不争气，比当年的王德钧、张继昭还残暴。广政十五年（952 年）成都府漂城，翰林使王藻等人联名要求惩治敛财欺民的臣僚。皇帝却下诏罪己，打算装聋作哑不了了之，谁知王藻几次三番上疏奏言，安思谦惊慌失措，情急中挑动保宁军镇造反，企图自保。此人以落井下石，搅和朝政之功而擢山南西道节度使，出兵遣援无功，以戴罪之身反领保宁军节镇，以惭具不安多疑生怨终遭灭门之祸，实在是难以理喻的可笑之人。”

赵匡胤若有所思地点点头，说：“安思谦固然难以理喻，皇帝之所为也让人不解。”

说话间，四人已经来到楼顶，推门入内，里面空无一物，只有一方干净的席榻。酒保将酒坛放在席榻上，退出门来，垂着手跟黑脸汉相对而立。

“安思谦既是亲狎旧随，少不得有过歃血换帖的交情，一边放任他跋扈，一边说杀就杀，不正应了那句兔死狗烹吗？”赵匡胤轻蔑地说道。

“他倒不想杀的。自断肱股，谁替他保境安民？”中年儒生露出讽刺的笑来，“大蜀国有天然险阻屏障，数十年来无战事，功臣权贵不甘寂寞，草民之时还能奋力一搏，立下战功便欺虐下民，军中兼要职，外面挂着节度使，蜀主不是训诫‘下民易虐，上天难欺’吗？那王藻搬出大玄门匭函中百姓所投的状纸，几次三番奏言，逼得安思谦造反，可惜他自己也因擅自私拆边境奏报被杀，所谓以杀止杀，圣人之不得已，再修精妙的道法又有何用！”

“啊，是这样！”赵匡胤的表情变得有些难以理解，他眯着眼睛喃喃自语，“除了废黜斩杀之外，解除武将兵权似乎还有更好的办法。看来孟蜀驭下失策了，他的肱股爪牙被杀，朝中文臣武将的分裂必定空前。”

“赵虞候请！”进到房中，中年儒生的态度有了微妙的变化。他对守在门外的黑脸汉说道：“赵彦韬，来见过大周皇帝的殿前司督虞候。”

黑脸汉转过身拱手作揖：“大蜀国左匡圣军督虞候赵彦韬见过赵虞候！”

身在大蜀国的疆域里，被直呼大宋的军职，赵匡胤觉得别扭，没等他回应，那名叫赵彦韬的军士已经退出门去，反手关上了房门。他没有落座，而是走到窗边望着灯火阑珊的罗城远眺，他在心里感叹孟蜀治下的繁荣昌盛。常年征战中原，他眼中万里荒田，饿殍遍野，如此富硕风雅的地方，唯有金陵和江都可比。

“圣人想削平各国一统天下，须拿下唐、蜀两地充实国力才行啊！”

中年儒生坐在席榻上，望着赵匡胤的表情，仿佛看透他心中所想：“比部郎中王朴已经给郭圣人献言，主张先取唐国江北诸州。他认为得江北，则江南易取。取得江南，那岭南、川蜀就可传檄而定。南方平定，燕地必望风披靡归附中原；倘若不肯归附，可调军进攻，以席卷之势平定。河东汉室乃灭国世仇，恩惠和信义诱导都没用，大军压境制伏即可。高平战败后，汉室国力空虚、士气沮丧，必定不能再起边患，可暂且稍后谋取，等天下平定，瞅准时机，一举擒获便是。这些，是否与赵虞候不谋而合？”

赵匡胤不经意地揉了揉左肩，转过身背靠着窗栏看着他，紫红的皮肤在灯火中微闪着光晕，深邃的眼眸像吸盘一样定在中年儒生的脸上：“连《开边策》的内容你都知晓？”

“不仅我看过，孟天家也在看。”中年儒生轻描淡写地说道。

“蜀王也有？”赵匡胤隐现怒意，心想青衫虽然保护他顺利入蜀，却也同时从皇帝枕边套取了机密。这人佯装鸿学教派，立场却东倒西歪，跟那些给钱就卖命，投机钻营的将臣没什么区别。

中年儒生对他说：“去年周太祖晏驾，晋阳汉室趁机反扑，郭圣人力排众议御驾亲征，于高平大败刘旻和契丹联军；也是高平一役，都虞候被流箭所伤，差点儿失掉左臂。郭圣人下令整顿禁军，广募天下壮士，殿前司正式成军，虞候得以顺利升任，并兼领严州刺史。”

赵匡胤咽了咽口水，紧紧地闭上了嘴巴，眼瞳在灯火中闪了又闪。自那年在江陵与郭荣一起目睹川楚八帮惨遭血洗后，他回到汴州，发誓断绝跟青衫来往，可郭荣不以为意，屡次劝说：“是相互利用，还是相互成全，看你怎么想，何必放不开呢！”

他看着两手空空的中年儒生，皱眉问：“你请我上来喝酒，你的酒呢？”

儒生笑起来，手指席榻上的酒坛说：“这不就是？”

“你太吝啬了！”赵匡胤将酒斛丢给中年儒生，背靠着窗栏问，“说吧，到底是谁想带话给圣人？”

“在下九陇人氏范禹偁，先祖乃居鄘范增……”中年儒生的话未说完，赵匡胤呵呵一笑，拱手久仰：“想不到大蜀国鸿胪寺卿范禹偁，居然是青衫门下！”

“范某原名张谔，的确是得到青衫指引才得以入朝为官，青衫于我亦师亦友，为他鞍前马后义不容辞！”

赵匡胤想到身负的使命，便敛起玩世不恭的姿态，挺直腰板儿坐下来说：“年初时，有蜀国的商旅到汴州请命。为此，圣人的密使已经去了江陵府。”在今年年初，蜀国秦州的确出现一些百姓远赴汴州，请求大周出兵伐蜀，恢复旧日大唐疆域。郭荣顺势而为，决议在谋取江北诸州的同时，进攻蜀国秦、凤、成、阶四州，以经略左右的边境。他告诉范禹偁这些，是看清了青衫党羽依附强权的本质，郭荣正是这样一种强权。

从五月出兵到现在，秦州战况艰巨，蜀地地形复杂，运粮困难，加上蜀军顽强拒守，周朝大军久攻不下，濮州刺史胡立被俘。丞相领朝中文官，以馈运不继为由，主张偃旗息鼓，收兵回朝。郭荣不忍撤军，特意命心腹赵匡胤入蜀勘察。

果然，范禹偁在他的逼视下，垂头说：“今日范某正为郭圣人解惑而来。”

“如果秦、阶、成、凤四州不能回归中原，凤翔便随时受敌威胁，关中岌岌可危。不知你对此有何看法？”

“孟蜀陛下鉴于安思谦专横跋扈的教训，将禁军都指挥使、中书令高彦俦加官武信节度使，赐爵位乐安郡王，免去军职；还命山南西道节度使李廷等十人分别统领禁兵。能够随时遣援雄武四州的昭武、保宁、山南西道藩镇，其节度使均被剪除羽翼，禁军统领也被肢解分割。”

赵匡胤不禁惊讶道：“简直难以置信……”

他很难想象，在这个武人治下的时代，孟蜀的武将居然毫无施展之力，从不断被杀被废的情况看，孟蜀内部分歧严重，可用将帅屈指可数，若不是地势阻隔，拿下蜀地应如探囊取物！

“想必郭圣人很想听到你带回去的消息！”范禹偁打断了赵匡胤的沉思，只见他的眼神在灯火中闪烁，似乎还有其他想法。

“还有什么吗？”赵匡胤问。

范禹偁斜眼瞥了瞥紧闭的房门，探头说：“被俘的濮州刺史胡立，得当朝丞相李昊力保领任梓州别驾，据悉此人也有归国之谋，不知道虞候愿不愿意见上一面。”赵匡胤惊叹了声：“大蜀朝的丞相也是青衫门下！”

“不！不！”范禹偁摆了摆手，“李丞自诩胸怀苍生，范某不忍他羁身于荒树，愿为他引见栖息梧桐。”赵匡胤眯缝了眼眸幽幽一笑：“既有归国之谋，日后必有用武之地。赵某入蜀多日，圣人未免久等，还是及早回京好。”

范禹偁尴尬地呵呵两声，将话引到别处，赵匡胤百无聊赖地说：“散花楼的凤笙曼舞，昼夜相接，不如去楼下厢房继续喝酒。”两人从莳花阁出来，由赵彦韬领着下楼。俳优表演已经结束，换上了蜀地最风尚的弦管乐舞。酒保将他们带到包房门外，范禹偁拱手告辞说：“范某在此不宜久留，还请赵虞候见谅。”人多眼杂，赵匡胤也不客气，就此别过。他揉了揉酸涩的左臂，在包厢内坐下，金丝蜀锦的屏风半开半合，眼睛刚好能够看见台上抱着五弦琵琶、手持凤笙的优人。小酒保奉上果盘茶点问道：“元朗自问，先取唐国妥当还是先取孟蜀更好？”

赵匡胤先是一怔，然后肯定地说：“则平问得好！但圣人战略既定，我做属下要极力维护。事实上中原割据几十年，兵连祸结，帑藏空虚，先取蜀地，次及广南江南，则国用富饶，更加有利于统一大业……”话未说完，脑子里忽然呈现出花蕊的身影，眼前一阵恍惚。

他的心里还珍藏着那段久远的经历，不是所有的少年郎都有幸能被仰慕的女人指引，恰巧那女郎还是一位躬全懿范、世德钟祥的人间绝色。

十月深秋冷，成都府的秋天远比中原绵长。“四十里芙蓉如锦绣”，鲜艳的花瓣儿随着朔风舞动，柳岸边、河渠里到处都浸染着绚丽的胭脂红。从宣华苑到太清宫，一路都是参天的古银杏，此时金叶遍地，御道上铺了厚厚的树叶。在淡紫的晨霭中，赭红色的宫墙和玉砌阶栏相互辉映，大内重重叠叠的宫脊飞檐，仿佛被蒙上一层忧郁的秋霜，深寂无人的御道上，只有黄叶飞卷，令人生出难以言状的惆怅。

孟昶从清和苑出来，慢腾腾地向太清宫踱步走去，一路上脑子里空落落的，不知道在想什么。

此时，御书房中，文丞李昊、欧阳炯与武将王昭远、韩保贞和赵崇韬早已等候在侧，秦王玄喆和褒王玄珏则在殿外恭候。

孟昶还未踏上玉阶，只见伊审征匍匐在丹樨下号啕大哭：“臣有负圣恩，督战不力！致使王峦及三千将士被俘，秦、成、阶、凤四州已失，请陛下治罪！”

在今年年初的时候，秦州的边奏回朝，不知什么时候出现了小股当地的百姓，跟随商旅队伍去了汴州。然后有消息称周皇帝郭荣接百姓请愿，有意伐蜀。当时任雄武藩镇管辖秦、成、阶、凤四州的节度使的正是心腹伊审征，他已经升任为枢密院知事，请旨在凤州设置威武军以备战事。

孟昶准请，命王昭远前去北境协助并巡查城营和武备情况。

三月份，周军从凤翔大散关出兵突袭蜀境，孟昶心知不妙，即刻令李廷为北路行营都统，高彦俦为招讨使领兵迎战。

他站在大玄门的城楼上，望着远行的大军延绵几十里，不禁想起广政十年，五万旌旗出征凤翔，那是何等的磅礴威严。此情此景再现，境况却已全然不同，他叹气道：“伊审征只是个文臣通奏使，哪能指望他挡住周兵呢！”

当时赵季礼正在身旁，他振振有词地附和：“伊审征的确不是将帅之才，不足以御大敌。”孟昶心里不痛快，问他：“你说还可以遣谁去？”赵季礼慷慨激昂，自行请命。孟昶心生感慨，他想到秦王玄喆，想到他的生母赵贵妃，想到戎马一生的故相赵季良。赵季礼同出一门武将世家，自来以文才武略自许，想博得一番功业的心情迫切而诚挚。孟昶便封他领雄武监军使，将宫禁精兵一千人作为他的私属部队随行。谁知军行才到德阳，听说周军拔掉了八个营寨，赵季礼竟不顾身份仓皇逃命，还不忘遣送随身携带的包裹箱笼和妓女侍妾向西返还。等赵季礼单枪匹马奔入成都府，罗城百姓误以为北境大败，惊惶无措地相约出逃。孟昶忍着愤怒问他前方战况，他却战战兢兢说不出一句话来。赵季礼如此不堪，让孟昶惊怒交加，想起当年他跟张业勾结的旧事，怒火中烧，杀心顿起，不顾左右劝诫，当即将这懦弱的小人押到御史台，七日后于崇礼门斩首示众。

还好有李廷在威武城东与周军交战，擒获周军排阵使、濮州刺史胡立。周军罢战，北境这才有稍事喘息的机会。

七月初，孟昶得探子密报，大周朝内部出现了分歧，文臣宰相以馈运不继为由固请罢兵。与此同时，孟昶还获取了王朴所写的《开边策》，得知郭荣欲先谋取江淮的战略部署，他立刻派遣密使前往晋阳汉室和金陵唐国，与两国国君商议共同出兵遏制周军。得到汉主和唐王的答复后，孟昶并没有掉以轻心，还派遣通奏使伊审征领武泰节度使前往秦州慰劳安抚，督战北境。

他想不通，为什么前后不过三个月的时间，周军就能一改颓势重新压境？

高彦俦和李廷大败，退守青泥岭；伊审征逃回成都府，观察判官率城投降，由何重建率军归蜀的秦、成、阶、凤四州得而复失，又被中原朝廷所占据。

孟昶看着李廷上表请罪的奏疏，深知丢失雄武四州的后果，也知道大周朝的郭荣与中原前代的武将不同，他意识到大错已经酿成，蜀境危矣。

哐当一声巨响，案几上的砚台和盆兰被拂倒在地，李廷的请罪奏疏朝着屏风下滚去。孟昶把桌案拍得山响：“立即去查！任何人渎职决不宽宥！”内监官吓得纷纷下跪，孟昶瞪着满地的墨迹和摔碎的花盆，气息一阵比一阵粗重：“雄武四州丢失，到现在只有李廷上疏请罪，伊审征避不见朕，什么缘故？”内监官摸不着头脑，只知道皇帝恼怒雄武战败，连忙请求息怒。孟昶烦躁地对鲁富贵说：“传旨！命李昊、欧阳炯、王昭远、韩保贞、赵崇韬和秦王、褒王立刻到御书房觐见！”

富贵领命离去，屏风后踱出一双翠色云头履，慧妃花蕊款款而来，俯身捡起滚落在脚下的奏疏。她走到孟昶身边，将奏疏放到他手上说：“陛下知道伊审征从未领过兵打过仗，雄武四州丢失这么大的事，他愧对陛下，给他两天缓和一下吧。”

“见我一面有这么难吗？”孟昶向来仁德，听花蕊这么说，感觉又一位心腹大员给他当头一棒，他扬起手中的奏疏大声道：“只有李廷请罪，伊审征夜遁回京，躲在床底下发抖也不肯来见朕！”

“三郎！”花蕊握着孟昶的手柔声安慰，“何必为难他。”

孟昶咬着牙关说：“高祖立国于马上，我欲效法李唐太宗皇帝以教化治国，宽法慎刑，抚民以静开创蜀地明治。可惜王朝在我手上始终不能开拓，现在连固有的疆土也丢了，三千将士和王峦被俘，让我如何面对？”孟昶的胸口起伏剧烈，他从少年时便持重稳健，绝少展露内心的迷茫和痛惜，最近几年反而越发不能控制自己的情绪。

花蕊深深地理解，那些将士多么难得，他们都是与孟昶歃血效命的忠虎之士。

“朕还要怎么做？恩威并济，依然无法操控武将权臣，文官在战事面前不堪一击。是不是朕不该斩杀安思谦，君臣离心的丑态暴露于世，让多少人大看笑话，又有多少人寒透心骨吧！”

花蕊突然明白到孟昶为何如此痛苦，但是有些话难以说出口。

太宗皇帝李世民是很难效法亦无法超越的，孟昶和高祖知祥一样，在这个伦常崩乱的时代还留存着衣冠士族的些许德行。当年高祖知祥就因顾念庄宗的郎舅之情和明宗的兄弟情谊而迟迟不肯立国；孟昶同样因为重情守礼而不忍杀戮太甚。他固然具备盛世君王的宽大胸襟，却因为缺乏震慑的气魄，往往被世人误解为软弱昏聩。就算不是处于这样一个虎狼林立的时代，真实的人性中就有得寸进尺、豪抢碾压的一面，对这样的人仅靠隐忍用计是行不通的，孟昶穷极一生恐怕都很难真正明白。

“我用不着为树威杀人，也没有那么愚蠢自断肱股，可是他非得逼我！朝堂上君臣之间的勠力同心在哪里，大治开放又在哪里，统统都去哪儿啦！战败无人究其根源，却请罪的请罪，躲避的躲避，他们在想什么？”

伊审征跪在阶下恸哭，孟昶愤怒之余深感疲惫，在玄喆、玄珏的恭候下，他来到御书房中。

“……朕亲政七年，夙夜劳思，期望能够光昭高祖遗德，早底治平，以康民物。尔等臣工亦实心为国，剔弊除奸，才得王朝繁盛之光。如今虎狼当前，君臣更应振纲立纪，共弭境患。”孟昶的声音响亮而缓慢，在书房中震颤。李昊与欧阳炯领王昭远、韩保贞、赵崇韬、玄喆、玄珏山呼万岁，叩拜起立。

李昊起身后，满不在意地说道：“雄武四州是何重建归蜀的时候带来的，那地方民心外向，强行讨回需要花更多精力治理。不如遣使去往汴梁城跟郭荣讲和，大家各自为政算了。”

孟昶目光灼灼地看着欧阳炯，希望尚书能有所建议。未等他说话，倒是旁边的王昭远已经按捺不住了，他责备李昊说：“李侍郎身为朝廷国柱，怎么说出这样的话来。且不说雄武四州有多重要，就算是一尺一寸的不毛之地，无论如何也要夺回来的！”

李昊看不起王昭远，但在皇帝跟前，他彬彬有礼地阐言说：“正因为身负重责，李某才说出这不中听的话来。王通奏赤胆忠心令人感佩，但这样冒冒失失的对陛下是真的好吗？连李廷与高彦俦两位将军也拿不下来的地方，朝中还有谁能拿下呢？”

王昭远说：“周军压境的速度太过迅猛，边寨疏于防范才措手不及，不过李廷也在威武城大败周军了呀！还擒获了濮州刺史胡立！”王昭远一边跟李昊辩论，一边请奏说：“臣愿意领兵出战，请陛下派遣钦差出使金陵和晋阳进行联络，如果汉、唐两国能在中原双腰钳制，周军便无力前攻，臣可趁机攻下秦州！”

欧阳炯深知王昭远也是个纸上谈兵的赵括，不能贸然让他领兵作战，李廷与高彦俦还在北境的青泥岭苦守，为他们解围才是当务之急。于是他拿出早已准备好的一份奏疏，郑重其事地拱手说：“陛下先看看这份谏疏吧，王奏使所言极有道理，陛下可再谴使出访晋阳汉室和金陵唐国，这一次臣愿亲自前往，务必要制定出协同作战的具体方略来。至于攻取秦州，臣觉得还是缓一缓，目前我军兵力弱于周军，需要避免作战。青泥岭上李廷与高彦俦将军还在死拼固守，长此坚持容易被俘，应尽快解围才是上策。”

孟昶看着欧阳炯递上来的《谏用兵疏》，双手发颤，又是这个龙游令田淳！

伏见三年以来，民颇怨嗟。谓陛下求贤失道，为政不平。重纂组，夺女工，贵雕镂，损农事。法令不信，赏罚无诚。纳谏之心，微自满假。驭朽之念，渐乖始卒。载舟覆舟，不可不惧。而况北有大敌，方藉支御。若失人心，其何以济。臣又见频发士卒，远戍边庭。人心动摇，莫测其故。家构异议，如临汤火。人且忧骇，将何抚宁。若夫举众兴师，须明利害。况关大事，岂可容易。心若金鼓一鸣，前锋稍接。一败一成，疾如反掌。愿陛下先事而计，无贻後患。今之动静，颇涉因循。臣不知所发之兵，为防边乎？为赴敌乎？若云防边，不当骤有微。若云赴敌，则须先决便宜。师出无名，三军必怨。三军既怨，何以成功。以我朝之甲兵，拟柴氏之士马。以我朝之将领，比柴氏之师帅。以我朝之帑藏，比柴氏之乏廪。至于法律刑名，声明文物，彼长此大，差等不同。须用权奇，以谋拒捍。若二国交斗，恐未十全。况我天府之邦，用武之地，一夫守隘，万旅无前。假使柴师能于野战，攻城夺垒，利在平川。傥入隘途，如无手足。愿陛下以短兵自固，扼塞要冲。分布腹心，把断细径。精加号令，老彼敌师。纵柴氏亲来，未敢便谋深入。以日继月，以月继年。敌势自羸，我师弥锐。不折一戟，不失一卒，而柴氏自疲。信所谓彼竭我盈，以逸待困。此为上计，符合天机。

他不是个心胸狭隘的君王，否则蜀地何以能够出现这么多直言进谏的文士。奏疏区区五百言，没有任何铺垫，开门见山便指出朝中诸多失策，紧接着从士卒、将领、财力等方面与柴周对比，得出“二国交斗，恐未十全”的结论。田淳认为，蜀朝是“一夫守隘，万旅无前”的地方，而周军擅长平原作战，如果入蜀，就像人失去手脚一样施展不开。鉴于此，他提出：“以短兵自固，扼塞要冲。分布腹心，把断细径。精加号令，老彼敌师。”即使郭荣御驾亲征，也不敢深入蜀境，只有采取这样以逸待劳的方式，才能达到彼竭我盈的局面。

孟昶更明白欧阳炯的良苦用心，雄武已失，三千俘虏在对方手上，再次攻城已经是最后没有办法的办法了。造车准备器具，最少三个月，堆筑攻城土山，又是三个月；加上求胜心切情绪焦躁，兵卒像蚂蚁一样爬墙攻城，死伤一旦达到三分之一，城池再攻不下，就是灾难了。他握着龙榻扶手的手有些用力，只稍稍沉吟了片刻，便向李昊布置拟出一份请和书信遣往汴州，另外派遣欧阳炯微服出使汉、唐两国，希望以不战解除青泥岭的危机，并将王峦和三千兵卒换回家乡。

出使汴州请和的队伍俊丽非凡，百匹骏马嘶风啸月，蜀绣旌旗翩展菲菲；而欧阳炯仅粉青毡笠乔装出猎，数十随从牵着几只赶獐细犬，手擎苍鹞往阆州方向出川。

年底使臣从汴梁城返回，神色肃穆。原来郭荣并未以礼相待，他恼怒孟昶自称大蜀皇帝，倨傲而不作回答。孟昶明白郭荣的恼怒是借口，不愿讲和为真，周军拿下江淮后必然入蜀，王朴的《开边策》还摆在御书房案头。

广政十九年（956 年），郭荣果然御驾亲征进取淮南。

身在江陵的荆南国主高保融已向大周朝称臣，同蜀朝的联盟瓦解，孟昶下令宁江军镇在白帝城聚集军队粮草，做好防守抵抗的准备；川北阆州剑门关也招募丁士兵卒，铸钱造铁，策应李廷和高彦俦抵抗。

四月，欧阳炯回蜀，他北上太原府再折返金陵，跟周朝大军行走在同一线上，从金陵回到成都府，走了个大三角，车马换骑，乘舟逆水，历时半年。

来不及修整，欧阳炯从合江亭一下船便策马直入宫城，来到御前汇报。

他在太原府觐见汉帝刘钧，汉室在父皇帝北辽的卵翼下，屯兵不多，足以自保，但刘钧答应蜀国有求必应，全力以赴。

“臣辞别刘天子，过河南下，正巧与周军随行，目睹江淮战况惨不忍睹！”

“汴州探子回报说，王峦将军被赦免编入军籍，耿介有他们的消息吗？”孟昶关切地询问。秦州战败，郭荣听取督虞候赵匡胤的建议赦免王峦和三千俘虏，并将他们并编入军籍，随部御驾亲征。

“王峦将军……臣正想跟陛下禀报……”

周军以破竹之势直取淮河，在正阳大败唐师，斩首万余，地上的伏尸延绵三十里，缴获的军械有三十万之多。郭荣驻军寿州城下，一边下令诸军进攻，一边征发宋、亳、陈、颖、徐、宿、许等州数十万丁夫，昼夜不息地攻城。赵匡胤突袭江淮水军，首战在涡口打败唐军万余人，斩杀兵马都监何延锡等人，夺取战舰五十艘。

次年二月，赵匡胤袭退清流关皇甫晖，破滁州城。

唐蜀两国素来交好，王峦便趁夜领着蜀国将士逃往金陵府，向唐王投降求助。

“当时臣下刚设法潜入滁州，正遇到唐王李璟的特使向郭荣求和。当时的江北，有一半已经被周军占据。唐王李璟请去帝号，割让江北寿、濠、泗、楚、光、海六州，每年上贡金帛百万请求罢兵，而且他还……”说到这儿，欧阳炯忍不住哽咽起来，涕泗横流，泣不成声：“三月初十，李璟竟向郭荣献出王峦和降卒一百五十人，随即便被郭荣全部斩首，尸体挂在滁州城外示众三天。臣与随从在乱葬岗下找到王将军的尸身，无法将他送回家乡，只能就地掘土掩埋！”

孟昶靠在椅背上，昂起头来，使劲儿把眼泪逼回眼眶里去，他强烈痛恨这种背信弃义的人，偏偏在他的人生里，在他身处的这个时代里，最多的就是背信弃义的人。李璟敬献蜀国俘虏，割让江北称臣，意味着蜀、唐同盟瓦解：“郭荣既得江北，则江南易取；取得江南，接下来就轮到川蜀岭南了，李璟自诩唐皇后裔，也比照吴越和楚国，敬奉中原号令，乞求郭荣能够收敛征伐的威势，糊涂啊……郭荣带领的是天下最精锐的部队，他们对整个中土志在必得，李璟弃义求和有什么用呢？”

“天家所言不错，郭荣拒绝和谈，麾下赵匡胤仅仅屯兵两千人守在六合，示形用谋，以逸待劳。李璟命齐王率兵两万渡江迎战，正好落入圈套中。臣回返成都府前，目睹赵匡胤以两千之力打败唐军近五千人，剩下的余众争夺船只渡江南逃，慌乱中又溺死不少，唐师的精兵损失大半。”

孟昶在久久的沉默中深陷，以至欧阳炯不知道他究竟听进去了多少。

27. 静中开鸿蒙

皇城东侧有一座府邸，从前蜀王衍朝便开始存在，如今看上去依然低调肃穆，中间的兽头大门巍然耸立，仅有一道侧门随时开启，显露在外的雕梁画栋、琉璃瓦顶上的鸱吻完全符合相府的制度。只有进过内苑的人才知道那富丽堂皇的府邸绝不亚于宫禁大内。这正是当朝门下侍郎、兵部尚书、同平章事李昊的相府。

李昊坐在香薰的软榻上，尽管有些疲累，但又感到异常兴奋，手里捧着热茶，心里却还回味着梓州别驾胡立在下榻处对他说的那些话。

胡立是周皇帝郭荣提点的濮州刺史，在威武一战中被李廷擒获投降，孟昶任他梓州别驾的职位予以优待。郭荣谋取江南战事正酣，不愿蜀国讨扰，于是派了使臣前来商议交换俘虏，孟昶召胡立到成都府觐见，派李昊前去安置。胡立虽是李廷的手下败将，筵席上却分外傲慢，荆南、吴越、马楚早已称臣于大周，李璟又自请去其帝号，郭荣势如破竹的进取让天下隐隐有了一统的归属，蜀境虽然歌舞如昔，陪坐公卿却感觉微妙而别扭。

“如今天命已有归宿，周皇帝声威教化泽被远近，李丞相可有感受？”筵席上胡立被李昊无微不至、礼贤下士的姿态打动，忍不住敞开了心扉，李昊自持身份不作应答，其余官员只装作没听到。

“当今的天下是武人的天下，宛丘符氏、云中折家均属周朝，圣人麾下还有石守信、王审祺、张永德等猛将，殿前司赵匡胤如日初升，熠熠生辉；江南国李璟的帐下也有韩熙载、林仁肇这样的世家，反观蜀朝有谁啊？就凭四面斧峭的环山，守得住吗？”面对胡立不加收敛的嘲讽，李昊一干陪同公卿面露愠色。李廷拍案而起，正待发作，李昊在旁使了眼色加以制止。胡立端了酒斛，醉醺醺地走上前来向李廷赔罪：“在下酒后胡言乱语，都统莫怪，胡某先干了这杯酒，说不定以后还有共事的一天，孟圣人愿意送我返回汴州，不正是向郭圣人表明以和为贵的态度嘛！”

李廷终于忍不住跳起来：“大蜀国还没有亮剑，有机会共事轮不到你！”说着便要提剑杀了胡立。李昊赶紧将他拉出门，其余公卿都不愿跟胡立喝酒，纷纷起身告辞，找借口离开。

范禹偁陪着贵为丞相的李昊坚持到最后。

临别时，胡立傲然跟李昊说：“胡某虽然身份低微，却是为太祖‘安社稷’的义臣(指郭威黄袍加身之事)。胡某败在李廷手下，确实没什么颜面。但他也是我周军的手下败将，全军覆灭还能统领禁军，这在我大周朝是闻所未闻的事情。在我看来，蜀中已经无人领兵了。丞相今日待胡某的盛情，我一定细禀郭圣人，大周国会铭记于心，在下与丞相拜别，期待后会之期。”

李昊慢条斯理地回礼：“别驾还要在蜀中住上数日，时候尚早，多来府上走动才是。等怀恩军抵达，我再差人送些薄礼上路。”

胡立的话不多，但每个字都浸透到了李昊的经络，让他有种说不清的振奋激情。良禽择木，贤臣择主。这在李昊看来是自然而然的事情，大蜀国这块肥硕的土地被中原豪强窥视已久，什么时候取拿要等他们什么时候空下来需要了。朱温篡唐之际，他为蜀将刘知俊所得，前后仕蜀几十年，累迁至今以宰相高位掌管财政大权。他私财万贯，妓妾无数，曾经嘲笑斗奢的石崇王恺，好像没见过世面的幼稚小儿。前朝王衍和今上孟昶都是外省人，归附中原在他看来是迟早的事，他看得明白也想得通透，胡立的一番话让他激动，仿佛一盏明灯指向光明大路，直叫他浑身舒坦。

烦暑之际，成都府一如既往地闷蒸潮湿。

城中水巷画舫云集，莲荷池边，满目裙袂挥扇如云。落日余烬消失在云霞中，銮舆车驾还幸大内，宣徽院教坊得召，皇帝要行长夜饮。

杨柳阴中引御沟，碧梧桐树拥朱楼。金陵城共滕王阁，画向丹青也合羞。

会真殿迤逦的游廊中铺着青锦地毯，正堂内外红帐翻飞，龙脑香的气息弥漫飘散，五彩宫娥站满摩诃池边的水堤，运送珍馐美味的厨船堆积着满舱的时鲜不停驶来。

教坊都头李彦武身着朝服，站在广殿的戏台旁侧，手心微微出着汗，他朝着两百多乐伎高声呼喝："打起精神来！不管在哪个犄角旮旯儿，你们用了几成功夫，天家的耳朵都能辨出来的！"自从广政十四年演了那场《灌口神队》，来年夏天成都府漂城，皇帝就再也没有宣教坊在会真殿中开宴席了。李彦武这次特意将近几年收集的词曲仔细地筛选出来认真排演，他知道天家眼毒，辨得出教坊有没有用功。

只见皇帝的銮驾由数百内监簇拥着抬过来，行仗绚烂威仪，祗候侍臣前呼后拥，环佩叮咚响，玉履声声慢。夫人妃嫔争先恐后献上供奉，皇帝举着琉璃杯，觥筹交错，夜光熏熏，穿透满堂笑语。旋即，音乐奏响，高亢嘹亮，盛宴拉开帷幕，戏台上八音齐发，管弦在夜空荡漾。流杯亭中楚国夫人和越国夫人各分两班人玩游戏，皇帝孟昶当"飞鸟"，由他藏东西在几只手中，猜中即胜，输者罚酒。一时间猜的猜、藏的藏，妃嫔们拉着皇帝笑得东倒西歪，只见他提着御笔蘸上浓墨，在罚酒人的眉毛上不客气地画上粗重的一笔。

花蕊看着畅快的皇帝同样忍俊不禁，已经很久没有这般欢悦了，今天是开心的时候吗？她笑着，上扬的眼角却带着些许惆怅，这个时候不是该高兴吗？

王将军和一百五十位军卒虽然客死他乡，其他几千将士到底都返回家乡了啊！

今天大周朝的怀恩军到达成都府，梓州别驾胡立等八十人已经向东返回，孟昶特意致书向周皇帝郭荣表示感谢，请求通使友好。应该高兴才对啊，不仅大内宫禁醉生梦死，就连巷陌中的歌舞也比平日喧嚣，他们发现大周朝的尖锐箭镞对准的是江南。

蜀地安矣！

临水戏台上绫罗霓裳，歌声震耳，伎乐天长袖翻甩，翩翩起舞，伴奏的教坊乐曲叫人陶醉。

不知什么时候，凤笙管弦安静下来，红烛灯火也隐了下去。只听拍板轻敲，一名白衣乐伎站在船头月下吹奏长箫，另一乐伎坐在她的脚下引吭轻唱：

> 箫声咽，秦娥梦断秦楼月。秦楼月，年年柳色，灞陵伤别。乐游原上清秋节，咸阳古道音尘绝。音尘绝，西风残照，汉家陵阙。

就像往浮躁的沸汤中泼下冷水，流杯亭的欢笑戛然而止。孟昶扭头看着池上小船，怔怔地听着，手中的御笔掉落在地也浑然不觉。仿佛月下有箫声凄咽，繁华梦断不堪回首；眼望楼台外的柳色灞陵，残梦依稀难忍别离；从“咸阳古道”一句开始，骤落千丈，触目惊心；紧接着再续音尘绝，愈感悲辛；“西风”八字，兴衰寄寓，直叫人难以言叙。

孟昶的心尖儿痛得颤抖，胸口的热血直往头顶上冲，他猛地攥紧拳头，双眉紧蹙跳跃，额上青筋暴起，指节捏得嘎嘣脆响。近前的宫嫔内侍吓坏了，瑟缩着不敢作声，但听皇帝怒喝：“召乐伎觐见！”

在戏台侧旁的李彦武急得咬牙切齿，走来走去不知所措。他怎么不知道亡国之音哀心思，排演时特意选了动荡血脉的曲调，不料教坊的歌女胆大无知，居然唱出这样的曲子来！

不一会儿，唱曲乐伎的平头船被富贵带到流杯亭外，花蕊站在跟前，目不转睛地盯着孟昶。孟昶端坐在席台上，在花蕊的注视下慢慢平静了下来。两名小娘年岁不大，双眼灵动慧黠，面如桃花初开。

“这是柳六儿，唱词的孩子叫燕官。”李彦武赶紧上前禀奏。

“柳六儿和燕官是王峦将军的麾下遗孤。”花蕊补充说，“她们进教坊时间不长。”

孟昶的心抖了抖，眼泪猝不及防地喷涌而出。很快，他将眼泪逼了回去，重新又闪烁着锐利而坚毅的目光，他问道：“家中可还有其他亲眷？”

“都没有了。”柳六儿回答。大概是伤痛早已经麻木，两个孩子的脸上都没有露出太多悲戚的神态。

孟昶没再问什么，目中无人地怔坐着。柳六儿年纪大些，却也显得天真，她说：“这谱子是从娘娘的凌波殿中抄来的，夫人说天家的谱曲还没有任何人唱过，燕官很喜欢，一直偷偷练着，她是教坊中唱得最好的一位。”

“不错，燕官能唱出朕心，是情动其中，故形于声，也算是朕的知音了。”孟昶不再责怪，还赏赐了美酒珍馐，只是欢愉的气氛被打破，不论怎么闹腾都心不在焉。子时一过，内监官折来醒酒花，长夜饮便很快散了。

孟昶随花蕊回到天启宫，两个人坐在琼台的冰簟上静默无语，花蕊自顾燃了香，又亲自往小红炉中烧桑柴煎茶。

一炉真香起，静中开鸿蒙。

“泠泠清凉，不受烟火之累，这香是荷露？”

博山炉中香气初熏不久，散发着一股书卷气息，孟昶疲倦地靠在冰簟上，眼睑半合：“这股香若设在屋内会被奇楠的厚重盖过，夏夜琼台倒适合。细细闻着，好像在兴与废之间流连，这香气与人，跟阴阳爻数并无二致，其位得宜才是最好的。”

花蕊自顾专心煎茶，并不接他的话头，孟昶觉得无趣，长长地吐了口气说：“笑也笑够了，朕的面皮都不是自己的，放这里躺会儿。”说着就往她背后靠了靠。

花蕊始终背对着他煎茶，这时轻轻说道：“三郎强颜欢笑，苦中作乐，能听得燕官一曲哀思得以放下，就好生歇息吧。”孟昶睁开眼，环手抱了花蕊的腰身，贴上她的肩头，恨恨地说：“你承认罢，柳六儿和燕官是你亲选的。”

花蕊不答，扭头把茶盏递到孟昶唇边。

孟昶不接：“你坏了朕的雅兴，怎么罚你？”

花蕊看着孟昶，眼波倾泻如月色流萤，她妖媚地笑起来：“三郎想罚我，看你本事如何！”

说话间，孟昶已经将她的脸掰过来。黛色天幕中，蓬莱三岛在红烛灯火中轮廓逶迤，夏夜的暖风掠过摩诃池水，皱起波光粼粼，倒映在水中的石桥和殿瓴阁楼荡漾着颤抖起来。在她的面前，失败维持的尊严没有力量来得重要，也许交融了心魄，内心才能承认虚弱，并且真正安之若素。

烟柳和富贵合上芙蓉帐，提了宫灯返还凌波殿。

“真为那两名小娘子捏了把汗呢！”富贵将手上的宫灯挂在殿廊下，抬手抹了抹额头，“昨天太后说了些类似的话，天家就怒了。今晚居然赏了唱词的娘子，真是怪事。”

“天家以孝治国，皇太后老人家地位尊崇，怎么会恼怒？”烟柳问。

“还不是为李廷将军，坊间议论他兵败覆没，没资格统领禁军，李将军颜面难存，自请罢职，天家在朝堂上就黑了脸。昨日下朝去延昌殿请安，太后把我们遣开，和天家在暖阁的小橱里悄声说话。原本是低声说着，可是声音越来越大，内里突然传出花瓶打翻的声音，天家吼了句‘害怕坊间谣诼，朕丰衣足食养着他干什么’，把我给吓得！”富贵拍拍胸口，端起窗边的茶壶来猛喝。

那的确是这么多年来，皇帝孟昶和皇太后之间唯一的，也是最激烈的一次冲突。

怒吼让皇城殿瓴震颤，却没能让太后退让半分，她在皇城北面的咸宜宫中，看着儿子在先帝创立的江山里一次次碰壁，如今更是狼狈如困兽，走投无路。李廷兵败覆灭而不该统领禁军，这样的传言出自何处，普通庶民会有这般见识吗？还不是武将们将怨气散到坊间。

太后也不服，她的声音控制不住地高起来，她想让皇帝冷静地面对现实：“从前庄宗跨越黄河与梁朝作战，以及先帝领太原府尹，其后平定两川，都规定没有战功的将领不得统军，否则士卒难服。”这话让皇帝急躁起来，他高声责问太后说：“你是责备我不该消减武将兵权，以致保不住大蜀朝的江山！”

不错，太后是心存责备的。但这责备跟朝中大臣的责怪不同，那是她的儿子，也是先帝最得意的一个孩子，由福庆长公主亲自抚养长大，她希望他能继承高祖知祥和福庆长公主的优势和品行，开拓进取。于是太后说，先帝就是名副其实的武将，李仁罕和张业在他麾下的时候循规蹈矩、忠心耿耿，为何富贵之后反要犯上作乱呢！她希望皇帝能认真反省这些年的为政举措，是不是因为偏心役徒文人，不能让武将豪族大展才干。

“历年开贡举选了多少文人能士，却对武将一再打压。文人乃文弱之人，打天下保江山，要打，要杀，要靠武的！否则只能是王朝更迭，江山易主！”

皇帝怒极，靠杀靠武，岂止王朝更迭，江山易主，甚至人伦纲常都变了！他冷笑着问太后：“庄宗善于打仗，才以弱小的晋国战胜强大的梁国，但是取得梁国以后又怎样呢？堂堂‘李天下’居然不出几年众叛亲离，数十个戏子就围困了他。母亲希望儿像他那样吗？”

“庄宗皇帝是福庆长公主的亲兄弟，皇帝若真的像他，我反倒不担心了！”太后脱口而出，全出自一片赤诚真心。孟昶在福庆长公主膝下长大，应该受她的影响最深，他若真心认同庄宗李存勖，以孟昶十五岁便雄战东川的气势，何至于落得像今日这般狼狈。

可是太后想错了！孟昶的脸色变得怪异起来，他皱着眉头，看不出是在笑还是在哭，抑或是在愤怒，他说：“母亲啊，儿怎么能像他呢？那是一个只知用兵方术而不知治理天下的莽夫！儿若是像他，置先皇于何地？”

从孟昶嘴里吐出的字很缓慢，每一个都如同霜刀雪剑凌迟，太后大喊一声：“放肆！”她睁大眼睛，好像不认识面前的儿子。那真的是自己的儿子吗？不错，她是李存勖当晋王时的低等侍妾，因为备受冷落才哀求福庆长公主讨要到高祖身边，是李存勖随手打发送给高祖皇帝的寻常礼物！产子封妃是因福庆长公主庇护，亦是高祖知祥的恩德。可是这一切连高祖知祥也未曾责怪嫌弃，怎么偏偏是他！

孟昶知道那些话说出去是什么结果，但这是他能想到阻止母亲继续说教的最直截了当的办法，他咬着牙看着太后的泪眼，无从道歉，他不可能道歉。事实上太后的话也伤害了他，不仅是他，还有父皇，甚至福庆长公主。

他希望母亲能明白他的构想，当然希望很渺茫。他只好将话题岔开，说道：“儿恳请母亲不要多虑。蜀境有天然的屏障阻隔，外头砸不破，即便砸破，短时也取不来，除非先从自家内乱起，才能一败涂地！”

“真让人伤心啊！”烟柳听到这里，落下泪来，不知该如何评说。

“天家自小修道，里里外外风清气朗、沉着稳重，我寻思着是不是长年吃那丹药的缘故，以致龙性难抑吧。”富贵皱着眉，忧心忡忡。

“历代皇帝都吃的，我还见慧妃娘娘亲手给天家喂过蟠龙瓶的丹药，你忘了娘娘和天家都是精通医理的人呢！”

“第一次见到这般景象难免多想。”富贵笑了笑，继续说道：“天家说大蜀朝除非自家内乱才能一败涂地，太后立刻斥责朝中乱象，她说枢密院王通奏出身役徒下人，伊通奏、赵将军都是些膏粱纨绔，乳臭未干，不懂军事，不知道天家为何要顾念旧情，将恩宠高于常人。”

“高于常人？哪位常人？”

“我估计指的是高彦俦高都统吧。大概这话又惹恼天家了，雷霆震怒把延昌殿都掀翻了，小橱的屏风、锦缎、摆件被毁得一塌糊涂。”

“现在外朝中最得宠的就是枢密院的王通奏和伊通奏，还有韩将军和赵将军，谁敢说他们一句不是？”烟柳跟随花蕊多年，长了很多见识，听了富贵的话，想也没想就脱口而出。

“你这话倒是跟太后一样。”富贵没有责怪她的无礼，悄声说，“太后希望天家重用高都统，说他是先帝在晋阳的老臣，终究不会背叛大蜀，其余人等都不值得信赖。”

“太后这么说也有失公允，她难道不知道天家最忌讳老臣吗？几次内乱都是老臣。怕是白费口舌了。”

“可不是吗，天家出来的时候神情又冷又硬，脚步和身姿都是虚的，太后也没照例送他出宫。”

28. 贬黜的诤臣

成都府往南的华阳一带，自古就是天下粮仓。秋收之后，依然有不少农人在田间除草，着手播种芸薹籽。空旷的田野上，秸秆的焚堆冒出袅袅青烟，随风四散。宽阔的河塘边，新架起了一排龙骨水车，有几位身穿灰色布衣的年轻人正在指导村野的男丁如何踏水。随着清冽的河塘水被转动的水槽引到田垄间，浸透到泥土里，围观的人群不时发出啧啧的赞叹欢呼声。

“休闲地要趁机深翻、起垄、放水、泡田，来年的春耕才有保证！”白发老农看着蜿蜒流淌的水流，舒展着眉眼，声音像洪钟般响亮。

吭哧！吭哧！田间有掘土的声音，皇帝孟昶穿着农人的布衣，正扬着铁锹挥汗如雨。“歇歇！来喝口茶吧！”鲁富贵提着水盅小跑到田间，身后跟着个总角小童，捏着一管儿秸秆吹得呜呜作响。他伸手要接铁锹，却被孟昶推开。与皇帝并列挖地的白发老农停下来，手指着前方，半眯着眼睛赞叹道：“这一垄挖得很直，比老汉的儿子强！”

孟昶手扶着铁锹，肘臂擦了擦额头的细汗说：“现在得辛苦老人家，等孙儿再大些，能帮你忙的时候就好了。”

“也不太辛苦，两个儿子战死，朝廷承诺名下的口分田由子孙传继，永不收回，老汉心里踏实，慢慢耕作，够吃啦！”

“今年秋税有没有困难，可有交够啊？”

“够啦！”老农咧着嘴，露出漏风的牙齿，“老汉年轻的时候，每丁每年缴纳租粟二石，现在不按丁征税，也不交纳实物，拿钱兑换就行。方便是方便，不过一些游手好闲的败家子儿就拿田换钱，最后落得人财两空。”

“朝廷颁布了法令，口分田不许买卖啊！”

“不许买卖，朝廷的大官儿哪来那么多田庄？喏！那一片儿，是李家的；那一片儿，是王家的；还有那边，那……卖了田产的人家享受几年，最后也只好租过来种。这事儿啊，放哪朝哪代都一样，开初的时候一样一样的，越往后头了，就越得分出个三六九等，都是命啊！”

“老爹说话有意思，这是分田还是分人啊？”富贵往秘瓷杯里倒了茶水，孟昶一边笑着，一边接过来顺手递给了白发老农。

老汉也不客气，接过茶水一饮而尽：“老汉活了大把的年纪，说的都是道理。现在蜀朝国泰民安，老汉的天命是改不了了，儿孙的福气运势却要靠自己走出来哪。”

正聊天儿的时候，远处一人匆匆赶来，站在桑树下对富贵招手。孟昶对老汉说：“对不起啦！老人家，像是家里有事，我得先走一步。”

老汉将他手里的铁锹接过来，指着河塘说：“水车架起来，方圆十里都受益，老汉替乡亲们谢谢郎君！”

来人是侍卫司的都头，刚升任到御前，叫全师雄。

他对皇帝禀告说：“范禹偁回来了！”

范禹偁出使大周，带去了表示通使友好的书信。当初为了是否遣使而去，为了那封示好的书信，朝堂上还掀起了一阵不小的风波。

以章九龄为首的言官大骂李昊，骂他忘记广政十八年被郭荣冷落的耻辱。李昊却讽刺章九龄心胸狭隘，没有容人之心，他对孟昶说：“中原朝廷如虎狼恶犬，蜀朝立身于狼群之下，被冷落片刻都不能承受，如何谈及日后图强？”孟昶觉得有道理，便命李昊纸笔写下书信，派鸿胪寺卿范禹偁护送胡立和八十名俘虏回汴州。

孟昶从华阳回到皇城，李昊、欧阳炯、王昭远、范禹偁、章九龄、田淳等人已经恭候在太清宫殿下。

“周皇帝看到书信怎么说？”

“哦……”范禹偁难以开口，支支吾吾。

深秋的午后，太阳没有什么温度，孟昶的心里更是寒凉：“轻蔑还是傲慢？他原话是什么？”

“郭荣说，蜀中小国，何足挂齿，连李璟都知道自请取其帝号……陛下居然自称大蜀皇帝……”范禹偁据实回报，事实上郭荣的举动更过分，他接过呈递上去的书信，抬手便撕了它，盖有御印的什锦签如雪花漫舞，很快便被狂风卷走了。

孟昶清瘦的面颊上泛起一抹红晕，狭长的眼眸炯炯有神，威容的嘴角显出怒意：“朕为天子在郊外祭祀天地时，郭荣还在江陵贩茶当流寇，他对我如此无礼，那就走着瞧吧！”愤怒分很多种，孟昶坐在御座上，腰身挺得笔直，一副玉石俱焚的姿态，纵是李昊这样投机成性的人看在眼里也忍不住动容，毕竟他是亲眼见过前朝王衍的败象，可是孟昶跟王衍不同，李昊心里很清楚。

“当日我怎么说？臣劝谏陛下不要写什么信，这是自取其辱！”章九龄忍不住大声吼起来，“军事不过硬，政事也治理不好，是奸人佞臣在朝专权，陛下别被他们蒙蔽了眼睛！”

“章九龄！”欧阳炯见他不识时务，厉声制止，“不要借题发挥，东拉西扯，郭荣无礼，跟政事何干，谁是奸人佞臣？”

“哼！大蜀朝国强民富、安居乐业，好端端地跑去跟中原朝廷示好，不是拿了俘虏的好处，怎会给出如此下作的主意！”章九龄却越发愤怒，手指着李昊发作起来。李昊被章九龄指着鼻子，脸色阴郁难看，饶是如此，他也强忍着怒火说：“李某一心匡扶社稷，岂是你这种鼠目寸光的人明白得了的？”章九龄横下一条心，索性拍着大腿跳了起来：“匡扶社稷？你派人送去客栈的锦缎绸帛，胡立都带回汴州了吧！”章九龄的话点中了李昊的隐忧，他顾不得丞相的颜面，一把抓住章九龄的手，大声骂道：“章老九，你敢血口喷人！”

孟昶听两人的话语分外刺耳，隐约泛红的脸憋得发紫：“章九龄，你说专权的朝廷奸佞，是谁？”章九龄回身一指：“李昊，就是他！他兼领户部掌管财政大权，立国之初的永业田和口分田，到现在还有多少在农人手中？他自己家财万贯，良田万顷，石崇王恺在他跟前都成了没见过世面的小儿了！”

孟昶见他说得不像话，眉头越皱越深，王昭远上前扯了扯他的衣襟。没想到章九龄反而嫌恶地掉转头来，大喝道：“还有你，王昭远！身为枢密院执事，天天往丰德库房跑，那些东西拿回家有用吗？朝廷武将日益凋零，整天无所事事，真正的能人被你弃之如敝屣，科举贡举日新月异，武举却毫无建树。你们在战场上硬不起来，朝廷就只好卑躬屈膝，靠嘴巴求饭吃！陛下，臣说的就是这两个专权的奸佞，如若陛下继续任用这样的人，大蜀朝……”

“住口！”孟昶忍无可忍，啪地拍在龙驭上，“章九龄毁谤大臣，拖出去杖毙！”

殿前司应声而入，将章九龄拿下。朝堂上的各位臣工目瞪口呆，以往议政的时候，言官顶撞大臣的事屡屡发生，这已经成了蜀国朝堂的一大特色。广政年间的诤臣以幸夤逊为首，章九龄、李起、陈及之、田淳等等无不如此，这些诤臣还曾被孟昶称为朝中直言风气的引导者。去年，皇帝命李昊兼领武信节度使的时候，时任右补阙的李起就上奏说：“按旧例，宰相没有兼领军镇的。”孟昶不好责备，只能敷衍他：“李昊家有许多零碎花费，借以增加俸禄优待他罢了。”正因为有包容纳谏的皇帝，才有直言进谏的臣子。李昊面子上过不去，还就此告诫过李起：“凭你的才能，如果能谨慎沉默，应当做翰林学士。”李起却顽固不羁，直接顶撞说：“只有等我的舌头没了，才能不说话。”气得李昊拂袖而去。

“陛下息怒！”欧阳炯见势不妙，赶紧上前制止，“章九龄身为言官，他的职责就是风闻议事，陛下忘了曾立下规矩，绝不斩杀言官吗？”

金銮殿上龙颜大怒，誓要杀了章九龄。李昊和王昭远神色郁闷，默不作声，范禹偁置身事外，只有欧阳炯和田淳极力劝谏。

欧阳炯向一旁的全师雄使了个眼色，低声说：“快请毋相来！”

章九龄被押出殿堂，丢在丹樨之下，执杖的侍卫将他团团围住，凶煞的表情直瞪着他，有人高呼：“行刑！”廷杖便啪！啪！啪地打在身上，很快衣服就被打破了。

章九龄咬着牙一声不吭。

“……还真是块硬骨头呢！”执杖的侍卫嘀咕着，不知不觉放慢了速度，大家都有些于心不忍。正在这时，一乘肩舆停在了狮子门外，毋昭裔提着皂色革靴，光着脚板，急匆匆地跑上前来。

“呀！阁老，怎么提着鞋子？”全师雄焦急地等在殿外，瞪大眼睛将他扶住。

“快快快！领我进殿！”毋昭裔背靠着全师雄，抬起脚来将靴子套在脚上，因为走得急，胸口还不停地上下起伏。

趴在地上的章九龄远远看着这一幕，捏着拳头使劲儿地捶打着玉阶，呜呜呜地哭起来。

冬日的青城山萧瑟而空寂，皑皑雪岭如青山白头。

蜀汉三国时期，丞相姜维为安抚羌番各个部落，特意开拓出松茂古道，经灌州出发至汶川，到维州，翻山入黑水，出赤不苏河谷，过飞虹桥直达吐蕃松潘。

玉垒关隘的城楼边，一乘华贵的双辕车驾包裹在雾霭之中。身披狐裘氅的富贵老者站在城楼上，他默默地注视着脚下奔腾不歇的大江水，眯缝着的眼睛露出精湛的光芒。他就是当朝左仆射丞相、门下侍郎、同平章事毋昭裔。

古道边的驿亭里有两个人正在告别，其中一位身穿圈领绯罗团花战袍做武将打扮，另一位眉目清秀的文士，穿着沿边绿罗宽衫，腰系银銙革带，两个人均为三四十岁的年纪。武将手执包裹，劝勉文士说：“此去维州山高谷深，吐蕃羌番聚集之地冰雪严寒，不过章参军莫愁，虽然前路阻隔，各路驿站我都打点通透，有毋相的修书在此，还请好生保重。”

文士热泪盈眶地拱手说：“全兄回去，请代为转禀阁老，防护之恩章九龄无以为报，唯有在此遥相叩谢，企望阁老一生平安。”章九龄一边说着，一边后退两步，面对玉垒关的城楼叩首而拜。这位文士正是被皇帝杖责的右补阙章九龄。

武将扶他起来，将包裹放到他手中说：“章参军不避患害，抗弹权贵，扬清激浊，实在为全师雄所敬佩！你我都是蜀人，对朝中的那些奸佞痛心疾首，可是皇帝也有为难之处，这次有毋相保你，以后还要自己多加小心，审时度势才是。”

章九龄挥着衣袖，倔强地说：“章九龄领补缺之职，上不能劝谏纳忠效信，下不能拾遗补阙，招贤进能，滋味很不好受，可是职责所在，情之所系，龙游令田淳尚不‘附狗鼠求进’，何况我呢！以前不看皇帝和上臣脸色说话，今后更是眼不见心不烦了。”

全师雄好生安慰：“章参军别这么说，天家把蜀境当成自家爱惜，否则何必安民如此。”

章九龄气不过，拍着自己的胸口痛心疾首：“皇帝要真把蜀地放在心上，怎么可以容许奸人佞臣专权，李昊在王衍朝的时候就贪赃无数，王昭远更是在库府予取予求。看看江南各国就知道了，醉生梦死的朝臣被柴周军队打得丢盔卸甲，天家再这么容许他们胡闹，蜀境怕是两年都守不过！”

全师雄无言以对，唯有躬身作揖，两人惜惜相别。

川西锁钥的关隘下，一串马帮的铃声徜徉于窄长的松茂古道间，天边最后的一抹夕阳将骏马的影子拓在青石板上，显得悲壮而苍凉。

全师雄回到城楼车驾旁，毋昭裔已经坐回辇中，他看着站在青帷外侍奉的全师雄问：“章参军可是不服气？”全师雄将刚才的情形对话照实回禀，毋昭裔只是嗯了一声。全师雄全神贯注地倾听着，待到车辇缓缓启动，才听见青帷内传来毋昭裔的声音：“陛下希望在乱世里求取政通人和，哪有这般容易。朝中谏臣众多，比如幸夤逊，就以录事参军之身劝谏皇帝一路迁领简州刺史，全虞候可想过为何章九龄反而被贬黜维州？”

“属下愚钝不知，还请阁老赐教！”

“人贵在自知，章九龄错在不知道自己不知道。你很不错，知道自己不知道！”毋昭裔叹了口气，闭上眼睛，任车辇前行，独自陷入沉思。

他酷爱读书，因长期致力于文教事业，精通经学，深知孟昶的作为，他还一直在效仿大唐太宗皇帝李世民。尽管高祖知祥曾是庄宗、明宗皇帝的臣下，遇有“存勖嗣源”等字的时候都未曾避讳，而孟昶每每言及大唐诸位皇帝，都会以平阙之式，或别行跳出，或不做移行。《九经》刊刻的时候，凡有“渊、世、民”三字都会缺画，以为唐高祖、太宗讳。蜀地环境封闭，来自外界的纷扰不多，孟昶按照大唐盛世的文治模式治理这片疆域，眼看取得了丰硕的成果，他还在孜孜求治，不断地摸索新的制度。

树大根深的蜀中公卿贵族，大都是玄宗和僖宗时代的遗臣，更多还是陆续从中原避祸到此的衣冠。以往的皇帝，往往是士族公卿推举的代表，孟昶亲政以后，从颁《官箴》、立匦函、扶持言官等一系列举措可以看出，他努力地将皇权独立于公卿之外，代表着蜀中庶民的多数利益，这跟所有的武人政治甚至士族政治全然有别。他提升出身贡举，毫无背景的平民地位以制横相权，使蜀地一批新兴的平民阶层在几十年间迅速崛起，极大地阻隔了公卿豪族对庶民的盘剥，也削弱了对地方经济的把持，减少割据之势。贡举开创了良好的人才吸纳，使门第不高的寒门能够通过科考参与朝政，均田制和租庸调制的推行也使部分农民得到了土地，其禁止随意买卖的规定，一定程度上削弱了士族的经济基础。

朝中新贵崛起，难免又是一轮财富权柄的分割，皇帝用心良苦，可惜章九龄不能与之心意相通，他在朝堂上的愤怒固然来自啼血之口，却阻挠着皇帝对平民宰相的扶持。他会被处死，皇帝无法挽救，权臣更巴不得看到这一幕。毋昭裔在得到全师雄请求的瞬间，就明白了皇帝的处境，必须由他这个国柱上臣来出面平衡。

这些复杂的层面，全师雄不会懂，毋昭裔亦没有必要多说。

过了不久，朝中官职变动，全师雄奉诏出制为文州刺史，离开京畿戍守北境。

广政二十一年（958 年），南平高保融的书信抵达成都，他劝孟昶向大周皇帝称臣，像江南国主李璟那样，以免引起不必要的干戈。

这天，孟昶视察六军。

支计院内的旌旗迎风招展，皇帝亲自驾着战车，习战观操。

校场坝上兵强马壮，铁甲、头盔、戗箭整整齐齐地摆放在地。排兵列阵的队伍中，嚯嚯哈哈的呼声响彻云霄，旗鼓震天，进退有据。都指挥使李廷和军使吕彦珂一左一右站在点将台上，下面是诸军督虞候和各路监军使都头。

身穿金色铠甲的孟昶从战车上下来，在列队前走过，皂色胸背甲套在披膊护肩上，胸前的应龙虬曲盘旋，他步态轻捷，腰身有力，帝王的威仪仿佛一道激流冲击着诸位将领的心，队列中的老将恍惚想起了年轻时的夔门三郎。

“柴周伐唐，得江北十四州，李璟被去帝号，如今他既非皇帝亦非王，只能被迫接受江南国主这样的称呼，还必须使用周朝正朔（年号及历法）。南平高家来信劝说，希望朕像李璟那样审时度势，诸位卿家答应吗？”

李昊跟在他的身后，听着这话不禁热血上涌，忍不住朝着诸将高喊：“答应他就是国君先父的耻辱；若不答应，周军必定戎临城下，众将能够抵御吗？”

高彦俦首先站了出来，他朗声说道：“依靠陛下的圣明，江山的险固，我等岂能望风投降？”

“秣马厉兵长期备战，正是为了今日抵御外敌！”

“请陛下让我们用生命来保卫国家！”

“陛下圣明！江山稳固！”

一声声誓言在校场内响起，孟昶欣慰地点着头，炯炯有神的双眼在阳光下熠熠闪光。

李昊起草回信给高保融，慷慨陈词地拒绝了他。与此同时，孟昶命欧阳炯修书与晋阳汉室，两国达成联盟。

从此，大蜀绝口不提与周王朝睦邻友好，各路藩镇武将进入积极备战状态。

消息传回汴梁城，郭荣大怒：“天下各国都已臣服于我，孟昶居然如此不识时务，我不信他的脑袋比别人还硬些！宋延渥——”

“臣在！”

这年冬天，南平高保融看到大周朝的水军浩浩荡荡逆水而来，他召了众臣商量：“周圣人要准备从东路伐蜀了，不如我先率水军赶赴三峡待命吧。”

与此同时，周军在大蜀朝的北境率先发起了战事。

汉水虽然尚未冰冻，但整个北境草木枯萎，寒气逼人。

驻守在兴元府的山南西道节度使韩保贞接到军报称，周朝大将李玉领两百人偷袭归安镇！

“郭荣欺人太甚！”他拍案而起，问节度判官：“镇遏使李承勋手下有多少人马？”

“只有一百驻兵！”

“糟糕！归安镇离长安只有三百里，遣援已经来不及了，最近的驻兵赶到也需要一天！”韩保贞一边立刻派飞骑向成都府驰报紧急军情，一边领兵往归安镇进发。还未走出兴元府，便有捷报来称，李承勋据险截击，全歼李玉率部，并当场斩了李玉。

消息传回成都府，群情振奋。

孟昶命令嘉奖李承勋：“既然郭荣欺负上门，朕也不用犹豫了！”

“赵崇韬！孟贻邺！赵思进！”

“臣在！”右卫圣步军都指挥使赵崇韬，奉銮肃卫都指挥使、武信节度使兼中书令孟贻邺，左卫圣马都指挥使赵思进立刻列步于御前。

“朕命赵崇韬为北面招讨使，孟贻邺为昭武、文州都招讨使，赵思进为东面招讨使，另外韩保贞在山南西道领北面都招讨使，领兵六万，驻守要冲！”

“臣等领旨！”众将刚刚领旨离去，殿下却又响起了一个声音。

“陛下，还有我！”

孟昶皱了皱眉，有人说太平原是将军定，是君王不允许他们享受太平，想到自己亲手杀掉的安思谦，他的内心还有些刺痛：“高将军，朕希望你能在盛世颐养天年，这样不好吗？”

“陛下，老臣一生戎马，不带兵还能做什么呢？”高彦俦睁大双眼，仰头望着孟昶。

“既然这样，容我想想。”

年底，高彦俦被任命为招讨使，驻守夔州东路，准备迎战。

然而，就在这个时候，为大周朝谋定《开边策》的枢密使王朴死了。

各国的探子得到消息，知道大周皇帝郭荣因此恸哭而不能自制，数次拿着玉钺敲击他的尸身。紧接着，不知道什么原因让郭荣放弃了“先南后北”的方略部署，他亲临沧州北伐契丹，四十二天之内兵不血刃，连收三关三州，共十七县。

天下为之震撼！

盛夏已至，摩诃池的莲荷随风摇曳，几只仙鹤在水中翩翩起舞。长篙从莲叶中划开，一只平头小船探出头来，哗啦啦几声，仙鹤展开双翅扑棱棱地飞走了。

孟昶站在船尾，远远看到天启宫的龙骨水车没有像往常那样转动，巨大的圆形水槽悬停在半空，还在往下滴答着水。他用力将长篙插入河底，正准备用力往前划的时候，忽然停了下来。

水槽下站着一对男女，不知正在说些什么，男人忽然跪了下来，全身匍匐在地。热气熏蒸的风在池塘蔓延，女人肩上的披帛飞了起来，好像云雾缭绕在她的身前。

“真是一处绝美的景致……”孟昶自言自语着，回头将平头小船往琼台边划去。

藕花深处，连他自己也是池中的一道风景，所以谁也没有发现他。

琼台的临水台前，一个寂寞的身影独自沉默着。

孟昶已经回到了清晖阁，他站在高处俯瞰琼台，这样默默注视花蕊的背影已经很久。他问身后的宫婢：“今日可有外朝臣子入宫，慧妃娘娘可是见过什么人？”

宫人禀报：“只有将作监张赞入宫修整龙骨水车，娘娘一直站在那儿，直到现在。”

孟昶点头说：“朕知道了，退下吧。”

椒房清凉如水，烛火幽幽，夏蝉的聒噪已经没有了，四周安静得只剩他们俩。孟昶提着酒斛与花蕊共酌。兰花一样的眼睑托着长睫，花蕊在轻轻地颤抖，或者是临邛酒太烈，夜色也太醉人，孟昶全身麻麻的，没什么力气。

他将她拥在怀中，“蕊儿，蕊儿”地呼唤着：“朕能做个一统天下的天子吗？”

“成都府物华天宝，在三郎治下民悦臣服，一统天下有何难？”花蕊望着孟昶，就像逆风中的芙蓉花般倔强。

“民悦臣服……”孟昶呵呵笑起来，想起那些亲手杀死的权臣，想起被贬黜的言官，在很多年前，当他耿耿于怀是否杀戮过甚、有伤圣德的时候，花蕊鼓励他去冒险，去吃苦，去搏一搏。那时候是多么年轻啊！可现在他的心境已然不同，尤其在玄宝夭折以后，每时每刻都如履薄冰，躬身自省。“……当然，当然没什么可难的！朕从高祖皇帝手中接下蜀朝基业，并非为了苟且一方。可中原逐鹿的英豪，免不了拿世人的血肉做奠基，圣明的天子应该承担天下人的痛苦才对……可惜时势不利……蜀中无将……明知无将领兵，还执意强求，那不是将我百姓放在烈火上炙烤吗？如果换成中原那位，他会怎么做呢……”

孟昶醉了，他不停地自说自话，最后软绵绵地扑倒在榻上，花蕊将他抱在怀中也毫无知觉。

“乱世用重典苛刑，讲求除恶务尽，孟昶或许能做个盛世的仁德之君，却不能一挽狂澜。青衫先生将传国玉玺献给了赵匡胤！”将作监张赞原来传达的是这样的话。

花蕊大吃一惊，“青衫选择的人居然是他！”

“朝光夫人希望娘娘审时度势。”

“审时度势？”花蕊想起了暮雨。暮雨没办法，只能以死明志，可她贵为蜀朝慧妃，有能力拒绝任何强加给自己的选择，“你告诉朝光夫人，大蜀国不会对任何人称臣的！”

此时此刻，花蕊看着沉沉入眠的孟昶，泪目盈盈：“三郎忧世、忧人而谋国、谋天下，既是天命使然，便偏安蜀境做个好皇帝罢。”

29. 陈桥驿

大周朝显德六年（959 年），皇帝郭荣连收三关三州十七县，正待乘势夺取幽州时，却突发疾症，于六月十九日驾崩。十一月，由宰辅范质主持，郭荣的灵柩被安葬在庆陵。眼看天下将服，盛世在即，英主却撒手人寰。朝廷里，外戚、宰辅和禁军三方势力顿时暗流涌动。

从五十二年前朱温篡唐算起，梁、唐、晋、汉、周，中原帝位已经更迭五代。随着大驾卤簿在夕阳下渐行渐远，幢节伞盖和旌旗珂佩消失在天际间，又是一个时代就此落幕了。

开封府陈桥门往东北方向大约三十里，是北通燕赵的咽喉要镇陈桥驿，距开封不过半天路程，朝廷的大军正屯兵于此。

显德七年（960 年）正月初三，因国丧还未结束，整个东京笼罩着沉郁的阴霾。午后风定，天空飘起了雪片，忽而风又起了，雪也大了，天上地下翻江倒海般搅动翻飞着银色浪涛。驿站的各大营帐里貂炙美酒，各部将士接到命令，可在出征前进行最后一次畅饮。

此时，殿前司都点检赵匡胤提着酒斛独靠在帐内卧榻上，赤红的双眸显示他已烂醉，营帐外的声音渐渐模糊，慢慢淡出了他的耳郭。

正月初一正值新年，北境镇州、定州却有急报飞至：契丹趁幼主莅位联汉大举南侵！

年轻的符太后与小皇帝郭宗训吓得目瞪口呆，掌管枢密院的辅臣范质和王浦、魏仁浦情急之下做出决定，让殿前都点检赵匡胤挂帅出征！

赵匡胤百般推脱，禁军殿前司兵少将寡，无法出战。

范质只得授予他最高军权，用以调动全国兵马。

于是在正月初二，赵匡胤命麾下殿前副都点检慕容延钊担任北面行营马步军督虞候率殿前司先锋开道，直往定州边境。

大军随后浩浩荡荡地开出东京，城外的百姓却乱成了一锅粥，携家带口四散奔逃。

原来，东京天降异象，城外早已谣言四起，说什么“日下复有一日，黑光摩荡者久之”。天无二日，国无二君，两个太阳在搏杀，这样的流言动摇军心啊！众将聚集商议，赵匡胤只好令大军在陈桥驿休整过夜，赵普负责游说辟谣。

此时此刻，赵匡胤仿佛醉得不省人事，他的一只手从装着虎符印绶的匣子缝隙中收回来，冰凉透骨的感觉通过指尖的触碰传遍全身，仔细看过去，他竟难以控制地颤抖起来。

木匣的隔层下安静地放置着一块玉石钺斧，刻着“永昌”二字。

这块被称为夜光之璧的玉石，早在春秋时期便因卞和而闻名，秦昭王愿用十五座城池来换取它。秦灭六国，始皇帝命张良琢为玉玺，李斯篆“受命于天，既寿永昌”八个大字，从此成为历代帝王标榜正统的证据。刘邦灭秦得天下，子婴将玉玺献给了刘邦，汉末董卓之乱，玉玺先后落入孙坚、袁术之手，再传魏、晋。五胡十六国时，一度流于诸强，后被南朝承袭。隋灭陈后，玉玺被陈朝的萧太后带到突厥，直到唐太宗贞观四年归唐。再后来天下大乱，石敬瑭五万铁骑军攻破洛阳，唐末帝李从珂怀抱玉玺登楼自焚，这块传奇的国玺就此失踪了。

郭荣登基以后耿耿于怀，劳请青衫集江湖势力四处寻访，期待帝位归于正统，国家就此安定，可就在他驾崩的第二天，赵匡胤竟然得到了这块由传国玉玺雕刻的斧钺！

时光回溯到半年之前，六月二十日的傍晚，开封府的上空闷雷滚滚，一片肃杀之气。

皇帝驾崩的消息在朝中宣布，引起上上下下一片混乱。他这个殿前司的最高长官拖着疲倦的身体抽空回到府上，准备先去母亲杜夫人跟前请安。刚到后苑，夫人王氏便迎上来，一边帮他解褂，一边说：“家里来了位古怪的客人，在侧书房候着，母亲吩咐元朗去会会。”

赵匡胤愣了愣：“古怪的客人？”

“看样子是母亲的旧识。”

“噢……”赵匡胤想了想说，“既然这样，我去见见！”说完便转身往侧书房走去。他一边疾步行走，脑海中一边浮现着郭荣刚刚驾崩前的样子，那双空洞暗淡的眼眸直直地盯着他和帷帐外跪立的顾命大臣。

赵匡胤从高平之战后，凭借清流关破滁州和六合的战功，不过三十岁就跻身统帅将军，空前的声望一度被皇帝怀疑防范。赵匡胤在懵懂年少时结识郭荣，那时他还是江陵城的一名普通茶商。两人曾在柳庄店彻夜长谈，郭荣为中原地域日益缩小而愤慨，叹息朝廷丧失了治国之道，恩泽布施不当，导致吴越、蜀国、幽州和并州隔断，与中土并立而不能统一。郭荣带着他走进太祖郭威的麾下，在外人眼中他们情逾骨肉，是披肝沥胆的兄弟。赵匡胤确实从他的身上学到很多仁君治世的宏图伟略，也体会到为之奋斗的艰辛，更知道他登基后有着雄心壮志，慨然萌生着削平各国的志向，并立下宏愿，要谋求先帝余烈，振铎长鞭，统御海内。

胸有丘壑的郭荣一直纵容着外戚、文臣和禁军三股势力分庭抗礼，即便在病榻上依然有着非凡的掌控力。他早在六月初九就立符氏为皇后，立四皇子郭宗训为梁王；令国丈符彦卿领天雄军节度使戍边北境；确立范质、王溥和魏仁浦三位宰辅监管枢密院。郭荣对禁军防范尤其严谨：侍卫亲军的最高长官是李重进，在此之前已经被留在北汉边境；任忠心耿耿的韩通为副都指挥使；令赵匡胤升殿前司都点检作为牵制；之前的殿前司最高长官张永德出镇澶州。

“王著是我在藩镇府第的老人，朕若一病不起，要起用他为宰相。”郭荣对宰辅三人说。即便在弥留之际，他依然保持着格外的清醒，心中信任的还是幕僚故人，一如信任当年的王朴一样。赵匡胤听到这样的遗诏倍感痛心，他认为自己才是最理解郭荣理想的人，自己才是郭荣最应该相信的人。被敬重的大哥至死防范着，那股滋味何其难受！他这个殿前司都检点空有其名，禁军的调配权在侍卫司韩通的手里，他是用来牵制韩通的棋子。同样感到不舒服的人还有宰辅范质、王溥、魏仁浦等人，帝师王著一旦拜相，他们的地位也将不保。

可是郭荣没有看到臣子们的表情，他低声宣召："……诏令梁王郭宗训……即皇帝位，符氏为太后监朝……"这句话，是他落下的最后一颗棋。从此以后，天下棋局纷争，跟他再也无关了。

"王著终日醉生梦死，怎么配当宰相呐！这话千万不要泄露出去。"从宫中出来的时候，范质直言不讳地对其他宰辅大臣说，大家心领神会，点头离散。赵匡胤听到这样的吩咐，感到郭荣为江山留下的肱股并非铁板一块。他的眼皮跳了起来，有什么念头在胸口激荡不已，被自己强行按压了回去。

"古怪的客人……"

赵匡胤不知不觉地走到了侧书房门口，他似乎已经意识到那是谁，于是毫不犹豫地伸手推开了房门。房中檀香袅袅，临窗的明亮处端坐着一位执卷的长者。赵匡胤心神恍惚，隐约记起幼年时母亲请来教习先生的情形，须臾间又想起跟随他南渡蜀国的岁月。然而，最刻骨铭心的还是沙头的冲天大火，以及深深刺入他胸口的那枚箭镞。

"江陵青衫叩见都点检！"青衫显然没能探知赵匡胤心中所想，他已经先行一步站了起来，面对赵匡胤躬身一拜。

"原来是先生，请起……"赵匡胤一派和煦，心无芥蒂地笑起来，他扶起了他。

郭荣曾在病中跟赵匡胤交代过："从前与青衫合作，彼此成全，现在他投归大周，恐怕由你来安置比较妥当。"他们两人心知肚明，皇帝放弃"先南后北"的战略，亲临沧州北伐，兵不血刃收归三关三州的战绩里就有青衫的功劳。可是，若为国师，他似乎还欠缺些什么。郭荣可以不用了解青衫的为人，了解赵匡胤的芥蒂就够了。

欠缺的是什么呢？

今天，赵匡胤来不及细想，他心里堵塞着更重要的事情，他想去找赵普，找赵光义，找慕容延钊，找石守信和王审琦，找这些兄弟们推心置腹地聊一聊。

“圣人薨殂，今日宣读遗诏，先生想必知道了，不知有什么要事？”赵匡胤请他回椅，直言不讳地问着，他的脸上如沐春风，性情还是一如既往地坦诚。

“要事……当然是要事。”

青衫目光炯炯地看着赵匡胤，心里有着别样的打算。郭荣病如山倒，谁能保证六岁的幼主可以顺利地成长为明君呢？眼前这样一个胸有韬略的人，在军中的风评一贯颇得人心，又擅长文武并重。论资格能力，青衫宁愿选择辅佐他来执掌天下，这是他的理想。

只是他不确定，这个曾经尊他为义父的香孩儿到底是忠臣还是枭雄。

皇帝驾崩，这个关键的时间点上，青衫决定孤注一掷。

他咕咚一声跪了下来，面对赵匡胤叩头三拜。

赵匡胤被这样反常的举动吓蒙了。

乱世多少载，青衫的足迹便踏遍华夏多少年，他老了，跻身虎狼之中的日子能有多少天呢？如果郭荣是上天给予天下人的盛世明君，那么今天，他要为天下人抬出一个盛世之君来！只见青衫从怀中掏出一枚四寸见方的白玉，托在掌心，高举过眉，有些激动地说道：“赵将军，请看这是什么？”

“什么？”

“当年石敬瑭借五万铁骑攻破洛阳，李从珂登楼自焚，这就是他所怀的传国玉玺！”青衫的声音有些哽咽，枯瘦的双手不由自主地颤抖起来。

“传国玉玺？”赵匡胤十分惊讶，“圣人托你寻访的传国玉玺？什么时候找到的？”

“玉玺一直都在，它为自己等待圣人的垂青。”青衫目不转睛地望着赵匡胤，眼睛里散发着灼热的光芒。

“它一直在你这里？青衫！你私藏传国玉玺到底是何居心？”赵匡胤在他锐利眼神的注视下瞪大了双眼，一把抓住他的手腕，大喝道：“快随我入宫，看在曾经的交情上，我也许还能帮你脱罪！”

“将军！将军啊！”青衫甩开他的手呜咽起来，“你竟不懂我的心！这么多年奔走于乱世，我为什么？青衫的区区性命算得了什么？”

赵匡胤愣愣地问：“我不是要你的性命，先生哭什么？”

“我并非为我的性命而哭，而是为这价值连城的玉玺而哭。将军把我的忠心看成私欲，颠倒是非，我是为将军而哭，为天下人而哭啊！”

赵匡胤哭笑不得，问道：“我让你把玉玺奉上殿前，就是让你表忠心，我好端端地活着，大周朝方兴未艾，什么事值得先生哭泣？”

“不错，将军现在还好端端地活着，我也好端端地活着。可是大周盛世刚刚开启，圣人便驾鹤西去，接下来呢？幼主刚立，依然是虎狼混战，兵乱不断，大辽对中土虎视眈眈，他们迟早会挥师南下的。你这个空壳的殿前司都点检能保证正统吗？让青衫陪你忠君死节没错，到时候天下又乱了，我大不了行走山水间，梅妻鹤子，吟风弄月，抒天下兴亡。将军你身在朝堂如何独善其身？天下人如何安享太平？青衫与你相识几十年，清楚将军热情仗义，克勤守礼，宽容大度！你有圣人之心，也有武人之力，乱世讲求的苛刑重典，除恶务尽，将军张弛之间拿捏有度。纵观天下盛世之君有多少，可要一挽狂澜，却非将军莫属啊！”

这番话让赵匡胤感到震撼，直瞪瞪地望着青衫。

自己内心的想法是什么时候流露出来的？是什么时候让他这般清晰地知晓的？难道青衫的势力竟然渗透入府，能够趴在他的卧榻之旁窥听他的梦中呓语？

“住口！”赵匡胤愤怒地大吼一声，健实的手臂猛地一挥，随着啪的一声响，白玉方玺飞脱出手，摔在墙上，顿时碎成几瓣掉落在地。青衫后退两步，硬生生地将接下来的话咽回喉咙里。只听赵匡胤低沉着声音说：“你可知道今日这番话是死罪吗？”

青衫没有理他，而是埋下头来，缓缓地蹲身下去，将摔碎的玉玺一块一块地捡了起来。

赵匡胤无奈地看着他将碎片重新归于掌心，又听他叹了口气说：“碎了也好，不破不立，让青衫为你琢成一只钺斧吧！”

说这话的时候，青衫额前的一绺白发垂挂下来，遮住了双眼，这一幕让赵匡胤动容，他不由得想起病亡多年的老父，幼时在他跟前撒娇的情景浮现在眼前。赵匡胤浑身都软了，再也没有办法伪装自己，他收起暴怒的脾气坐回椅子上，平静地说道：“我现在不过闲人一个，先生想说什么，不妨直言吧！”

“今日先皇驾崩，小皇帝即位，青衫尚且为社稷揪心捏汗，将军却将自己比作闲人。”青衫将玉玺碎片揣入怀中，依然跪在地上。

“侍卫司亲军都指挥使是皇兄李重进，魏王符彦卿又是国丈姻亲，这些同皇室荣辱与共的藩镇使节暂且不论，就是区区韩通，一个侍卫司副都指挥史就把我桎梏在皇城院坝，我能保全自身就不错了，还能如何突围呢？”赵匡胤皱着眉说。

青衫一直在看着赵匡胤，细细地寻觅着他脸上哪怕一丝一毫的微妙表情，听他终于说出这样的话来，不由得笑了：“为幼主顺利即位，驸马张永德和皇兄李重进早已被挤出东京，一个出镇澶州，一个领宣徽院北使管理开封府，人还在出征北汉。魏王虽是国丈，却也是赵家的老泰山，眼下将军忧心的不该是他们，而只是韩通一人而已。等北方战时稍定，李重进还朝，将军可以利用的时间不多，想要跟韩通争权，势必会血雨腥风，日久天长啊！”

“是啊，先皇深谋远虑，只是稍稍落下一个韩通便让元朗智穷力尽，舟困浅滩，还谈什么护卫大周正统？”

青衫抬眼望着赵匡胤，眼中闪烁着微光，双眸似乎穿透了他的身体。

他说："太后年轻，主少国疑，先皇提防虎狼跻身朝廷，却没有培植适当的济世良将，日后恐怕是庸才当道，毫无头绪。赵将军想落个忠君的美名，充其量如冯道一般在走马灯帝王膝下光宗耀祖，万一不幸被逼上史弘肇的老路，怕是空负一生抱负啊！"

"庸才当道……"这番话直戳赵匡胤的心，他呢喃着，想起范质在宫外对众人说的那些话，不由得脱口而出："你想要我改朝换代？"

"太祖皇帝可以，你怎么不可以？"

"黄袍加身？"赵匡胤忽然站起身来，"不！不！不！"

虽然自晚唐以来，主帅由部下拥立、驱逐、杀戮已成常态，所谓的皇帝实质上不过是更强势一些的藩镇主帅罢了，但他还没有想好。郭荣对他有知遇之恩，那一年在江陵还救下他的性命。虽然这些年他对郭荣也多次舍命相护，然而要最终下定决心走到那一步，的确很难。要如何面对郭荣死去的英灵，如何面对史官锋利的刀笔，如何跟天下人交代，他统统都没有想好。

"将军不愿意亲自实现削平各国的志向、统御海内的抱负吗？"青衫看见赵匡胤的挣扎，看着他不停地在空室里来回踱步，他知道自己赌对了，"时候不早，青衫先行告辞。传国玉玺在将军眼中不值一提，那就让我为将军重新雕琢，青衫在汴水河边静候佳音。"

青衫留下这句话，躬身告辞，赵匡胤居然没有想到去送一送。

兄弟赵匡义在侧书房外等候多时，等青衫的身影消失在后苑的门洞外，他才推开房门走了进去。

赵匡胤一见到他，立刻拉着他的衣襟，急切地说："廷宜，走，去找赵普！"

30. 雪夜访普

广政二十三年（960 年）人日这天，成都府下了少见的一场雪。

大清早的，一队控鹤骠骑出了大玄门向北直奔，马蹄在雪地上踩出深深的印迹，很快就消失在大路上。

风雪中，大队卤簿执举宝顶、旗幡遮云盖日，缓缓行进的队伍足有二里长。骑兵和步甲护卫开道，龙旗分置两排。四马牵引的指南车、鼓车、白鹭车、鸾旗车、辟恶车、皮轩车上端坐着锦甲鲜亮的驾士。数十辆朝臣车驾簇拥着皇帝的宝顶玉辂行进在最中央，八匹赤龙驹拉着玉辂，踏着齐整缓慢的步子，庄重地行进着。其后有太后、妃嫔的銮驾，旁边是两排手执横刀、弓箭的骑兵护卫，一些孔雀扇、小团扇、方扇、黄麾、绛麾、玄武幢等组成的仪仗尾随。

大驾卤簿浩浩荡荡地进入磨盘山南麓，这里三面环山，大蜀王朝高祖皇帝和皇后的陵墓坐落于此。皇后福庆长公主是沙陀族人，这陵园便以北方草原的建筑风格呈现，整座陵墓坐东北望西南，背靠磨盘山山脉，呈大圈龙椅形，正居群山环绕之中，那雄霸威严的气势让风雪中谒拜的人感慨不已。

慧妃花蕊陪在太后身边，一直默默地关注着她的神情。两年前，太后和皇帝在延昌殿激烈争执，以后花蕊就很少看到太后露出笑靥，今天来和陵谒拜高祖，想必内中更加心潮澎湃吧！花甲之年的皇太后，依然精神矍铄，细长的眼睛又黑又亮，依稀流露着年轻时的妩媚。

“当年高祖被朝廷所疑，负气自立，创业立国后即龙驭宾天。他自己倒好，撒手与长公主遨游仙界，将大蜀基业留给尚在冲龄的三郎，我眼看着三郎兴复数次，蹉跎二十六年，如今平生志气消磨疲敝，我愧对长公主啊！”

花蕊对太后与福庆长公主的金兰之谊略有耳闻，听到这番感慨，有些话想说：“陛下在蜀中孜孜求政，几十年国泰民安，不好吗？皇太后遗憾陛下不能称霸中原，重回晋阳吗？”

李氏迎着风雪哼了一声：“都说蜀人多率性，换成其他人跟我这样试试，你倒敢说！”这些年随着周王朝崛起，提说拓边的下臣几乎绝迹，更别说敢说一统天下的痴人梦话的人了。太后叹道：“天下英豪辈出，我是可惜皇帝那身豪气，他十五岁成名东川，如今却困守蜀境，毫无斗志！”

“三郎并非没有斗志，他是不愿做英豪罢了。”

太后长眉高挑，隐隐有不悦伴随：“你说什么？”

“三郎不是英豪，”花蕊肯定地回答，“他是圣人，太后。蜀境有天然屏障，可弥补将帅不力之漏，打出去不易，攻进来也很难。中原连连征战，帑藏空虚，内中早已入不敷出，但凭一口豪气在拼命。陛下站稳自己的立场，不为毁誉所扰，等到时势回转再谋更大的出路，不妥吗？”

“等？”太后冷冷一笑，“道理扯得再顺溜，面对强敌难免一战，要拉出人马开战的呀！柴周的武将世家在连番作战中积累了大量经验和实力，总兵力五十万之多。而大蜀朝不过区区十四万，除去各方镇守，皇帝能亲自率领并调动的不过三四万人。高祖好歹还有万余骑兵，庄宗陛下的沙陀部落自李唐时代就是讨伐征战的王牌，他筑羊马城，蓄养回纥马，可见武力在任何时候都是头等重要的大事。可三郎手上除了骠骑控鹤，其他的骑兵都用来装点门面了，遇到打仗还不知道会是什么情形。郭荣亲领的禁军却是天下最精锐的军队，百战得胜之师，总数十五万，减去潞州、淮南、陇右和汴州守军，不会少于十万。打北辽时，数万人不亡一矢，边界城邑望风而下。我身处后宫，身心不安，中原朝廷就像巨石悬浮在头顶，一旦落下来，大蜀王朝就是万劫不复！”

花蕊挽着太后的手臂，赞叹道：“太后不愧是伴随高祖陛下征战多年的巾帼英杰啊，柴周军队所向披靡，三郎更要任用心腹统领戍边，否则易生叛乱，这也是没有选择的选择。”

太后正是恨其不为，她说：“多少年以前我就一再提醒他，万不可自断肱股，他杀李仁罕、张业，废黜赵廷隐、王处回，我统统没有意见。为了他能早日亲政，我还私下懿旨集宗族之力相助。可他不该过多地任用庶民，不该将膏粱纨绔视为心腹，他为什么不早早地洞悉中原部署，养兵蓄锐，伺机跨出蜀境呢？”

“臣妾以为这是陛下的立场。娘娘也说了，中原朝廷的兵将实力一直远胜蜀朝。看清郭荣在江南、北辽的征战并且分析出他的动向，对我们来说没什么决定性的作用。我们能够硬碰硬地取胜吗？如果总是盯着柴周的动向，才能确定自己的步调，对于实力不济的蜀朝来说怎么找到立足点呢？我以为陛下深谙其中的道理，当朝中所有人包括太后在内，都在揣测敌人的想法时，就已经被强大的力量所支配和影响，从而失去自己的立场。臣妾恳请太后，请对陛下多些信心和鼓舞。”

太后不懂，但她深知花蕊是皇帝的知己，说出此番话，亦是长久以来皇帝的内心写照。她想起那日延昌殿的争执，母子二人伤心不已，太后问她：“皇帝的立场是什么？”

“陛下要让蜀中太平安宁，百姓安居乐业。他不会对柴周称臣，但是，也不会主动用兵。”花蕊仰望太后，诚挚地说，“不战不是因为懦弱，是不想玉石俱焚。如果到了那一天，相信陛下会不惜一切代价捍卫蜀朝的尊严。”

太后愣了片刻，她好像有些懂了，既然战与不战都是一样的结局，不如太平一时是一时。她颓然道：“如此这样，罢了！”

这时，内监官鲁富贵亟亟前来奏请说：“陛下宣召慧妃娘娘！”

花蕊向太后告退，由富贵带路朝行宫里皇帝下榻的偏殿走去。

刚转过长廊，只见王昭远和李昊双双踏出宫门，两人拱手告辞，相向而别，脸上的表情十分复杂。花蕊从配殿进了暖阁，里间地龙温蒸，暖香四溢，富贵掀开门帘儿，金光闪耀的龙榻就在面前。皇帝孟昶穿着绫罗绛丝的圆领常服，左手提着一只酒斛，案前铺着一卷麻纸文牒。花蕊示意富贵回避，她走上去，见皇帝正聚精会神地撩笔狂草。

君不见，黄河之水天上来，奔流到海不复回。君不见，高堂明镜悲白发，朝如青丝暮成雪。人生得意须尽欢，莫使金樽空对月……

那字随着孟昶的笔端游走，缥缈似浮云，又矫健若惊龙。

……天生我材必有用，千金散尽还复来。烹羊宰牛且为乐，会须一饮三百杯。岑夫子，丹丘生，将进酒，杯莫停。与君歌一曲，请君为我倾耳听。钟鼓馔玉不足贵，但愿长醉不复醒。古来圣贤皆寂寞，惟有饮者留其名。陈王昔时宴平乐，斗酒十千恣欢谑。主人何为言少钱，径须沽取对君酌。

“五花马，千金裘，呼儿将出换美酒，与尔同销万古愁。”孟昶丢下御笔，将酒斛递给花蕊，脸上带着莫名其妙的笑意说：“陪朕喝一口！”

花蕊接过酒斛，仰头喝了，俯身置杯的时候瞥见桌案上的文牒。

“是陈桥兵变。”孟昶眯缝着眼睛说这话的时候，花蕊还没有意识到发生了什么事，她又喝了一口酒。

“据说，汉室与北辽联手南侵。北上御敌的诸军说必须拥立军功卓著、强势有力的新帝王才能领军抵抗！”孟昶似笑非笑地看着花蕊，一字一句清晰地告诉她，“于是，殿前司都点检、归德军节度使、检校太傅赵匡胤就在醉梦中被属下黄袍加身，拥立为帝了！”

“什么，你说什么？”花蕊知道“将拥立主”的传统，可是口中的酒依然呛住了咽喉，她睁大眼睛，捂着口唇。

“如果他不肯，殿前军的将校们就杀了他！然后统统自刎！”

“你说清楚！你是说赵匡胤被迫披上黄袍？”

“是啊，有趣不？他说既然被迫如此，属下必须答应他三个条件，否则宁可不做这个新主人！”孟昶对花蕊的惊诧视而不见，摇头晃脑地哈哈大笑起来：“其一，不许对皇太后母子无理；其二，不许辱没柴周的公卿士族；其三，不得掠夺库府财帛！”

孟昶仰头喝了一口酒，高声说道：“一个谋逆的叛臣啊！何以能够如此表白自己……”

花蕊慢慢镇定下来，她的心怦怦直跳，是的！是的！这一切终于来了！她早就预料到这一天将会到来，只是没有想到是以这样戏剧化的方式出现。

那天，入宫修龙骨水车的将作监告诉她，青衫将传国玉玺献给赵匡胤的时候，花蕊还认为是青衫在企图这个政权，希望借由赵匡胤来达成自己的野心。“为什么是他？”

“这将是一个堪比李唐秦王的盛世之君！”将作监转述青衫的话说，“有勇有谋，最重要的是他年轻，有足够的气魄和谋略收拾天下的烂摊子。”

“蜀国绝不会向他称臣的！”

“天命所归，希望娘娘能仔细想想。”

……那一天，她独自在琼台站立，直到日落。她当然不知道，皇帝孟昶也在清晖阁上陪着她直到日落。

“蕊娘早就知道了，对吗？”孟昶目不转睛地看着她问。

花蕊没有辩解，点头说：“即使臣妾早已知晓，却不能为陛下改变什么。”

“怎么说也是挂名的义弟，你不为他感到振奋吗？”孟昶抬手抚摩着花蕊的脸，仔细端详。

“臣妾认识元朗的时候就知道他志存高远，走到今天不意外。”花蕊捧住了孟昶的双手，抬着眼睛仰视着他，“他会影响陛下的心情吗？”

孟昶摇了摇头，说：“那位都点检尚未崛起的时候，我就有所关注。他在军中风评不错，对于武将出身的人来说实在难得。即便如此，他若企图谋取我朝，为夫也不介意尽全蜀之力与之一战！”花蕊使劲儿点点头，忘情地扑进孟昶的怀中，倾听着他胸膛中有力的心跳声，觉得这是人世间最振奋、最单纯的鼓点儿。

陈桥驿的兵变没有让枢密院知事王昭远感到震撼，他认为这不过是五十年来，中原五国八姓十三君的又一次更替罢了，跟他有同样认识的还有伊审征、秦王玄喆和褒王玄珏等手握重兵的统领。可是李昊的心乱了，他原本已经铺垫好周国朝廷的出路，帝姓一改，前功尽弃。他想到鸿胪寺卿范禹偁，因为常年接待藩国使臣，又出使过汴州，这人似乎与赵匡胤的幕僚有过几面之缘。李昊打定主意，主动请他到府上试探一叙。

试探的结果让他坚定了之前的看法，大宋王朝的这位开国之君，有着无与伦比的谋略，虽然他没有《诗经》与《楚辞》的文采，却具备力挽狂澜的帝王气相。

黄袍加身以后，大军回到京城，赵匡胤孤身骑行入宫向符太后摊牌，在孤儿寡母面前姿态柔软，殿外守候的军卒无不为他呐喊助威。这助威声昭示了军心所向，天命所归，这气势让宰辅范质明白事情已经无法挽回，只好自行退至阶下行礼参拜。京城里还能够调动兵马的人只有侍卫司副都指挥使韩通，他得知赵匡胤大军返回，立刻着手布控防御，却在回家的途中被人杀死。

政变只用了五天，翰林承旨陶谷准备了退位诏书，赵匡胤的兄弟赵光义将他扶上宝座接受禅让，这是有史以来最独特的一场政权更迭。

宰相范质、王溥、魏仁浦等自认难以跟皇帝的英明平齐坐论，请求改变宰相赐座议事的旧制，再遇国事，宰相具札进呈，立听圣旨。此后，坐论之礼废除。赵匡胤又迅速地颁布更戍法，扫除藩镇割据的弊制，防止武将专权，加强对将士的防范，规定各驻屯军队经常换防，形成兵不识将、将无常兵的状况，直接削弱军队战斗力。他还命诸州长吏选送部兵至都下，以补禁军之缺，又选强壮卒定为兵样，分送诸道，委长吏、都监招募教习，待精练后将强悍丁壮收编入禁军之籍。

系列政治手腕张弛有度，让身居蜀境的孟昶感佩不已："诸多改革，朕呕心沥血而无法完成，没想到他竟如秋风扫落叶般施行了。"李昊趁机试探劝说："臣下观察大宋皇帝开启的运势，跟汉、周不同。天下人早就厌烦战乱，赵宋一统，就在于此！若陛下肯称臣纳贡，就能保证蜀境长治久安呢！"孟昶蹙眉看了李昊一眼，挥手说："穹佐不要说了，退下！"

太后同样不能理解孟昶，她对花蕊说自己没有尽到做母亲的责任，影响不了皇帝的决定，想搬出咸宜宫，伴青灯古佛祈祷蜀朝盛世安稳，了此余生以修来世。花蕊大惊失色，乞求太后不能这么做："现在正值多事之秋，蕊儿没能侍奉好太后，母亲尽管责罚鞭挞，万不可有出世之念啊！"

可李氏仿佛去意已决，不予回应。

成都府的冬天一年比一年冷，湿重而透骨的寒凉将雨水以雾的形式表现出来。

冬至过后，整座成都府，家家梅花香。到了腊月，宫中各殿都忙碌起来。宣徽院新进的几个巧匠，由烟柳领着到延昌殿觐见皇太后，赶上皇帝也在，慧妃、楚国夫人、越国夫人都一起围在皇太后跟前说话。

"这几位巧匠的錾刻、锤揲都是不传的手艺，从宣徽院挑过来给太后宫里打造几样称心的用具吧？"越国夫人笑着说。平常，太后喜爱富贵张扬，几位夫人见她情绪低落，于是商量着把好物件和好玩意儿都带到咸宜宫，讨老人家的欢心。可是太后却生气了："皇帝刚即位时，提倡节俭，让我将先帝㡬宫的皇明帐跟青玉枕都收了起来，寝殿不用锦绣，盥洗器具多为黑漆木器，你们一个个都忘了初衷吧！"

越国夫人感到错愕，站起来认错称是，花蕊示意，将巧匠带了出去。

"昨晚青衣神托梦，卫圣龙神想出宫，你们要真有心，就在宫外打听个干净的地方，让我吃斋念佛，好好陪着家神才是。"

花蕊心里一紧，赶紧用眼神示意孟昶，可皇帝垂眸笑了笑，没放在心上，倒是越国夫人认真回答她说："城北十里有座昭觉寺，废唐僖宗入蜀时很有些香火，不过现在仅存房舍五间，田土三百廛而已，而且寺院后殿堂衰颓，寺庙也荒芜了，龙神想找干净地方，臣妾觉得那倒是个去处。"

太后听了，只是点点头，没再说什么。

到了岁终，宫中新换了门神联对，油了桃符挂牌，宣华苑的各个宫殿从宫门、仪门、正厅、暖阁、内厅、内三门、内仪门直到正殿，两边阶下清一色的朱红大高烛彻夜点亮，像金色火龙般盘踞在宫城内。出大玄门腊祭的时候，太后宣召昭觉寺的方丈到御幄中来，命他将寺中廊庑修建成堂舍，准备迎接龙神。孟昶不太高兴，说："龙神离殿出宫不是吉兆，不如请悟相法师入宫念念经！"太后没理他，命了左右侍驾，她要搬去昭觉寺等待迎龙神。皇帝大惊失色，这才从懵懂中醒悟，太后原来是在惩罚自己！

苦苦相劝依旧没有结果，皇太后执意去了昭觉寺。

孟昶只好摆驾寺中，跪在太后跟前恳求："儿失去了称霸中原的机会，可是做不到乞怜赵宋放弃谋求统一，太后是希望我困兽犹斗，还是惶惶不可终日呢？"

太后闭着眼睛泪如雨下，跺着脚泣不成声："困兽犹斗……邢州孟氏从晚唐兴起，你的先祖、父皇都是领节度使的武将世家，福庆长公主身为沙陀人，更是马上征讨战杀四方的豪杰，可是你……你一心要文治立国，如今落到进退两难的境地，家神护佑不了你，没脸接受祠堂的香火供奉，我只好搬到庙里陪他！"

孟昶咬着牙槽，脸色苍白："大蜀走到现在，乃运移时易而非不堪。儿还是恳求母亲回宫居住吧！倘若母亲觉得儿才不配位，不肯原谅我，容我在大内修建庙宇，请母亲在宫中修行好吗？"

太后听到"才不配位"四个字，一把将孟昶抱在怀中。五蕴俱焚，万般痛苦，皆因明知不可为而勉强的执念，这才希望通过佛法求取解脱。她意识到，自己的儿子比她所认识的更透彻，如今他所做的一切，都是为了使自己的才能在最极限处配得上皇帝这个位置。他在拼尽全力，做母亲的还说什么原不原谅的话呢！

太后遂敛起泪水，起驾回宫。

路上，富贵见皇帝面色灰白，轻声启奏说："韩保升求见陛下呢，天家回去是见还是不见？"孟昶像被注入了一丝灵气，目光灼灼："算起来有二十多年啦……”

这一年，韩保升携领翰林医官将《蜀雹广英公本草》一书编撰完成，全书共计二十卷。孟昶亲自作序，并附上《图经》刊行于世。典籍面世的那天，轰动全国，韩保升亲自送到太清宫，孟昶却在僻宫中召见了他。

寝所内，整排蜀绣画屏隔开内外，里间紫檀壶门榻有黄金钳珠做围栏。宣徽院中，号称天下第一的巧匠把库府的奇珍异宝制成装饰，能够用的地方都用上了，连唾盂水盆都镶着七色珠宝，巧夺天工。

孟昶虚弱地靠在榻前，由慧妃花蕊侍奉着，面色苍白。越国夫人、楚国夫人、昭容烟柳统统陪在外间，与一干宫娥默默地忙着做针线，整个僻宫内弥漫着富贵安宁、舒缓温暖的气息。韩保升内心充盈着苦痛，他说：“微臣毕生的遗憾是未能帮助陛下根除热毒之症，纵然完成这部绝世宝典又有何用！”孟昶抬手反驳了他：“这部宝典得以顺利完成，全依靠韩卿的医学造诣，朕倒是心满意足，你有什么遗憾的呢？”韩保升摇头哭泣道：“臣本是山中采药郎，得陛下赏识显名于世，陛下成全我走遍名山大川，让我的毕生梦想得以完成。可是，臣学艺不精，竟然不能为陛下分忧，臣……”孟昶打断他说：“已经很好了！一般儒医往往熟读方书，揣摩理论，而忽略对药物的实际考察。你能在医理之外，注重对药物性味功能的研究，闯出独特的治病风格，当成为后世医官的楷模！”

纵然韩保升倾其所能地调治，孟昶依然感觉到腑脏的日益衰败，每当这个时候，他总会刻意压抑，并辅以加倍的斗志。直到有一次在打球的时候从马背上摔下来，他才下定决心，于广政二十五年（962 年）正月，册立了孟玄喆为皇太子。

蜀王旧宅中的庶人李艳没有等到这一天，她多年前就以昏聩疯狂的姿态在孤独中死去，当时玄喆正好成年，两位小王对母亲的死固然伤感，却因三年的外放，全面了解了整个事件的真相，玄喆特意选“尊圣”为表字，以此感激父皇和慧妃的宽宥。

东京开封府，大宋王朝的皇帝赵匡胤正以气吞山河的王者风范整顿朝政。

陈桥驿那场兵变，由他的节度掌书记赵普与二弟赵光义谋划，赵匡胤希望能够在醉不自知的情形下发生：“否则我无法面对世宗皇帝的英灵。”赵普深谙治道，于是黄袍加身的兵变由他暗中挑动，赵光义、石守信、李处耘、王彦升、马仁瑀、李汉超等人联络密谋。

“是你们趁我醉酒之际拥立我，我不欠你们任何的情分！”酒酣耳热的时候，权重无边的皇帝用迷蒙的醉眼看着握重兵的石守信等七名将领，“你们在国家危急存亡的时候逼我坐上主位，现在国家平定，北辽撤军，我是否还能做个太平天子呢？当然你们是没有问题的，但假如是你们的手下贪图富贵，黄袍加身，到时候还由得了你们吗？”

七位将帅虽是骁勇战将，但赵匡胤更霸气宏伟，手下的爪牙杀人不眨眼，韩通的死就极其震撼。他在军营中出生，自小游历江湖，最清楚武将的习气和人性的弱点！事实上，他自己就是最直接的警示：“朕希望能够平息天下兵马征乱，为大宋的未来长久打算，应该怎么做才能防止这样的戏码重演呢？”

诸将被逼得汗流浃背，只好跪请皇帝指出一条明路。

第二天上表称病的奏疏一封接着一封，诸将纷纷乞求皇帝收回兵权。赵匡胤顺势而为，于是石守信领天平节度使，高怀德领归德节度使，王审琦领忠正节度使，张令铎领镇宁节度使，皆罢军职；只有石守信兼侍卫都指挥使的虚职；殿前都点检这个职位更是不复存在。

看似轻描淡写的背后，花费的可不仅是几杯酒水的代价，皇帝同时承诺了巨大的付出：一是出守大藩，每位将领拥有世代传继的土地田宅；二是送上无数妙龄良女，任凭将军挑选消受，以度终年；三是将宗室的公主嫁给诸将的儿子，通过联姻的方式换取君臣之间的两无猜忌，上下相安！

他做的这些事情，孟昶统统做过，赵匡胤记得那年看到孟昶与旧部分裂，他就想过可以用更好、更快的办法来解决。赵匡胤不允许自己像孟昶那样过高地估量人性，因轻信而自陷于危境之中，他会在事情尚未发生之前，竭力避免可能产生的恶果。

“朕不是圣人，如果有错，你们只管上谏便是。”赵匡胤说着任何一位明君都挂在嘴边的话，赵普和赵光义担心皇帝过于正直，见他如此精明而务实，这才放下心来。

赵匡胤如愿以偿，他掌控了整个大宋王朝的兵权。很快麾下大将慕容延钊假道荆南，兵不血刃，即得南平三州十七县。紧接着灭马楚，战事很惨烈，战取岳州的时候，在三江口激战，获船七百艘，斩首四千余级。都监李处耘挑选了十多个肥胖的俘虏，命令左右烹饪分食吃了个干净，然后把剩下的俘虏用墨黥刺面放归朗州，这样野蛮的禽兽般的作为相当管用，朗州城不战自溃。取下湖南旧地，得十四州，六十六县，九万七千三百八十八户。大宋的疆域再次扩展，把江南、大蜀与汉室隔绝于版图的三个角落。

统一天下的雄心壮志在赵匡胤的心中如火焰一般熊熊燃烧，这些只可能发生在乱世的屠戮灭绝了人性，但他的内心早已百炼成钢，他一天也未曾放弃自己的理想。随身的齐眉棒早已被磨得锃亮光滑，手柄上铁马铮铮，战国七雄终结于秦的浮雕隐约可见，每每于无人处拿在手中端详的时候，他都会陷入深沉的凝思。

按照朝廷的策略，接下来就该讨伐北方汉室了，赵匡胤仰头望着鹅毛般飘落的雪花，低声说道：“这一切很快就会过去的，朕定要还天下人一个太平！”

中宫缺位。

王皇后于年前病殂，年仅二十二岁，赵匡胤异常痛苦，将庸医流放海岛，这是宋朝乾德二年（964 年）的正月。

风雪夜，锦衣衾被也无法抵挡寒凉冷清，赵匡胤命人宣召晋王赵光义，自己独自出宫。他部署中枢与地方政权既定，任命心腹赵普为门下侍郎、平章事、集贤殿大学士。中书省没有宰相签署敕令，皇帝便赐他签署权；晋王赵光义任开封尹、同平章事，赵匡胤给了兄弟储君的地位，同样行使宰相的权力。赵匡胤的身边，赵光义和赵普为左右手，事无大小，都由三人商议决断。他时常夜访赵府，所以赵普退朝后也会穿着朝服等待皇帝的来访。

这晚风雪交加，赵普还执着宫灯在后苑的门口等待着。

“这么大的风雪，相公要注意身体。皇后薨殂没多久，官家内心哀痛，辍朝的这些天想必不会来了。”夫人将风雪斗篷披在赵普的肩上，催促他回屋。赵普听了夫人的话，犹豫了一会儿，只好转身说：“也是，回屋吧！”话音刚落，他就听到小院儿外叩门声大作。

他欣喜若狂，“砰”的一声打开院门，只见皇帝站在风雪中，神情异样，遂慌忙迎拜：“这么晚了，陛下怎么还未安睡？”

赵匡胤解下风雪裘扔到赵普怀中，一边走一边说：“我约了廷宜，进屋谈！”

不一会儿，赵光义果然策马赶到。三人就地设垫，炽炭烧肉，赵夫人随侍煮酒，共商剿平晋阳汉室的大计。赵普迫不及待地说出了自己的想法：“太原在北辽的卵翼下，阻挡着西北，我军若取下太原，便只有独当北辽的边患了。臣觉得还不如先征他国，待诸国削平，区区汉室，唾手可得。”赵匡胤大笑：“英雄所见略同！朕试试你，则平认为欲平他国，从何下手？”赵普直截了当地说：“蜀地！”赵匡胤点头而笑。

赵光义看着皇兄与赵普两个人会心的笑容，深知聪明人之间自然不必多费唇舌。汉室太穷了！多年前他们就曾惊诧蜀境的富有，战乱硝烟让中原穷匮，借助蜀国的财富，才能完成统一大业，这是心照不宣的理由。

于是这个风雪夜里，三人于酒炉前商议平蜀之策。

平定荆湖后，江南国主李煜遣使送来金器千两、银器五千两、锦绮纹帛两千匹，又奉牛马五百头，酒两千石犒劳军师，可他表面纳贡犒师，暗地里依然在增修战备。赵匡胤接下巨资，命令镇国节度使宋延幄帅禁旅数千习战于新池，现在还不到打唐的时候，隔空打牛震慑一下而已。

蜀境返回来的消息称，孟昶打算给汉室的刘继元写信结盟。赵匡胤笑而不语，他早已为平蜀做了充分的准备，派人仔细考察山川地形，等待时机。

而这似乎就是个恰当的时机。

31. 朝光夫人

广政二十七年（964 年）的春天，蜀境像往常一样安宁和平。

自广政十二年首开贡举以来，开考近十次，五十多名贡举进士入朝为官，在翰林、中书担任要职。而翰林书画院的皇家气派越发形成气候，黄荃、黄居寀、黄居宝父子三人合作的花鸟画作在殿廷墙壁、宫闱屏障上数不胜数。不论外界如何纷扰，蜀境依旧货殖繁盛，这个物华天宝之地，土产丰盛，蚕市、草市、花市、药市、灯市在东、西、南、北货易毕集，为四方辐辏。从西山运进来的蛤蚧、珍珠，安南、天竺来的香药、琉璃、犀角、珍宝堆砌在宫廷府库，取之不尽，用之不竭。

大宋王朝灭荆湘的消息传回朝中，李昊集结了一些宗室老臣进行劝说，大宋早晚要统一，不如趁早称臣，免遭兵患，皇帝却态度暧昧，让人不解。识略谋臣在孜孜求治，朝中贵胄却在醉生梦死，城中子弟屯落在闾巷间，楼堂馆舍又是别样情景，人潮森列，临邛挥洒，珠翠绮罗缥缈异香。

教坊都头李彦武最近很兴奋，他亟亟禀告慧妃花蕊说新近得了一位才艺绝佳的乐娘，能演奏《霓裳羽衣》残谱。花蕊很高兴，对李彦武说：“听说只有江南国的娥皇周后可用琵琶弹奏霓裳羽衣法曲，没想到都头也能找到这样的妙人，快宣她入宫觐见！”

翌日，李彦武果然将乐娘带入天启宫。

大蜀国内政外事堆积如山，朝臣都知道皇帝言辞不多，而且极善隐忍，只有花蕊清楚他近来郁郁寡欢，身体状况每况愈下。有机会博得皇帝展颜一笑，才是花蕊召见乐娘的真正用意。

花蕊端坐在凌波殿的清晖阁内，只听珠帘脆响，一位年过五旬的乐娘款步踏入殿堂，她手里抱着一把通体紫檀的直颈五弦琵琶，宝髻堆云，攒珠银带，灼灼夺目的眼睛丝毫没有因为年龄的影响而变得暗淡。

花蕊大吃一惊："你——"

"民妇朝光拜见慧妃娘娘！"

花蕊遣开众位宫人，一把揽起乐娘的手，激动得浑身颤抖："朝光姐姐，我早该想到是你，放眼天下，还有谁的琵琶能入李都头的法眼呢！"朝光却不似花蕊那般激动，她用骄傲矜持的眼波细细地打量花蕊，从头顶步摇到鬓角的珠花，从项圈璎珞到足底的云履，一眼一行，慢慢移动。

花蕊抿着嘴，她也在打量着面前的朝光，眼泪不知不觉夺眶而出："众芳芜秽，美人迟暮。"想当年，散花楼朝光、暮雨的风情万种，折了多少蜀中士子的腰啊！

"朝光眼看着娘娘，恍惚回到三十年前，蕊儿还是初见时的那般眉眼。都说岁月无情，却独独对你留着情呢！"朝光终于在花蕊的眼泪滴落的时候，悠悠地叹了口气。她想起三十年前的那个月夜，青衫将神情呆滞的小娘交给她的时候，以为不过又是一个暮雨那样的瘦马驹而已。

"当年你出宫离蜀，一心要报仇雪恨，"谈起往事，朝光唏嘘冷笑，"不知何时，慧妃娘娘竟然全都忘了。"

费蕊真诚地笑着，那笑容在鸾凤步摇的闪烁中更加光彩照人，饱满光洁的前额上点着绯色珠花，堆耸的黑亮宝髻上簪着御衣红牡丹；那张俊俏的面庞因为阅历的增长越发沉静和富贵；百鸟褶裙上系着翡翠龙纹扣和龙凤花鸟的鎏金香囊；绵长飘逸的帛带挂在胸前垂至肩后，让这绝代佳人的婀娜风姿更显得出尘脱俗。

"蕊娘岂敢遗忘世仇，只是不愿意陷入虚妄罢了。乱世中，国破尚且不能避免，何况家仇！朝光姐姐，请问蕊娘向谁讨还？"

朝光顿了顿，欲言又止："也是！三十年前查不出，过了这么久，真相早已泯灭消失了！”

花蕊心略一动，试探着问道：“姐姐是否想起了什么？”

“哦！”朝光定了定神，回答道：“当年十八条商船付诸一炬，船上的财物不翼而飞，朝光总觉得蹊跷，那么多稀世珍宝，竟一件也未能重见天日吗？”

“以蕊娘的蚍蜉之力，能查出什么？”花蕊终于显露出一丝无可奈何的悲伤，她走到窗前说：“也许蕊娘终其一生也未必能够获得真相，所以不能仅为寻仇而活着。”

“蕊妹妹万般聪慧，你为什么活？”朝光眯着眼睛笑了起来。她的话正好戳中了花蕊的心。她转过身面对朝光，摇曳生姿的步态楚楚动人：“起初不敢死，是为家仇；后来不忍去死，却是为了三郎。”为了孟昶，为了他的理想，特别在玄宝夭折以后，她就下定了决心，要留在他的身边永远陪伴着他。

朝光忽而扬起手笑起来：“让义父看到妹妹这般神韵，也会觉得不枉他当初救你一场！”

花蕊被她的话语深深地感动了，她挽着朝光的手，亲昵地说：“姐姐，今次入宫，想必有什么要事要找蕊娘，请你直说吧！”

朝光看了看她，暗叹好个花蕊夫人！她面不改色地说道：“义父将传国玉玺献给大宋，他老人家的使命便完成了！他要归隐田园，临走前，朝光想来看看蕊娘。”

“是吗？”花蕊眯着眼睛笑了笑，“这么说，姐姐接管了义父的人？”

朝光摇头：“我这一生同样为一个人而活，蕊娘不知道吗？”

散花楼的朝光夫人啊！花蕊感叹着，她想起死去的暮雨，何曾不是个痴人？既然这样，花蕊牵了朝光的手说：“姐姐就在宫中多住些时日，你我多年未见，花蕊很想念跟姐姐琴瑟合奏的日子，恐怕日后难有这般清闲了。”

说着，她取出九霄环佩置于案前，朝光也摆了一卷残谱放在案上，两人相向而坐。

黄昏时分，孟昶换了身朱袍常服，慢慢踱步进入凌波殿，一路黄花满地，白柳横坡，苑中莺啼婉约，倍添韵致。他绕着假山走到清晖阁窗下，听到屋内传来唏嘘哽咽声，不由得停下脚步，忽然听到花蕊说那句“后来不忍去死，却是为了三郎”，他心头一颤，过往的种种涌上脑际，眼泪险些夺眶而出，心想纵然家国不幸，一生事业付诸东流，只要有花蕊这句话，此生就了无遗憾了。

他正胡思乱想着要退出，一阵清越的琴音传出，宛如轻羽缥缈，“沧——沧——沧沧！”两长两短，忽沉忽扬。孟昶觉得惊艳，提起的脚步便停了下来。那琴音分明是九霄环佩的蜿蜒柔软，像黄莺在春花下滑过，又似流泉在暖阳里流淌，声音慢慢低下去，只剩一丝幽幽的惆怅。然后琴音隐没，琵琶声起，曲调立刻翻腾起来，肆意癫狂，顷刻间如同石破天惊，一层层地稳稳递进，那韵律在心魂中颤动，好像整个皇城里就只剩下这唯一的曲调，然而又有些微弱的变化。孟昶抬起头来，在这变化中非常敏锐地捕捉到一丝绝望和伤感，好像这乐曲是专门为他奏响的。琵琶声越发急促，大弦小弦错杂铮锵，像银瓶破碎，又似万马齐发，可想那拨捻之人五指飞跃，如鬼魅附身，然后渐渐加快，加强——越来越快，越来越急！好像不是人力拨出，没有旋律，没有音色，没有蜿蜒起伏的调子，所有古老的、蛮荒的、淤积的、沉淀的、废弃的，均被这琵琶声所唤醒。

孟昶胸中有一股沸腾的热浪要爆炸开，他上前一步踏上台阶，就在准备推门的瞬间，琵琶声渐渐回缓，接近于无声，只剩弹奏之人的五指和五弦融为一体，轻轻地，不容旁骛，把无休止的欲望击退，在整个房间分崩离析……

孟昶愣愣地扶着门窗，所有的声音不知道什么时候都已经停了，他觉得自己如同被抛弃的婴儿，疲倦而灰心，不知不觉间已经泪雨磅礴。

屋内传来花蕊的感叹：“姐姐这手反弹琵琶真叫绝了！”

“蕊娘的琴艺也日趋精湛，竟能用琴音替代玉笛，散序的韵味尽在其中，可见宫中温衣美食并没有消磨妹妹的心志。”朝光说，“当年义父不顾李玹的反对让你入宫是对的。”

花蕊奇怪地问：“李玹反对蕊娘入宫吗？我怎么从未听他提过？”

“李玹曾经极力阻挠，谁知道他想什么呢？他既然爱护蕊娘，就不该让你错失这场好缘分。”

花蕊含笑道：“当年蕊娘任性出走，事过七年，他还不是让我回来了。”

“那七年蕊娘跟在李玹身边，当真一点儿都没有怀疑过什么吗？”

“怀疑什么？”

“他明知孟高祖有意让孟、费两家结亲，既然回蜀，为什么要刻意分开你们？”

“孟高祖有意让两家结亲？”花蕊呆住了，她急着发问，反倒忽略了朝光的后半句。

“青城费氏在西川树大根深，富可敌国。”朝光微笑着说，“孟高祖意欲称霸川蜀自立为王，自然有意拉拢蜀人。可惜费家主不愿意成就孟蜀，竟携家眷将世代的财货都带离蜀地。”

花蕊仰着头问：“姐姐想说什么？家父东迁扬州，实为刻意回避与孟家的亲缘？”

“当年孟高祖与东川董璋打得你死我活，成王败寇皆未可知。费家主举家东迁，意在避祸，情有可原。”

正在这时，只听画屏外砰的一声响，孟昶站在门口，清风吹动衣袂，长长的身影投影在光亮的楠木地板上。他冷冰冰地哼了一声说：“大胆奴婢！竟在大内后宫肆意诽谤先祖，该当何罪！”花蕊飞转过身，奔到孟昶身边，柔声说道：“三郎仔细看看，是朝光姐姐！”

朝光收起五弦琵琶，微微地向孟昶拜了一拜：“民妇不知陛下在外，说了不该说的话，请陛下见谅。”孟昶冷冷地挥了挥手说：“退下！”

朝光行礼告退。

孟昶面无表情地坐在圈椅上，手指拨弄着案前的琴弦，声音缥缈在屋内。

“三郎？”花蕊见孟昶无动于衷，慢慢走到窗边，燃了块新的沉香饼放入博山炉的隔片上，挑起一枚羽尘将香炉清扫干净。不一会儿，清凉的烟雾在仙山阁楼间缓缓升起，淡淡的香气便弥漫在芙蓉帐里。

孟昶抬起头，喝了声：“来人！”

侍女应声而入，只听孟昶吩咐：“把芙蓉树下的生春酿挖一坛到琼台。”

“生春酿？”花蕊忽然鼻子发酸，拿了件月白色的绫罗单衣为他换上，孟昶拉了她的手缓缓走出清晖阁。天色已经暗了，排排鲜亮的宫灯照着绛紫色的雕栏廊柱，抬眼望去，银河霄汉洒向摩诃池，星辉在琼楼玉宇间泛起粼粼波光。

“今夜只喝一坛，剩下的以后与满朝文武一起喝。”

花蕊听见他这话，喉头一噎，大颗的泪像断了线的珠子一样悄无声息地滚落一地。那些酒原本是等玄宝加冠礼的时候要与文武百官一起喝的，现如今，玄宝已经没了，家国也飘摇如此。孟昶自顾自地望着摩诃池的深处，没有看到花蕊的表情，他浅浅地笑着：“这么多年都过去了，有你陪着，二十年、三十年也不会很久……”

花蕊呢喃：“蕊娘会陪着三郎一辈子的。”

孟昶听她说完这话，双臂一展便扎入池水之中。矫健笔直的身姿如箭镞流矢，在水中溅起一道小水花后便消失不见，半空中的绫罗单衣如羽毛般飘落。

花蕊俯身将罗衣捡起来，沿着楠木曲桥走到临水的琼台，四方垂檐的莲花芯上镶嵌着硕大的夜明珠，地面铺着冰簟，芙蓉帐中还有日间未曾撤下的罗衾。一众内侍将生春酿抱来，就着池水洗净瓷坛的泥土，将酒倒入水晶酒斛中，摆上雪藕、薯药和蒸糖酥酪，又燃起熏炉，之后各自退开。

哗啦一声，孟昶从水中探出身来，池水涓涓沿着束绾的发髻滴落，那双浓墨般的眸瞳灼灼地盯着花蕊，像要把她刻在心上一般。

薄薄的衣袂风动翻飞，高耸的云鬓如烟似霞。

花蕊递出手臂，孟昶搭着她的手轻轻跃出。单衣附着上身，两个人并肩坐在烟波浩渺的琼台边上，静静地喝着生春酿，淡淡地聊着。孟昶的声音不高不低，就像潺潺泉水，又如花蕾沾露，他从很小的时候讲起，大概还在晋阳……

他说十三岁出征夔州，后悔没有去青城山知会费家主，没来得及告诉母亲自己的心事；他说十五岁回成都府，去青城只看到了一座空寂的府邸；他说在浣花再见花蕊，什么都来不及想，只知道要将她带回宫放在身边，为图自己安心，没想到反而伤了她的心；他说张氏承宠太虚阁让他感觉屈辱，花蕊决绝离宫让他更觉灰心；修仪张氏不受支配，张业便指使后宫在其饮食中喂药以致生下畸胎，他生平第一次感到怕了，怕自己会像害死赵贵妃、张修仪那样害死花蕊，他不得不放她流浪整整七年，他用七年的时间慢慢掌控朝局；他说这七年里，每一年都在罗城的土墙上插醉芙蓉，每一年的重阳都会上大玄门登高，他想即便此生花蕊都不再回到宣华苑，但只要她回到成都府，就能看到满城的烟霞锦绣……

孟昶从来没有说过这么多的话，花蕊流着眼泪不停地点头应承，感觉喝在口中的酒似乎非常甜蜜，又有些酸涩。而这片刻的心情，充满着哀伤……

不知不觉已过子夜，一坛生春酿见底，此时桂轮稍减，玉绳低转，风柔夜暖凉风升，树影在摩河池畔摇曳错落。

孟昶醉了。

说完这些话让他感觉轻松，既疲倦又舒服，他无力地伏在花蕊的肩上，低声轻吟：

> 冰肌玉骨清无汗，水殿风来暗香满。绣帘一点月窥人，欹枕钗横云鬓乱。起来琼户启无声，时见疏星渡河汉。屈指西风几时来，只恐流年暗中换。

“屈指西风几时来，只恐流年暗中换……”花蕊哀痛，想起那七年间，固执要寻出家仇，比起虚妄的揣测，此间真实的相守相拥更显得弥足珍贵。

她噙着泪水，望着孟昶说，“西风早到，世事随变，祈愿上苍让蕊儿与三郎长久厮守吧！”

“过去的事无力回天，屈身守分，以待天时，岂可与命争！”孟昶紧紧地搂着花蕊，轻言细语地说道，“春花秋月相接，人世转换不停，纵是千古英雄，也终将逐浪而尽；所谓是非成败，其实转瞬成空；江山美人，亦不过付之一笑而已。岳丈大人横观天地，不正是勘破荣华富贵才举家东迁的吗？若不是江陵大火……”

话音未落，琼玉般的面颊紧贴了过来，炙热的唇堵住了他的嘴。

扑通一声，水花四溅，花蕊被孟昶带入池中，天旋地转间，烟霞般的芙蓉帐随着绛丝左右翻飞，如同彩色的漩涡将她包裹，澎湃而荡漾……

春去秋来，朝光在宣华苑中住了半年，大半时间在改进教坊的琵琶指法，都头李彦武按照皇帝的旨意将蜀朝所有的乐谱和词曲都整理编排完毕。

曲牌方面保留了唐以前的一些同名曲牌，比如《摩诃兜勒》《阳关曲》《折柳吟》《三台令》《梁州曲》《甘州曲》等。乐器方面保留着唐大曲琵琶、箫、弦、拍板等乐器，演唱、演奏时的排场由拍板站立，洞箫和琵琶分列于左右。记谱方面用了唐大曲中的衮、歇拍、叠的名称，但节奏和旋律上都有不同，并形成了体系完整的大谱、散曲和指套三个组成部分。

套曲有词、有谱、有指法，每套套曲由二至七首散曲组成，以管门和滚门归类编成套，共五十大套。大谱是描写花鸟景物、抒发内心情感的标题器乐曲，附有琵琶弹奏指法，但没有曲词，全用各种乐器合奏，有十八大套，每套三至十个乐意。散曲是戏剧性的清唱曲，有谱、有词，由琵琶、洞箫、二弦、三弦等四件主要乐器伴奏；散曲最多，在整个蜀境流行亦最广，多有委婉、缠绵，又有情感丰富的曲词。

皇城的仓鹘每日起落，来自北境和东路的消息都说宋军并无异动，赵匡胤自诩爱民如子，改朝换代没有动过一兵一卒，收取荆南亦兵不血刃，除非万不得已，他绝不想陷生灵于涂炭。于是这样的对峙便成为一场心理上的拉锯战。

孟昶心静如水，他已经有了最坏的打算。身为男儿，自然要为尊严一战，无论如何他都要咬牙硬扛到两军交火的那一刻。虽然朝中有臣子暗中找好退路，却不敢明目张胆地转移财物和家眷。从大内宫城到整个蜀境，没有出现溃逃惊惶的迹象，安静寻常得如同往常。

这看似寻常的坊间，依然有不少窃窃私语声在流传。

“汴州的八作司在皇城下的汴水边修了一个庄园，足足五百多套房子呢！”

“大宋朝的皇帝就等着蜀朝回归中原，这是天命所归，是民心所向啊！”

“去你的民心所向吧！换了皇帝，大蜀朝的米还是只卖三钱吗？弦管还能每日通宵达旦吗？你们这些闭塞的贱民，根本不知道北方的惨烈战局啊！”

32. 紫衣不归

一束晨曦落在罗城东方，拨开了寺院的香火，从大圣慈寺中走出来一位苍老的和尚，他身披圆领广袖的僧衣，缓缓朝着皇城的萧墙走来。在火红的神雀门下，他久久伫立，仰头望着高耸入云的门楼，日光把那长长的身影投射在青石板上。

“启奏陛下，大慈寺不归和尚求见！”孟昶在清晨的寒露中被叫醒，这天正值旬休。

“不归吗？他云游回来了。好吧，宣召！”

朱红色的神雀门下，一架车舆过来，将不归和尚带入了宫城。

皇帝要赐不归和尚紫衣！昭容烟柳来到天启宫向慧妃禀告。

“不归回蜀，那么如常也会入宫了？”花蕊很高兴。算起来差不多有十年未见了，她的脑海中浮现着一位身着缁衣、手执玉瓶的妙龄女尼，大概就是她记忆中如常的样子。

朝光听说不归入宫，放下手中的琵琶对花蕊说：“民妇也想见见故人，不知娘娘是否允许？”花蕊沉默了一会儿，朝光笑了笑说：“是否觉得尴尬？毕竟过往的事情不好面对吧？”

“不归身处化外，姐姐何必得理不饶人。”花蕊知道朝光的秉性，当年李玹利用她留下东湖别苑的画帛，不知她是否耿耿于怀。

“不饶他又能怎样，不过有些过往我想亲口一问，毕竟关系着蕊娘和皇帝。”

花蕊不解：“什么过往？”

朝光挑着眉嗯了一声，问道：“见还是不见？”

花蕊无奈，只得允她一同前往。

罨画居内只有御香宁静袅袅，宫娥内监们聚集在苑中的芙蓉树下玩耍，繁盛而嚣张的花簇将彩衣宫娥的面庞映衬得更加娇嫩。

“和尚不归谢过皇帝陛下！”不归披着皇帝御赐的紫衣袈裟，双手合一向孟昶致谢。

孟昶解下常服外袍，只剩了一件绫罗单衣，他命人从御书房中搬来一卷大轴地图铺陈在地上，那是当年从眉州带回来的十国地形图。孟昶与不归坐在图纸上，时过境迁，两个人不约而同地想起许多年前的样子。

“图纸已被陛下用朱砂勾画无数次，面目全非。”

孟昶抬眸看着不归说：“朕辜负了先生！”

不归坚定地摇了摇头：“不归游历多年，目睹战乱深渊中血流成河，白骨如山。三十年来，蜀国百姓能够安居乐业，全凭陛下一己之力，让身处这个时代的人躲过战乱。”

“天下大势已归属赵宋，据说赵匡胤也行仁政。”孟昶笑道。

“阿弥陀佛。”不归合掌念道，“不归此行，想陪着陛下与赵宋决一死战。”

“决一死战？”孟昶望着窗外，沉默了许久，说道：“东路夔州和北境均有重兵部署，汉室和大辽在北方威慑，蜀地将卒虽不及赵宋凶悍，但是据险抵抗还是不成问题的。赵匡胤想要统一天下，还要看他能不能从我手上拿去！”

“只是……春天派去的遣使至今未还，汴州的探子也都被剪除了。”不归眉心紧蹙，悲悯地望着孟昶说道，“派去晋阳的三个人中，赵彦韬、孙遇均已到了开封。”

“赵彦韬？孙遇？”孟昶嘶的一声倒吸了口凉气。

几乎是同时，窗外也传来花蕊的声音：“赵彦韬竟然叛变了？”话音未落，花蕊和朝光两人已经一前一后跨入房中。

“不错，陛下写给刘天子的信已在赵匡胤的手上，宋国自认有了伐蜀的理由。”不归垂着眼眸说，“陛下需早做决断，赵匡胤部署了两路大军，北面由忠武军节度使王全斌为西川行营前军兵马都部署，崔彦进任副手，三万步兵骑兵从凤州南下；东路江宁军节度使刘光义领西川行营前军兵马副都部署，曹彬任副手，两万步兵骑兵沿江西上。临行前赵匡胤还交代了三大原则：一是争取北人，二是严禁扰民，三是只要土地。凡攻下城寨，所有钱粮由军士平分。他这一招很厉害，宋国兵卒穷困，一旦打下来就能分得钱粮，他们的兵士气焰很高。”

孟昶惊怒交加，朝光冷哼了声走上前，悠悠地质疑道：“不归和尚为何说谎，让蜀国主动陷入战局？”

“军情紧急，大师何必说谎？”花蕊脱口问道。

“陛下主动出兵，不正中了赵匡胤的计谋吗？”朝光冷笑地盯着不归，“赵匡胤正在苦等伐蜀的理由，你居心叵测啊！”

不归半垂着眼眸说：“李玹当年不得已欺瞒夫人，现今身为佛门弟子，夫人尽可消除成见，况且和尚打诳语诓骗陛下有何好处呢？”

“不打诳语对吧！”朝光哈哈一笑，“既然不归已经皈依佛门，不妨说说当年你是怎么置陛下于死地的吧，你借皈依来取得皇帝的信任，打算将蜀国献给赵匡胤吗？”

此话一出，不光孟昶愣住，花蕊也怒喝制止道：“朝光！”

不归在朝光的注视下，眼神灼灼发亮。只听她继续逼问道：“虽然时过境迁，四郎李玹化身和尚不归，你敢告诉蕊娘，李玹当初为何要刺杀皇帝吗？”

“刺杀皇帝？”花蕊冷不丁地打了个寒战，连孟昶也忍不住晃了晃身体。不归的眼光在朝光的逼视中，由通透渐渐变得暗淡，直到最后干脆紧紧地闭上了眼睑。

“朝光姐姐疯了吗，刺杀三郎的是张业，你何苦挑拨离间？”

“一个不想听，一个不想说，就当朝光无事生非吧！当年陛下身中鸩毒，经凶手化解，也算扯平了！”朝光恨恨地瞪了花蕊一眼，正想拂袖离开，却被花蕊一把抓住：“你说什么？”花蕊深知朝光的为人，更无法相信那个未脱口而出的名字，她忽然恍然大悟：“我明白了！这才是青衫让你入宫的目的？李玹已经出家，川楚八帮的血仇还未清算，你还想赶尽杀绝！”朝光看着花蕊连连摇头，语气平静而坦然：“姐姐一生都没做过好人，蕊娘最清楚。如果暮雨还在，她却最信我是从不对姐妹说假话的那一个。”

提到暮雨，花蕊泪流如注：“如果不是被你逼迫，她何苦自杀！”

“既是自杀，便不是我逼迫的。暮雨跟你不同，她到死都是我的人。”朝光看了看不归，“义父说话算话，答应放你自由便从来没有打扰过你吧！”

孟昶惊骇之下早已怔住了，他经历的大风大浪不少，没理由平白无故地为这话就失了分寸。他背叉着双手站在花蕊身后，眯着眼睛考量着不归的神情。只见不归合着双掌，紧闭的眼睑在微微颤抖，脖颈高扬，露出听天由命的表情。他心想会不会有什么误会，或者自己无意中犯了李玹的忌讳，且耐心听听朝光怎么讲。

“朝光就想知道，四郎李玹为何要谋杀陛下呢？”朝光悠然地打量着不归，眯着眼睛说道，“四郎李玹身为前蜀国舅，难道为了重掌蜀国？”

“不，不可能！他为什么下了毒，反而又救他？”花蕊愤怒地说，“四郎李玹情系民生，执掌川楚八帮行走江湖，再也没有入仕的念头！你别以为很了解他！你根本不懂！”

朝光哼了一声：“原本这个秘密朝光也不打算说的，时过境迁，而我也是即将远离是非的人，可不归和尚居然撺掇陛下主动出兵，我不想你们因此犯下大错，陷大蜀朝于战乱。你所尊敬的师父，企图遁入空门洗刷犯下的罪孽，这样也可以吗？蕊娘，你不该被欺瞒啊！”朝光看着花蕊愤怒的脸庞，怜惜地说道：“我不清楚你们当年出了浣花后遇到什么，让李玹改变了主意，他不仅为陛下驱毒，甚至不顾性命潜伏到我身边，就为了拿到张业谋逆的实证。不是想借蜀国之力另有图谋，又为了什么呢？”

朝光的话落在孟昶耳中，他脑海中有阵阵闷雷轰鸣，他想起李玹答应救他时，曾经流下了一滴眼泪，当时他说："先祖随僖宗入蜀，族中大小均生于蜀地，长于蜀地，比陛下更熟悉、更热爱这片沃野。我曾目睹王朝更迭的疯狂杀戮，祭台上的牺牲从来只有万民百姓，如果可以，李某恳请陛下能尽自己的能力，让这个时代的人，活得更好。"

若说图谋，他应该就是在那个时候改变的主意。

这时，花蕊也在喝问朝光："为什么李玹要谋害三郎？三郎与他并没有夺国之恨，王衍朝不是孟家所灭。川楚八帮这么大的仇恨都咽下了，还有什么样的仇怨让他奋不顾身要刺杀三郎呢？"

"是啊！到底为什么呢？"朝光悠悠地叹息，摇头说，"他明知孟高祖意欲结下费氏一门的亲事，为何还要这般赶尽杀绝呢？难道李玹还有什么不可告人的秘密吗？"

花蕊失魂落魄，朝光到底言尽于此，众人的目光就都落在不归和尚身上。

不归却在众目睽睽中慢慢地盘坐下来，他不慌不忙地整理好紫衣袈裟，双手合一放在胸前，口中默默地念着经文。

不知什么时候，窗外明艳的秋色已经被哀云笼罩，狂风刮得醉芙蓉的枝叶飒飒作响，隐约有闷雷震动着皇城的殿阁。

朝光冷冷地看着不归："倘若和尚希望带着秘密就此坐化，你就错了。你睁开眼睛看看外面的天光，那些罪孽不会被你带走，只会更深更重地转移到蕊娘身上，甚至转嫁到蜀地百姓的身上！"

不归睁开眼睛，抬眸看着孟昶。

皇帝在花蕊身后端立，凛然生威，四目相对的刹那，都显得坦然而明朗。孟昶早已思忖妥当，他平静地问："因为三郎吗？三郎可是做了什么对不起你的事情？或者是三郎犯了什么大错，对不起蕊儿？"

"师父！"花蕊俯身向不归磕头说，"三郎至今被热毒之症所困扰，您告诉蕊娘吧，究竟是为了什么？"

"四郎李玹不是蕊娘的师父。"不归将目光投向花蕊，看着她近乎狂乱的哀痛，无可奈何地说道，“李氏一族源自波斯，数百年前被大唐皇帝赐国姓。先祖乃懿宗皇帝御前侍卫，广明之乱后护送长公主殿下随僖宗皇帝入蜀，从此便一直留在蜀地繁衍至今。”

孟昶脸上露出一丝迷惘，但见花蕊直挺着腰身无动于衷，费家主夫人是皇族后裔，想来这些旧事花蕊从小便知。只听不归继续说道：“四郎李玹护佑旧主，是祖上留下来的使命。不错，若不归带着李玹的秘密坐化于此，那些罪孽不仅不会就此消失，反而会遗祸蜀境。”

朝光不经意地吐了口气，垂眸坐了下来。

“当年东川战事激烈，孟高祖有意立国称帝，希望拉拢青城费氏等一干旺族。但家主效忠中原朝廷而不愿成为孟蜀国戚，于是举家东迁准备离开蜀境。”

“江陵的大火……”花蕊突然呢喃，忍不住全身一软，坐到了地上。

不归看了花蕊一眼说：“天下大乱之时，区区一场大火算得了什么。”

花蕊瑟瑟发抖，牙齿咬破了嘴唇也毫不自知。

“不可能！”孟昶掰着榻尾，强忍着怒气说，“当年我镇守夔州，若有蜀将领兵私出三峡，不可能对江陵发生的事情一无所知，不归和尚无中生有！”

“和尚相信陛下确实一无所知。那年孟高祖吞并东川意欲称帝，可是连番作战以致库府匮乏，不足以抵挡朝廷索逼。这时，家主却携带家眷财货离开蜀地，高祖皇帝一怒之下命鹤峰土司田行皋领军从野三关出川，在江陵渡口劫持了费氏商船。田行皋原本就是当地人，他手下的将卒扮成流寇没人怀疑，他们将十八条船上的财货抢劫一空之后，杀人灭口，一把火烧了三天三夜，费家两百多口只剩下小娘一人而已。”

“啊！不——”花蕊低喊了一声，昏倒在地，朝光抱起她来，直瞪瞪地看着孟昶。

“田行皋？”孟昶扑上去抱住花蕊，却被朝光狠狠地撇开。“放肆！”他怒喝着挡开朝光，将花蕊揽在怀中。

“是啊，是田行皋。可惜他挑起叛乱逃到荆南后不久，便被文献王斩首，否则陛下还可召唤来当面对质。”

孟昶皱了皱眉，一手抱着花蕊，一手揪着不归胸前的衣领大声说道：“不，不是的！田行皋已经死无对证，你胡说八道诓骗我和蕊娘，到底是何居心？”

“阿弥陀佛！”不归并不躲闪，垂眸说，“当年李玹确实是被仇恨所困，灭族世仇不共戴天。”

孟昶浑身颤抖，他语无伦次地大声道：“我不追究你谋杀的罪过，李玹素日为人，我也敬仰感佩。你……你……要除去我就罢了，何必编造这番死无对证的说辞，诬蔑高祖，污蔑孟氏一族？我……孟某到底做了什么，你竟要逼得我跟蕊娘反目成仇？”他最后几个字说得咬牙切齿，声音也哑了。

朝光咬了咬牙，想说些什么，终于默默地退开了。

不归和尚不为所动，继续说道：“你们希望我讲的，均已如实相告，要杀要剐，和尚一力承担。只是现在大军压境，陛下需立即清心明志，让蜀朝免受灭国之灾！”

孟昶抱着昏厥的花蕊，心头五味杂陈。他其实已经相信不归说的实情，但热毒发作时生不如死，刻骨铭心，他愤怒地想这不归和尚为报家仇诳瞒多年，该千刀万剐；一时又记起他深沉郑重的托付，尤其这些年来暗中相助的情谊。若是信了他的话，主动部署兵力出战，大蜀朝从此断无宁日；若是不信他，一旦两路大军突破险隘，别说三五年，就是三五个月也难以支撑。

正在这时，朝光突然扑到孟昶身上，悲愤地大声呼喊：“孟蜀身为将相藩辅，不顾君臣之谊称帝，又靠抢夺士族财货支撑立国，一家乱臣贼子，有什么资格保境安民！”花蕊刚好转醒，脑中空无一物，猛然听到朝光的喊话，胸口积郁的愤怒便像大火般燃了起来，她顺手拔下头上的金钗，朝着孟昶的脖颈狠狠地刺了进去，鲜血顿时喷出，溅了她一脸。

“唔！”孟昶直瞪瞪地看着花蕊，看着她眼中的泪水大颗大颗地滴落，哽咽着一句话也说不完整，“不是这样，蕊娘……”朝光的话让孟昶愤懑徒生，他捂着伤口伸出手去，花蕊看着那血从指缝中涌出来，瞬间将白色的领巾染得通红。

触目惊心的红让她的愤恨陡然间消失，她哆嗦着受惊样地弹开。孟昶固执地扑上去，拉扯中，花蕊腰上的那枚鎏金龙凤花鸟香囊咕咚一声滚落在地上。朝光抱着连滚带爬的花蕊，只听她哀求道：“朝光姐姐，带蕊娘走吧，我们离开这里！我一刻也不想待了。”

朝光将花蕊扶起，愤懑地说：“好！我们走！离开这里！”

“不许走！”孟昶断然喝道，他倏地展开宽袖拦在两人跟前，目眦尽裂。

“不走？那就让我杀了你！整个皇城都让人恶心得想吐！你们这些骗子！”花蕊的眼睫毛不停地抖动，嘴唇哆嗦着发出怪异的哭声。

“恶心？！”孟昶脖颈的血还在汩汩地往外涌，他咬牙切齿，冷汗从后脊慢慢渗出。

就在三个人在厅堂中对峙不下的时候，盘坐的不归和尚说话了：“值此家国危难之际，陛下何苦纠缠私情。若国破家亡，留也是留不住的，陛下何不让她们先走？”

“朕不准！”孟昶捏紧双手，挥着拳头高呼，“来人！”

殿外守候多时的鲁富贵应声而入，看到孟昶浑身是血，吓得连连惊呼：“传太医，来人啊！”

孟昶怒吼道：“宣殿前司！恭候慧妃娘娘回天启宫，没有圣谕不得出宫半步！”

“喏！”富贵手忙脚乱地将孟昶脖颈上的伤口包起来。

不一会儿便有殿前司侍卫进来，移着寸步将花蕊和朝光恭候出去，殿堂里便只剩了孟昶和不归两个人。不归素来知道孟昶固执，他既然有超然可控的感情，自然也有清晰能辨的理性，眼看他紧咬着腮帮，浑身上下溅满鲜血，眼底亦是通红一片。

不归轻轻叹了口气，便不再言语。

“不论你说的话是真是假，今日朕就当真话听了！”孟昶豪迈地说道，“既然你说大蜀朝是先皇费尽心力抢夺而来的，谁想要就还得从我手上抢回去！不论胜负就此一战，孟昶愿赌服输！”不归点点头，坦然笑道：“陛下能做这般响应，不归便没有看错人。”

孟昶哼了一声，拂袖走出罨画居。

承乾殿上，众位武将听说宋军压境，个个斗志消散，无人自请领兵。无人说话的原因是大家都明白，面对的是杀红了眼、穷疯了的宋朝军卒，领兵出战无异于以卵击石，蜀境三十年无战事，不论骑兵还是水军内部都有着致命的弱点。

“我军在北境粮草皆已备齐，而宋军长途跋涉没有足够的供给，只要能够撑过这个冬天，必能转危为安。三峡有高彦俦驻守宁江军镇，夔州锁江为浮梁，上面设有二重御敌栅栏，夹江炮火具备，边境战况会在明年开春变得更为有利。”孟昶知道诸将的担忧，他端坐在御榻上冷静地分析。

这时，枢密院执事王昭远站了出来，请求带兵出征北境。

孟昶立刻封王昭远为西南行营都统，赵崇韬为都监，帅三万亲兵向北出战。另外任命驻守山南西道的节度使韩保贞为招讨使，李进为副招讨使。

“这三万雕面亲兵，是王都统亲自挑选的，有赵都监和韩保贞做后盾，相信你能尽最大的努力为朕立功！”孟昶朗声说着，从御座上走下来亲自为王昭远披上了斗篷，低声在他耳边说：“不论胜负，朕必须看着你完好无损地回来。”

王昭远行完君臣之礼，埋着头潸然泪下：“乞儿愿代替陛下征伐攻坚！让那些只想固守荣华富贵的文臣武将无地自容去吧！”

孟昶点点头，这位随从个人功夫了得，但领军打仗又是另外一回事儿，他心里指望的事实上还是赵崇韬、韩保贞这样的猛将。他任用忠心耿直的王昭远为都统，因为只有这样才能最大限度地保证阵前无人反水。这些年偃武修文的后果，使得他身边不乏星云伴日的文士，却少有能征会战的武将。

李昊奉旨为王昭远一行践行，大玄门外旌旗招展，帅旗之下，坚阵如云，朔风中绿草在原野上飘动，城外的男女老幼也都箪食壶浆送别王师，更有村姑妇孺为军士们送上鞋袜。

李昊奉上美酒，大声说：“预祝将军克敌制胜，早日凯旋！”

王昭远感慨地望着眼前的情形，豪情迸发，他拍着李昊的肩膀朗声大笑，肆意挥动着铁如意说：“何止克敌制胜啊，我有这三万雕面恶少儿，直取中原易如反掌！”李昊皱着眉头干笑不已，心中却有无限的怅惘。

“真是个不知死活的酒囊饭袋！大蜀朝气数已尽，这一仗就当皇帝的最后一场赌博吧！”他在心底默默念道。前不久他已经通过某种渠道与胡立取得了联系，大宋朝皇帝赞赏他有归国之谋，称他懂得顺应时势，乃高瞻远瞩的栋梁之臣，并希望他能在适当的时候劝谏孟昶，顺应天命归降中原，以免川蜀百姓为孟氏一族陪葬。

他有些自嘲地想：或者，我能再修一次降表呢？

33. 夔门烽火

冬天萧瑟，在凤州、徽县、固镇连绵几百里的战线上，大宋朝的西路军王全斌已经安营扎寨，与蜀境兴州仅一水之隔。

十二月十八日，王昭远率部抵达兴元府，与驻守在此的山南西道节度使韩保贞会合。翌日午后，他要亲临兴州，刚跨上马背，前方却传来消息："王全斌率军攻拔乾渠渡、万仞燕子两个营寨，兴州失守！"王昭远只觉天旋地转，振奋的心情还在沸腾，一盆冷水便迎面泼来，他看着韩保贞讷讷地一句话也说不出。只听探子还在禀告："兴州刺史蓝思绾率部七千人退至保西，宋军疯抢军粮四十多万斛……"

秦、成、阶和凤州四地自从被周国占取之后，兴州便成了蜀国北境的最前沿阵地，州境东西二百八十六里，南北一百九十里，北至凤州三百五十里，西至阶州三百五十里。西南到兴元府仅二百五十里，保西正好地处兴元府和兴州的中间地带。

韩保贞请王昭远和赵崇韬退至三泉县扎寨固守，他领骑兵去保西与蓝思绾会合，目的是拖住宋军主力，为三泉的防御工事争取时间，最终保住利州。兴州南沿嘉陵江，至三泉县只有一百五十里，若无抵挡，宋军必然以破竹之势直取利州，那样成都府便只剩下剑门一道关隘了。情势危急，王昭远手按着额头，将平日所学在脑中过了一遍，顿觉分寸尽失，赶紧与赵崇韬一起拨马直奔三泉县。

宋军王全斌率领数万兵马，气势磅礴，有了四十万斛军粮做后盾，激奋的军士挥刀斩杀，所向披靡。从嘉陵江一路杀来，石圌、鱼关、白水阁二十多座军寨皆数拔除。

这一天，部队进入保西境内。

前方就是定军山，山南有个天然锅底的大洼，可屯兵万余，北麓的广漠沃野就有蜀汉时期诸葛亮大布八阵图，设督军坛的武侯坪。王全斌示意行进的部队暂停："诸位万不可掉以轻心，传令前方探子，若无埋伏，且在山南扎寨！"

第二天天一亮，马军都指挥使史延德便领着二十个骑兵来到军帐前自请先锋。

天空中飘着薄云，冬日的太阳泛着寒意。

保西县城重兵把守，韩保贞的数万军士正在连夜加固工事。城下号角争鸣，宋军先锋史延德手持圣旨立于马背上，声音朗朗宣读着赵匡胤的伐蜀檄文：

朕奄宅万邦，于兹五稔。陈师鞠旅，出必有名；伐罪吊民，动非获已。眷惟邛蜀，久限化风，舞阶讵识于怀柔，干纪自贻于祸衅。近获伪枢密院大使程官、孙遇等二人，搜得孟昶与河东刘钧蜡本，潜相表里，欲起寇戎，致奸谋之自彰，盖天道之助顺。将定一方之乱，难稽六月之师。爰命将臣，俾正戎律，建灵旗而西指，授成算以徂征。言念坤维，久沉污俗。既为民而除患，必徯后以来苏，式清全蜀之封，止正渠魁之罪。况西川将校，多是北人，所宜翻然改图，转祸为福。苟执迷而不复，虽后悔以难追。如能导引王师，供馈军食，率众归顺，举城来降，咸推不次之恩，用启自新之路。重念征行之际，宜申约束之文，已戒师徒，务遵法令，不得焚荡庐舍、殴略吏民、开发丘坟、剪伐桑柘，共体救焚之意，以成不阵之功。凡彼蒸黎，勿怀忧虑。故兹诏示，知朕意焉。

史延德的声音浑厚高亢，檄文内容顺着烈风传至城中，韩保贞坐镇中军气定神闲，他命令道：“不许应战！”

可城下的呐喊叫嚷层层叠叠，汹涌而至：

“蜀国，蜀国，鼠胆之国！怎么样，出来战一战吧？”

“大宋朝一统天下，赵官家派大军前来迎接你们回归中原啊！”

“出来呀！兴州失守，怕了吗？”

…………

“岂有此理！属下请命，出城杀了那些小丑儿！”李进拱手请战。

“别让敌人的狂啸扰乱了你的心智，他们的大部队就在后方，城门一开就是给他们让道。别忘了我们的任务，要给王都统留出时间，我们多拖延一刻钟，三泉的防御工事就能多加固一分。如果实在听得心烦，就让弓弩手给他先锋射上一箭！”

李进遵命出营，叫嚷声果然渐渐隐没。

翌日清晨，宋军士气低落，零散的火堆已经燃成灰烬，在雾霭中徐徐冒着青烟，只有几个骑兵在阵中穿梭，不一会儿困歇的军卒开始陆陆续续回退转移。

蓝思绾撩开披风，急切地在城楼上走来走去，嘴里不停地叨叨：

“看样子真的准备回撤了，夜晚这么冷，他们这是要回洼地避寒……不如我带兵追去，杀几个残兵解解气也好……机会稍纵即逝，我是兴州刺史，领几千兵卒出去的权利还是有的，剩下的依旧结阵固城，好像没什么影响……待我提着先锋的人头回来，韩将军也就无话可说了！”

不多时，城门打开，吊桥放下。蓝思绾率先策马奔上吊桥，随后是一大队骑兵飞骑而出。李进站在高处看得清楚，只见远处山谷后似有隐隐约约的杀气，正在溃散的宋军先锋忽然整装上马，嘶鸣声不绝于耳。

“糟糕，中计了！”李进大喊一声。说话间，只见埋伏的宋军好像忽然从地底下冒出来似的，已经遍布整个原野。

与此同时，蓝思绾和所领人马刚冲入敌阵之中，立刻便被重重包围起来。

似疾风迅雷，又如风驰电掣，宋军先锋史延德领着二十匹快马绕开蓝思绾的队伍，直杀城门吊桥，城楼守军还没来得及收起桥索便被砍入河中。

李进大惊失色，操起军刀飞奔下楼。晚了！城门已经被撕开了一道口子，拥入城内的宋军越来越多，蜀军乱作一团，哀号惨叫声此起彼伏，不一会儿便累起了层层尸骸。

各地营房和民宅都已经尽数起火。

韩保贞正在帐营中听取工程进度的消息，听到城破，立刻冲了出去。

刚到府外便迎面冲过来一匹高头大马："大宋先锋史延德入城了！"只听鼓号齐鸣，摇旗呐喊声不绝于耳。韩保贞来不及上马，被将帅簇拥着朝北面山上逃去，边战边退，越过尸山血河，帅旗上的血水结了冰，鲜红的旗帜变得硬邦邦的，好像铁皮一样。身后是战鼓隆隆，大批宋军挺锏逼近，韩保贞奋力挥刀杀出一条血路，对李进说："李副使，你快从北坡出城，到三泉县禀报王都统，是韩某无能，只为都统守了三天！"

话没说完，就听身后炸雷般的喊声传来：

"韩保贞，你气数已尽，束手就擒吧！"史延德率部赶到，一路蜀军被砍得血肉横飞。这些从来没有真刀实战杀过人的年轻军卒吓得早已失去了抵抗能力。

"抓住他！"史延德大喝一声，身后的步甲兵如潮水般汹涌而上，将韩保贞和李进压在身下。史延德知道韩保贞身份重要，嘶吼着："要活捉！"

保西失守，蓝思绾被杀，宋军生擒讨招使韩保贞和副使李进，获取军粮三十多万斛。王全斌坐镇中军帐前，帅旗银幡迎风招展，几万兵甲和满载粮食的车队浩浩荡荡，比起出征时不知壮观了多少倍。他不慌不忙地指挥副手崔彦进与马军都监康延泽领兵向北追逐残兵，大军纵队沿江而下，继续朝三泉县进发。

"巴东三峡巫峡长，猿鸣三声泪沾裳。"

江中渔人的歌声在长江两岸回荡，三峡七百里群山连绵，空旷而悠长。

大宋朝的东路军在刘光义的指挥下，行营副使曹彬正率领万余步骑兵从归州道小路沿江进入峡路。到了冬日，没有江水喧腾，也不见草木峥嵘，重重叠叠的山峦像屏障一样遮盖着天空和太阳，林涧之间，清冷肃穆，空谷中不时有高猿长啸，声音凄凉而怪异。

出征前皇帝赵匡胤特意召见了东、西两路大军的将领王全斌和刘光义，他展开地图，手指三峡对刘光义说道："夔门乃东川门户，西起白帝城，东至巫山大溪，是长江峡路中最短、最窄的江段。两岸断崖壁立，江水以雷霆万钧之势袭入缩窄的瞿塘峡，形成'一夫当关，万夫莫开'的狭隘关口。你溯江至此，切记不要直接展开战棹争夺，只需先遣步兵骑兵从归州道潜入，从背后袭击，等对方稍稍退后时，连同江上战棹夹攻，必可一举拿下夔州。"

此时，曹彬的部队已经深入夔州境内，白帝城下夔门雄关霹雳，高高的烽火台一关锁江，江上有坚实的浮桥，桥上设置了三道栅栏，夹江两岸皆是并列的炮具。

"陛下真是神机妙算，看这江上的防御如此坚固，两岸的投石机和床弩这般机巧，水上进攻毫无胜算啊！"曹彬是在距离锁江三十余里的地方舍船而下的，他的目标是先夺浮桥，销毁栅栏再引舟而上，当他从守桥军寨的背后看到关隘的情形时，不由得发出一阵感叹。

事实上，皇帝赵匡胤未必能有这般神机妙算，带给大宋朝机遇的是蜀国叛将赵彦韬和孙遇。这支骁勇的军队，领军的刘光义是皇帝赵匡胤义社十兄弟之一，枢密承旨曹彬也是一位治军严谨的优秀将领。

子夜时分，夔门锁关一片混乱。守城士兵面对突然从背后杀来的敌军毫无准备，他们孤立无援，陷入苦战之中。烽火台上硝烟弥漫，宋军在城楼竖起旗帜，锁关失守。

锁关紧挨着白帝城，以西十里有平地二十里，背山面江，荆棘成林，这里就是江宁节度使所在的夔州府，贞观年间朝廷尊崇诸葛亮奉刘备"托孤寄命，临大节而不可夺"的气节，将县名改为奉节。越过山险深入东川的宋朝军队乘胜直追，水军战舰一举来到奉节城下。

天空已泛出鱼肚白。

大南门外的江面上号鼓争鸣，呐喊声震天动地。

“大宋一统天下，天命所归，请将军打开城门！”

“中原蜀境原本一家，契丹北辽才是共同的敌人，让我们一起去抵御北方蛮族吧！”

“大宋皇帝乃千古帝君，若将军肯弃城归顺，可保大蜀世代荣华！”

宁江节度使高彦俦此时正端坐在小南门的帅府之中，副使赵崇济和都监武守谦跃跃欲试，请求出战：“请将军让我带领麾下五千骑兵杀出城去，与宋军决一死战！”

“宋军的大部队跋山涉险远道而来，冬日严寒，更希望速战速决，我们依靠天险守而待之便是。”高彦俦心平气和地对年轻的属下说道。他已经两鬓霜白，神情依旧矍铄，骨节分明的大手正慢慢地擦拭着随身佩带的蚩尤大刀，那销钉固定的牛角刀柄光亮如玉，雪亮的刀刃泛着清冷的光芒。

“夔门锁关失守是因为宋军从陆路突袭，守军防不胜防，而现在敌寇就盘踞在城下，不主动出击更待何时？”武守谦愤然反问。因为高彦俦跟皇帝孟昶的关系微妙，他认为高彦俦消极应对是希望保持晚节，不想在阵前与宋军为敌。

从帅府出来，江面上劝降的号鼓呐喊声更加清晰震撼，武守谦心绪难平，当即便策马奔入校场，将麾下千余骑兵整装，径自从东门而出绕道质头铺，希望出其不意地攻陷宋军水师的侧方。

骑兵接近宋军大阵，武守谦正准备弃马登船，忽然前方响起一声号角声，尾音拖得悠长，阴森而诡异。他怔了怔，垒石后杀出一位手持长戟的武将，他的身后是二三十个骑着红鬃烈马的宋朝骑兵。

“张延翰在此恭候武都监，你这是带人归顺我大宋王朝吗？”长戟武将笑盈盈地说道。

“私闯我大蜀边境者皆是匪类，杀无赦！”武守谦年轻气盛，挥动蛇矛大声怒吼，说着狠狠地在马胯下猛抽一鞭，率先朝张延翰直冲而去，张延翰连忙闪开，旋即掉转马头往东面的白帝城退避。

“兄弟们，杀了他！”武守谦大怒，仗着人多势众驭马狂奔，紧随其后的千余人马亦穷追不舍。大概是策马太急，武守谦并没有注意脚下。就在接近白帝城的时候，突然，山地四周喊声大举。

“有埋伏？”

武守谦醒过神儿来，连同他的千余骑兵均成了洼中池鱼。

“通知城防守军！”武守谦顾不得箭矢和雨石在身边掠过，冷汗将衣服湿透，他想策马回跑，已经做不到了。张延翰在高处望着发狂的武守谦，见他被士兵围在白帝城下逃脱不开，其余的千人兵卒也都在忙乱中难以生还。

“从东门攻城！”张延翰乘机率部三千人为先锋头阵，快马杀向夔州城。

守城的士兵没想到这么短的时间内，返回城下的居然是宋朝陆军，他们在懵懂中被一通砍杀，哀号遍地。帅府中，高彦俦听说武守谦私自带兵出城，正整装领队往东门赶来，远远看到城楼的烟火，张延翰的先锋部队已经率先登楼，而城外的宋军也正潮水般地涌进城门。

夔州城东陷入混战。

蜀军的弓弩手换了一拨又一拨，宋军依然不断有新兵轮番猛攻，箭镞和尸体垒砌成一道人墙。城楼和九宫格规制的街坊被点燃，长长的城墙和街区如同火龙般啪啪作响，热风几乎把激战的兵卒都烤煳了。

高彦俦一边挥刀斩杀，一边望着城楼的大火，双方千万铁蹄纵横驰骋，弓弩翕张，漫天的鸣镝，剑枪相交，激烈的战斗中，鲜血已经在青石板铺成的街道上汇流成河。一个接一个的年轻士兵在身边倒下，高彦俦双目炯炯透亮，他也身中数箭，流矢刺伤的地方到处是血，斑白的须发在火光中隐约闪动着红色的光芒，这个样子让他看起来仿佛从天而降的战神。

“将军！将军威武！”身后的部众一边杀敌一边恸哭高喊，原本地狱般的城门楼变得悲壮起来。

“高将军，快上马，属下护你出城！”副将赵崇济大吼着，策马来到他的身边。

“不，你沿河杀出北门，向渝州刺史南光海禀报，夔州失守，要沿江郡县守好陆路必经之道！快走！”高彦俦说完，照着赵崇济的马腹狠狠地踹了一脚，那马受惊，嘶叫着从推挤的尸缝中穿城而去。

“那边！截住他！那是夔州守将高彦俦，别让他跑了！”不知是谁大喊一声，宋军朝北城方向追杀过去，高彦俦被部众抱上马背，趁乱返回帅府。

节度使帅府在临江小南门，这里曾经有刘备托孤的永安宫，经历几番战火后被毁灭，重建后变成现在这样前、中、后呈阶梯布局的三进院落。前堂天井的亭阁里，赫然竖立着一块高大的石碑，上面雕刻着皇帝孟昶手书的官箴：

> 朕念赤子，旰食宵衣。言之令长，抚养惠绥。政存三异，道在七丝。驱鸡为理，留犊为规。宽猛得所，风俗可移。无令侵削，无使疮痍。下民易虐，上天难欺。赋舆是切，军国所资。朕之赏罚，固不逾时。尔俸尔禄，民膏民脂。为民父母，莫不仁慈。勉尔为戒，体朕深思。

浑身浴血的高彦俦被节度判官罗济从马背上迎下来，踉跄着穿过碑亭奔入寝所。

“把朝服拿来！”

罗济哭泣着为他换上朝服，将那满头斑白的头发细致地拢入鹖冠中，绛紫色的宽袍长袖，犀角玉钩，挞尾悬挂着金鱼袋。

“宋军来势凶猛，属下一定拼死拖住！趁全城尚未封锁，将军快走吧，再迟就来不及啦！”判官罗济和几名属下跪在他的面前，痛哭着哀求。高彦俦摇头说：“高某当年失取凤州，又丢了秦川，如今连夔州也守不住，纵然主上宽宥不杀，高某又有何面目面对川中父老！”

说着，他解下虎符印绶，交到罗济手中：“你手握虎符印绶，宋军不会为难你的，自寻出路去吧！”罗济见状，心中已经明白几分，他移膝哭道：“将军！将军一家老幼皆在成都府，切不可自轻性命啊！”

高彦俦颓然挥手："不用说了，走吧。"说完再也不肯多看属下一眼，缓步回身，关上大门，独自登上层楼。几株古树掩映着依山而建的两层城楼，俯瞰而去，宋军战舰依然盘踞江面。枯水的季节，露出一里宽平缓的石碛，战鼓从石碛摆放到了码头的阶梯上，水军奋力高扬着鼓槌，嘶声呐喊，南门城下已经汇聚了密密麻麻的宋军，他们还在轮番撞击城门。

大概这就是天意吧！

看着那些汹涌而来的宋军，他心底涌起一股莫名其妙的畅快感觉。多少年没有这样了，和平得太久，久到他几乎忘记自己曾经浴血沙场。广政十一年，他丢了凤州，广政十八年，他丢了秦州。耻辱啊！凤州本该一鼓作气乘胜进取，却被安思谦下令撤军；而丢了秦州，却是今日困局的开端之祸。

他承认因此而怨怼过孟昶："老臣把心都剖开了，如果陛下信任老臣，何至于此！"高彦俦叹了口气，不紧不慢地整理好衣冠，向着西北的方向深深地鞠了三个躬。

"啊！不——"

孟昶从噩梦中惊醒，帡宫内空寂一片，鲁富贵跪在榻前轻声询问："陛下？"

孟昶满脸泪痕，支撑着坐起来说："心口烫得很，把丹药递给我。"富贵不敢多言，赶紧回身从熏笼架子上取下衣裳翻找，不经意间碰到下摆垂挂的鎏金龙凤花鸟香囊，他怔怔地盯着那香囊，眼泪崩流而出，咬着牙不敢哭出声来。

捧香球的、提唾盂的、拧汗巾的祗候恭候上前，服侍皇帝沐浴。孟昶躺在温热涤荡的水中怔怔地回不过神，碎梦中熊熊烈火炙肤的感觉那般真切，高彦俦身穿朝服浴火而来，他通体光耀，下跪请罪说："陛下十五岁镇守夔州，扬名东川，老臣却没能将它守住，此生再无面目回京，就此跟陛下告罪，万望陛下保重。"

"北境兴州失守，韩保贞已经被俘，朕不可再失将军，赶紧回来吧！"

孟昶虽然失望悲苦，更多的却是不安，他急切地说道，“朕不肯把兵权交给将军，固然担心旧臣误国，却没有杀卿之心！”

“陛下体恤，老臣明白。”高彦俦叹了口气说，“只是陛下过分抑制武将，以致他们无事可干，沉溺享乐而失去拳拳报国之心。陛下登基以来，求治不可谓不勤，求才不可谓不力，但屡屡驭下失策，张弛之间失去分寸，老臣这些年亦深受桎梏啊！”

“将军！这些肺腑之言为何此前不说，你觉得朕是个没有容人之心的君主吗？”

“陛下性情仁慈，有识人之才，亦有容人之心，老臣没想到会走到这一步。偌大殷实的大蜀朝，如果不是内中瓦解，外人哪儿能轻易得逞啊？哎，臣去了……还请陛下兀自珍重。”

“不——将军！”孟昶伸出手去，却只抓住一片灰烬，他眼睁睁看着高彦俦在自己的指尖灰飞烟灭，声嘶力竭，却无能为力。

“天家，天家……”

孟昶的思绪被打断，他咽下口中的一丝腥甜，问富贵：“驿夫还没到吗？”

“这……”富贵面露迟疑，他向身旁的祗候内监示意了一下，转身跪在池边斟茶递水，“支计院那边还没有带驿夫入宫。”

孟昶想了想对富贵说道：“传昭容觐见。”

富贵应声退下，过不多时，烟柳款款步入艓宫，还未谒拜，便被孟昶拉到御榻前：“过来，陪朕下盘棋。”烟柳笑了笑说：“臣妾不在行，早知道陛下大清早想下棋，我就叫上越国夫人一起了。”孟昶哦了一声，失望地站起身，缓缓朝门外走去。烟柳看了富贵一眼，见他轻轻摇了摇头，遂在皇帝身上罩了件厚貂裘，说：“外边天寒地冻，天家回屋坐吧？”

孟昶完全不理睬，沿着御道朝摩诃池的飞廊走去，沿途点点火光冷清而寂寥：“已经腊月十五了，内苑怎么一点儿过年的气象也没有！”往年这个时候，宣徽院早就把各殿粉刷一新，挂满新制的羊角灯，温养的彩菊也会陆续摆放进来，由太后领着宗族子孙在咸宜宫后的祠堂内祭拜家神，行朔望之礼。

烟柳回话说：“今年不祭家神，太后去昭觉寺小住，年关后再回宫。”

“我怎么不知道？”孟昶停下脚步问，“慧妃也同去吗？”

“陛下忘了……”烟柳低下头说，“没有天家圣旨，天启宫不许任何人出入。”孟昶急了：“连你也不能吗，朕的圣旨什么时候挡得住你们几个？”烟柳见他说胡话，索性直着脖子正经起来：“没有天家下旨，谁敢妄动半步！明庆节的时候，太后不还被挡在天启宫外吗？”太后是被圣旨挡在宫外，但皇帝亲自前往的时候却是被宫人挡在凌波殿外，这些孟昶怎么好在烟柳跟前诉说。他没好气地说：“朕不信你就没踏进天启宫一步！”烟柳叹了口气说：“天家是没见到玉阶上的青苔。娘娘冒犯天威，我们都等着天家气儿消的那天呢！”孟昶只好说：“外朝政务繁忙，今年宫中乐舞暂停，你们都陪着太后去昭觉寺吧！”

烟柳问：“陛下不去吗？”

“朕不去了。”

“慧妃娘娘……”

“祭祀家神，她必须去！”

说这话的时候，晨曦微露，合门使前来禀告说毋昭裔和李昊求见。孟昶回宫换上朝服来到御书房中，两位丞相已经等候多时。

“东路驿亭一度中断，刚收到边奏，高使相他……”李昊说着，忧心忡忡地看了孟昶一眼，“夔州失守，高彦俦自焚殉国。这里还有宋军在边寨留下的木简……”

孟昶咬着牙槽，紧闭着眼睛，听到李昊这话，痛苦地睁开双眼，嘴角扯出一丝冷笑：“连驿夫也降了，竟充当信差，将劝降的木简带入成都府来了？”

李昊没回答，孟昶拿过木简一看，每条木简上都用蝇头小楷写了劝降的话。有的写着“大宋皇帝乃千古帝君，受命于天一统中原，孟蜀朝廷原属中原，理当归顺”；有的写着“孟蜀皇帝自诩仁德，不能因一己之私陷蜀中百姓于水火之中”；有的写着“北辽猖獗，一统之后集华夏之力共同对付蛮族”；还有的写着“大宋皇帝道德敦厚，不急于取得成功而以武力谋求人心”。

孟昶看着木简，心中涌起一阵苦涩的滋味，这些话句句诛心，每一条都让他难以辩驳。武力上蜀国与宋国已经实力悬殊，想不到赵匡胤还是个谋心的高手。

“启禀将军，南门洞开！我军直入夔州府！”

战舰之上，刘光义眼看着南门城楼上飘扬着帅旗，不远处的小南门城楼却燃着熊熊烈火。曹彬领诸将驱骑入城，宁江军的残兵败将依然背靠着城墙对峙着。

“溃败之军，居然还敢刀枪相向，全给我杀了扔去喂鱼！”听到这命令，刚入城的骑兵都唰的一声抽出长剑来。曹彬制止道：“出征前，官家有令，不得犯民，不得屠戮旧臣军卒！”军令一出，宋军还剑入鞘，准备决一死战的宁江军也都弃械投降。从此，大宋峡路的军队始终秋毫无犯。

夔州城破，刘光义屯兵白帝城养精蓄锐。数日之后，他来到帅府残垣的灰烬处，亲自寻出高彦俦的骸骨，以将帅之礼隆重地埋葬了他。曹彬看着亭中的官箴石碑，细细品味之后命人截取下来，放上了战车，他希望将这块石碑带回东京，献给皇帝赵匡胤。

峡路部将不断传来捷报：松木、三会、巫山等营寨已破，擒获渝州刺史南光海等五千多人，俘虏战棹都指挥使袁德宏等一千二百人，夺得战舰二百余艘，又俘获水军三千人，趁势渡过南岸，斩首三千余人。

腊月十五，刘光义下令免征归州、峡州秋税。

34. 天命与气数

北境。

王全斌直捣三泉。

保西失守的消息让王昭远惊吓失措，又听说韩保贞和李进被俘，不仅痛哭流涕，感慨平生所学皆无用处，赵崇韬从旁策谋："可在三泉阳平关重兵布防，盘踞擂鼓台死守，然后烧毁栈道，退保葭萌关。"

> 噫吁嚱，危乎高哉！
>
> 蜀道之难，难于上青天！蚕丛及鱼凫，开国何茫然！
>
> 尔来四万八千岁，不与秦塞通人烟。
>
> 西当太白有鸟道，可以横绝峨眉巅。
>
> 地崩山摧壮士死，然后天梯石栈相钩连。
>
> 上有六龙回日之高标，下有冲波逆折之回川。
>
> 黄鹤之飞尚不得过，猿猱欲度愁攀援……锦城虽云乐，不如早还家……

宋军在阳平关外安营扎寨，军卒围在篝火旁喝酒唱歌。

王全斌在中军帐内愁眉苦脸。栈道被毁，大军从江上行进阳平关必死无疑，而陆上只有罗川路可以入蜀。马军都监康延泽刚从主将帐前回营，从火堆旁路过，听到歌声，顿时勃然大怒，立刻将那唱歌的士卒捆了："扰乱军心，推出去斩了！”

士卒跪在地上拼命磕头：“小人从前跟商队往来于秦蜀之间，喝了点儿酒信口唱起山歌，绝不敢扰乱军心，求都监饶命！”康延泽心里一动，厉声说：“如果你能画出别的入蜀路径，便饶你不死！”

过了一会儿，康延泽带着图纸来到军帐求见，他献计说：“我知道从这里绕过三泉山有条通往嘉川的路，只是狭隘艰险，大军很难并驾齐驱。将军可留下一路大军在三泉修栈道，另一路悄悄绕道三泉山，然后两路大军在深渡会合怎样？”王全斌大喜过望：“好一招明修栈道，暗度陈仓！”于是他命大军一分为二，一路由崔彦进和康延泽带领，绕道三泉山从嘉川往利州方向进发，他则令大军原地维修栈道，继续南沿嘉陵江推进，等两军会合后再行商议如何谋取利州。

战术既定，崔彦进和康延泽带着彪悍的骑兵杀出三泉山，直取至嘉川。一路杀红了眼的健校悍卒，沿途不知取了多少蜀军俘虏的首级。王全斌则领着大军原地待命，等栈道修葺一新后，指挥大军进击金山寨，又破小漫天寨，沿着罗川狭径迂回到达深渡与崔彦进会合。

三泉阳平关、金山寨、小漫天寨接连失守，利州岌岌可危。王昭远被赵崇韬带到葭萌关坐镇，利州刺史王审超、监军赵崇渥和三泉监军刘延祚将最精锐的部队镇守在利州以北的大漫天寨，沿江列阵将入蜀狭道打造得如同铁桶一般。

王全斌令崔彦进、康延泽和张万友兵分三路围攻大漫天寨，雄兵犹如狂风怒浪在山谷间奔涌，点燃的大火把漫山遍野的枯树烧得噼啪乱响，巨石、火药、擂鼓、呐喊与鲜血一道飞溅，城寨内外人仰马嘶。夺桥，桥毁；斩荆，荆覆；柴油松明像水一样倾泻，所到之处，军卒马匹肝脑涂地，惨不忍睹。

大战从早到晚，直至暮色降临，无数的蜀军被活活烧死在山谷中，逃离出来的，都在混乱中跌入嘉陵江，被冰冷的江水席卷而去。通宵达旦的激战过后，王审超、赵崇渥及刘延祚进退不得，只好束手就擒。王昭远、赵崇韬从葭萌关遣援而来，数万大军三战三败，在滚滚黑烟中四散奔逃，王全斌亲自上阵，策马追奔至利州。

箭雨掠过，铠甲爆裂。王昭远的耳边只听到前后左右到处都是将士们的叫喊呻吟，中箭的马匹带着黑色的血浆喷涌、翻腾，他的脑中一片空白，任由战马带着他夺命狂奔。

下雪了。

风暴在山谷中肆虐，整个北境都笼罩在灰暗的霾雾中。王昭远身下的战马已经不行了，停停走走终于跌倒在地，他狼狈不堪地伏在马背上，不知道身在何处。飞雪落在身上融化，渐渐地，整个人就被雪花掩盖，隆起灰白的一堆。一天一夜滴水未进，王昭远挣扎着拍开身上的雪粉，抓了把脚下的草根含在嘴里，苦涩的滋味让他忍不住打了个寒战。困顿中，消失许久的记忆又回到了脑海中，幼年时跟随师父在京都的庙宇中，饥寒交迫就是这般滋味。他想起师父带着他和僧团来到蜀地，想起那个抓着他提在半空的高大将军，脸上杀气腾腾，眼中却含着笑意。他被赐给年少的主人，从此锦衣玉食，却从未忘记人间的疾苦。随着少主孟昶登基，他从小小库使成为卷帘使，从通奏使成为枢密院执事。他不在乎位极人臣权倾朝野，他在乎的是那些地位给予他的安全感。他从来没做过强征暴敛的坏事，也没有图谋美色的想法，他只是常常走进内府库，看着里面的奇珍异宝，一遍遍地抚摩，拿在手里，带回府邸，过几天还回去，又拿一些回家把玩；他还爱吃，他会收集天下的稀世珍馐，每天不重样地换着吃。如果可以如此生活到老、到死，他便满足了。

“真像做了一场梦，现在到了梦醒的时候！”

他在雪堆里放声哭泣，山谷中的雪随着震颤滚落下来，声声哀号凄凉而艰辛。不论地位如何变化，他始终无法控制自己爱哭的秉性，朝中老臣为此对他嘲笑轻慢，只有孟昶体谅他身世凄凉，从未在意。

“天家！乞儿不怕死，只是离开主人，就像丧家之犬，这次恐怕不能见您最后一面了！”

山石后传来嗒嗒的马蹄声，王昭远倏地抽出宝剑屏气而起。

“都统，王都统是你吗？”

“原来是赵都监！”

来人正是都监赵崇韬，他和逃出大漫天寨的主力队伍沿小路朝剑门关撤退，远远听到呜咽哭泣声，这才下马询问。“都统的战马死了，暂且拿属下的马匹替代一下吧！”赵崇韬命人将战马牵过来，“宋军的追兵就在后面，我们必须尽快渡江而下，到剑门关去！”

“剑门关……”王昭远全身瘫软，“大蜀朝只剩下最后的一道关隘了吗？”

王全斌的大军进入利州城了。只见城中花灯竞放，可是家家户户却紧闭着房门，入城的将卒大怒之下开始闯入民宅掠夺货财，一发不可收拾，利州城很快被抢劫一空。王全斌从州府库衙中就获取军粮八十万斛，钱财无数，按照出征前皇帝的承诺，这些钱粮全部分发到各路营房中。于是当天夜里，各个城门口燃起了熊熊篝火，从统军大营到马坊小厮无不酣畅痛饮，瓦肆勾栏的乐伎统统被带入筵席间，歌舞蹁跹，推杯换盏，好不热闹。

大军在城中狂欢了三天三夜，黄门使驰驿来到利州，献上紫貂裘、狐皮帽，在全军诸将的面前为王全斌穿戴上身：“两天前京师大雪，官家设毡帐在讲武堂，他遥望西南说：‘我穿着厚实的被服尚觉身体寒冷，西征将帅冲犯霜霰，怎么承受得了啊！’说罢解下裘、帽遣我前来，一定要我亲自为将军穿上。”

王全斌感怀圣恩，拜倒在地泣不成声。

“王昭远果然不堪重用！”北境败绩传回成都府，朝中人如是说。

这是广政二十八年（965 年）的春天，正月。

朝中不战请降的声音越来越多，以丞相李昊为首，言辞濯濯无不以大义晓之；但是匭函的请战奏疏也不少，欧阳炯领衔蜀中文士表达百姓的心声。

这个新年分外寂寥，皇太后年前在昭觉寺祭拜卫圣龙神，小住了半个月，宫中妃嫔全数跟随而去，孟昶站在凌烟阁上望着卤簿远行，直到日落西山才返回宣华苑。

太后回宫这天，孟昶一下朝，便亟亟赶往咸宜宫，只见楚国夫人、越国夫人、昭容等妃嫔悉数在场，唯独缺了慧妃花蕊。他不清楚太后是否知晓罨画居当日的情形。家国飘摇之际，他需要打起精神来护卫先祖开创出来的基业，而不是追寻那些腐烂发臭的往事，就让往事埋藏下来吧，独自蛀蚀着他一个人的精神和肉体就够了，何必牵扯无谓之人。

“慧妃请旨在昭觉寺守护家神，我准了。”太后看着孟昶慢吞吞地说道。

“哦，好。”孟昶垂着眼眸回答。他想等这一切结束，去昭觉寺接她回宫，只是那看不到尽头的节节败退，仿佛永远没有结束的时候。当花蕊说皇城的一切都让她觉得恶心时，孟昶就崩溃了，那个依然高昂着头颅四处行走的帝王，就像殿堂上泥塑的傀儡。他甚至想把皇位交给太子，就像当年先皇交给他的时候那样，七尺之躯托身于江山社稷，他已无愧于心，对花蕊用尽真情，唯有以命偿还，这是到现在为止，他能想到的两全之策。

罨画居中，左右已经遣退，孟昶独自坐在地上，手里握着大蜀王朝的印玺。身下铺着半间屋子大的十国地图，地图上摆放着他十三岁充任行军司马时穿过的甲胄、银青光禄大夫的朝服，十五岁任东川节度使时戴过的鹖冠，十六岁册封皇太子监国时用过的绋带。

太后李氏不知道什么时候进来了，她悄声无息地站在门帘后已经很长时间，看着屋子里发呆的皇帝，眼中满是泪光，抬起手想去擦一擦，不经意间拨动了眼前的珠帘。

孟昶转过头来哦了一声，俯身拜了拜：“母亲。”太后走进屋中，沿着图纸的边缘走了一圈儿，然后与孟昶坐在一起。

“三十年前的天下，就是这般四分五裂。”太后侧身抚摩着那些御笔勾画过的线条，悠悠地说道：“你同福庆长公主留在晋阳为质，我随先皇驻守西川，庄宗皇帝虽然延续了大唐兴旺，但天命欠缺，神器被李嗣源移至洛阳。彼时八雄鼎沸，四海尘昏，川蜀与中原贡奉不通，奏章不达，蜀中将相无不赞成一统，恭请先皇以九五至尊福荫山河，转祸乱为休徵，变忧勤为康泰，这才有了大蜀朝的江山社稷。”

“这江山来得那么堂而皇之吗？”孟昶靠在太后的肩头问道，“庄宗天命欠缺，朕的天命呢？”

太后心里一颤，她伸出手去抱住孟昶：“发生了什么？从前我们母子争执不下的时候，你也不曾说过这般心灰意懒的话。是慧妃吗？难怪她要自请到昭觉寺守灵。”

孟昶一动不动，痴傻了般。

“你还在晋阳的时候，卦师看到你就无不称赞，说你有帝王之相。你自小就比两位哥哥有本事，你的体魄更健壮、胸怀更宽广，先皇将你过继给福庆长公主的时候，母亲的心里既酸涩又宽慰！我自幼随侍长公主，深知她心慈纯良、学识渊博，有她将三郎视如己出，我至今也从未后悔过。”

…………

“慧妃跟赵匡胤是旧识，她是不是劝你投降了？那个嗜杀好战的暴君，跟董璋比起来算得了什么？你征战东川且毫无惧色，现在怕什么？当初我告诫你要提携武将，你非要文治立国，现在自食其果了对吧……可是无论如何，大蜀的江山绝不能在你手上断送，你绝不能放弃啊！”

“……不在我的手上断送，难道让玄喆去做亡国之君吗？”

“不！孟氏子孙谁也不能做亡国之君！你看看这大好的江山，看看吧！”太后的眼中喷出灼人的光芒，她拍打着地图上的蜀国国境，高声说，“每当谒拜和陵时，我都能在先皇和福庆长公主的跟前抬起头来，因为皇帝你啊！你是我的儿子！你将这片国土治理得井井有条，富足安稳，成都府堪比盛世长安。赵宋狗崽连番战乱穷匮乏继，他们看在眼里，馋在心上，这片疆域岂能让他轻易谋取了去？即便是玉石俱焚，也决不能让他得到分毫！你听到了没？听清楚啊，三郎！绝不做亡国之君，否则你有何颜面去见先皇和长公主，啊？”

孟昶的眼睛空洞无神，任凭太后将他抱在怀中，任凭她那如注的泪水滴落在他的头顶和脖颈，苦涩的泪水浸入伤口，痛得浑身发颤……

太后离开以后很长的时间，孟昶依旧坐在那里，过了很久，富贵进来低声提醒：“天家，时候不早，该歇息了。”

孟昶这才回过神儿来，让富贵传召毋昭裔御书房觐见。

宰辅毋昭裔已经有段时间没有上朝了，他的儿子毋克恭是銮国公主的驸马，君臣一家，这大蜀朝廷也有毋家的一份。孟昶有很多话想问问这位垂暮之年的柱国老臣。

毋昭裔坐上板舆，被抬入宫城，刚入狮子门，便固执地下地，自行步入太清宫。

御书房中，孟昶正捏着手中的木简出神，听到殿前祗候的禀告才转过身来，正好看见毋昭裔那双炯炯有神的眼睛。毋昭裔虽然身居高位，对权力谋夺却少有挂心，这些年致力于文教，蜀中发给各州郡县的刻书、石经也都由他经手完成。孟昶知道他心里始终都有想法，虽然他很少发表自己的意见，但这个时候，这样一双眼睛里蕴藏的想法，定然非常强烈。

“朕的六位宰辅，如今只剩毋卿一人。现在夔州失守，沿途州县节节败退，宋军峡路直逼成都府，北境战败，只剩剑门关可守。还请丞相务必对朕坦言真心，为朕指出一条明路。”

毋昭裔目光熠熠，面色通红，这是因为他在来的路上一直都在反复思索。事实上，这位老臣内心的痛苦未必比孟昶少。蜀朝开国之初，天下武人作乱，孟昶为免藩镇之祸，朋党之争，始终采取偃武修文的国策，毋昭裔亦自始至终全力支持，为大蜀朝有这样一位勤勉求治的帝王感到欣慰。可是国家走到这一步，固然是国策有失，孟昶自身也有诸多的弱点，毋昭裔不打算说那些，他在想怎样才能把自己的想法传达给孟昶，让他心平气和地接受亡国的事实。

“陛下登基以来，领着蜀国百姓所走的就是一条明路啊！”

“既然是明路，为何会被逼到如此境地？”

“臣乃河中人氏，陛下亦出生在晋阳，朝野旧臣和流亡的士族多数来自中原，高祖立国于蜀境并非打算在这偏安之地苟且，陛下为江山社稷励精图治又是为什么呢？”

“毋卿想说什么？”

“臣记得，陛下那个时候还很年轻，你说圣人用兵为挽救危亡，而不是制造灾难。从立国初创到现在，择廉吏治，罢兵休卒，使万民安定，这一切不都是为有朝一日能够统率天下，振兴家国吗？”

“一统天下成了痴人说梦，倒是国难当头，正是用兵挽救危亡之际……”

“国难，是大蜀王朝的一国之难，还是蜀中百姓的凋敝之难呢？”

孟昶愣了愣，他的眼中倏地腾起一团火来，鼻翼剧烈翕张，浓黑的双眉紧蹙成一团，只听他一字一句地问道：“王朝之难不是百姓之难吗？毋相的意思是赵匡胤引兵伐蜀成了大义，朕据理抗敌反倒成了百姓凋敝之难了？”

“蜀国与中原本是一统，若陛下的实力足以逐鹿中原，同样可以遵从这般大义。”

啪的一声，孟昶捏断了手中的木简。他目光灼灼地盯着毋昭裔，一股红潮涌入眼底，目光里充满着复杂而难以形容的东西，犹如野兽发狂之前一样，暴戾展露无遗。毋昭裔从圈椅上起身跪了下来，他咬紧牙关，坦然地承受着孟昶咄咄逼人的目光。他心知自己并非劝降的说客，说出这般难听的话固然需要勇气，这也是他今夜必须要面对的一刻，如果他有半点儿退却之意，必将被皇帝的雷霆震怒打到万劫不复的地步。

“不是说得民心者得天下吗？人心归向最终屈服于强权，朝廷行再多仁政，依然难以抵御强权。毋相位极人臣，想必早已见风使舵，做出了明智的选择了吧？”

毋昭裔迎着孟昶的目光说：“不错，臣早已做出选择。不论陛下到哪里，臣都甘愿追随，纵然玉石俱焚也绝不退缩！可是蜀中百姓何辜，他们为何要被陛下的选择所牵连，遭受无妄之灾呢？”

“你们……”孟昶看着毋昭裔，他那双火热明亮的眼睛射出的眼神如此坦然，这样的臣子又怎么会是那些因贪图个人利益而劝降的说客呢？况且同样的话也出自不归和尚的口中。孟昶紧紧地攥着拳头问道："赵匡胤贪图我蜀境国土，觊觎蜀地富庶，朕如何咽下这口气？"

"陛下切不可因激愤而自断眼界。当今天下与立国时不可同日而语，晋阳汉室拜契丹为父皇帝，在其卵翼下苟且偷生；江南国、吴越国自取帝号据长江天险醉生梦死。天下王土归属，天下人心知肚明。赵匡胤此人有力挽狂澜之势，他贪图蜀国富实也好，觊觎大蜀疆域也罢，都不足以掩盖其媲美汉高祖、汉文帝、光武帝以及太宗皇帝的风范……"

"不降玉石俱焚，降又如何？"

"陛下为蜀中百姓免遭战火而降，为一统中原抵御蛮族而降！臣深知陛下的胸怀，是心悦赵宋皇帝而诚服，并非怯于武力，陛下较之赵匡胤更兼厚德。此番冒死进谏，万万没有劝降偷生之念，只望陛下有所考虑，为泽被苍生着想。"

孟昶摆了摆手："不必说这些大话，宋军在我蜀境长驱直入，打不过是事实，孟昶愿赌服输。赵匡胤若想直取成都府，且让他打过来再说吧！"

毋昭裔深深地看了孟昶一眼，闭上嘴不再说话。

第二天早朝，太子玄喆在殿下请求："臣请用兵遣援剑门关，请父皇恩准！"

玄喆脸庞白皙，因为优渥的深宫养育而显得幼稚，成熟程度远远低于他的实际年龄。孟昶想起自己十五岁便跟随先皇领军征伐，而玄喆已经二十八岁还未曾亲自带兵。他闭着眼睛，深深地吸了一口气，亡国之苦难以历数，史书上的末世之君，哪一个不是暴虐成性，遭万民唾弃，又或者昏聩无能，且咎由自取。世人的鄙视由他来承受就够了，他要给孟氏子孙留下一些功勋业绩，让他们能够在世人的面前挺直腰板，堂堂正正为人。

禁军的兵权还不能轻易交给玄喆，重金招募的万余壮丁还集结在大玄门下。于是，他命玄喆为元帅，李廷、张惠安为副出征剑门关。

玄喆是个心慈手软的老实人，很珍惜这来之不易的机会。宫中姬妾连夜用文绣织锦，为他赶制了一面帅旗，并将他打扮得威风八面。谁知第二天行军队伍刚出大玄门，便遇到天降细雨，玄喆顾惜姬妾的心血，命人解下帅旗，等风停雨住再挂上去。不料那些心不在焉的校尉挂旗的时候却挂反了。这令人啼笑皆非的一幕迅速传遍出征的队伍，被引为谈资，更让大军觉得蜀朝气数已尽。

35. 倾城倾国

正月的成都府寒冷潮湿，朔风终日呜咽。

午后，一队仪仗缓缓出了大玄门，朝着旷野远去，御辇四周挂着珠帘，皇帝孟昶在钩戟的护卫下，行幸昭觉寺。

“卫圣龙神出宫早已是不祥之兆。”

“北境战事恐怕是无力回天了，皇帝要去告庙宗祠。”

“太子还在剑门关，北境防守稳固。”

“剑门关是大蜀国最后的防线，若集全军之力还不能抵挡赵宋大军南下的话，大蜀国是真的烂透了。”

城楼下的议论从早到晚，学馆停止了教学，很多读书人都会集到了大玄门，他们平常在学馆教习学文，很少有这样激愤的时候。大圣慈寺的僧团也来到城楼下，在声声梵呗声中，悟相法师做道场主法，正以杨枝甘露遍洒清净道场。洒净之后，会聚的人越来越多，城门下形成了上千人一起祈愿恭诵《心经》的场面。

暮色已昏，遮云蔽日。

原本已经关闭的城门又重新打开，人群中忽然出现一阵骚动。

“是太子的銮驾！剑门失守啦！”不知是谁大吼了一声，团坐恭诵的人群被惊惶的百姓冲散，再也没有人能够安静地坐下来，都呼喊着东奔西跑，跌跌撞撞中碰了头，踩了脚，大玄门下乱成一片。只有最中央的僧团还稳稳地围坐着，纵然天塌地陷也与他们无关，一个个紧闭着双眼默默恭诵。

“师父，剑门失守，蜀国保不住了……你已经知晓弟子的心愿，现在就请成全我吧！”不归和尚双手合掌，跪在悟相法师的身前，他说：“弟子虽然皈依我佛，但心中一直装满了未解的疑惑，现将肉身还给列祖列宗，再跟随佛陀回家。”

悟相法师无动于衷，他身边趺坐着一位年轻的女尼，原本微闭着的双目慢慢睁开，眼睫毛不经意地颤了颤。

“孟九！孟九！”

孟九骑在马背上，头痛欲裂，听到身后的呼喊声，抬头一看，揉了揉前额，嘀咕着自言自语道：“想不到看着心慈手软的太子爷，发起脾气来竟这般暴躁。”太子增援剑门时，皇帝孟昶安排他侍卫左右，队伍刚到绵州，听闻剑门已失，孟玄喆竟命人烧了官衙，弃军而逃。孟九与他争执不下，被左右打破了头。

“柴七，怎么是你？”孟九看清策马赶上的人，亟亟问道，“剑门那边什么情形？”

“赵宋北路军攻占了剑州以北的益光，主力从正面杀来。我军只有偏将守剑门，王都统自率主力退保汉源坡。哪知宋军前后夹击，剑门不保，王都统战守无方，回天无力，他原本身负重伤，只带着两名亲兵护卫往东撤了。赵监军布阵迎战，损兵万余被俘。我回赶的时候，宋军已经占领了剑州！”

孟九正想说什么，却见柴七抬起头来，咬着牙全身哆嗦。

“大家都知道了吧！赵匡胤终于干出最卑鄙无耻的事情啦！”

一个高亢的声音在城门的土墙上响起，震撼天际。大玄门下忽然安静下来，奔跑四散的人停下脚步，连太子回城的銮驾也驻在了大街中央。

孟九顺着柴七的目光望向土墙，只见不归已经脱下袈裟，雪白的襕衣在朔风中飞舞。柴七大喊一声：“家主！”他翻身跃下马背，像离弦的箭一般飞奔到土墙下，扑通一声跪在地上。

“几年前还是个耍棍的匹夫，伙同一干杀人不眨眼的爪牙，撒下弥天大谎，自称天命所归，篡了柴周的龙座。他现在终于忍不住出兵我大蜀国啦！五万铁蹄从北路、东路进攻蜀境。这个自导黄袍加身的戏子、流氓，现在穷匮乏继，想将我大蜀山川生生地吞下去啊！”

“赵宋崽儿！装疯迷窍！”

“不知感恩的浑蛋！忘恩负义的偷油婆！”

土墙下人山人海，骚动乱跑的人群重新聚集到了门楼，人们附和着不归的话呐喊着，摇天撼地。

“高彦俦高将军！他固守峡路，战到了最后一刻！他忠孝两全，同死社稷，最后在永安宫自焚！他是在皇叔刘备托孤的永安宫自焚而死的呀！”不归仰天大哭，昏暗的天际刮起阵阵狂风，将他泣血的呐喊声传遍罗城，“他没有保住江山，却将血肉之躯还了蜀中父老！”

“将军哪！”城楼下传来一声凄厉的嘶吼，高彦俦的眷属原本就在诵经的队伍里，听到不归的话，号啕大哭起来。这哭泣让城下响起更激昂的声讨。

“该死的赵宋狗贼，杀了他！为高将军报仇！”

“他就是得到了土地，也得不到民心！”

“你们去中原看过吗？你们见过烈日下腐臭的死人吗？没有掩埋的尸体被秃鹫啄食，被野狗撕咬。冬天只有谷草御寒，百姓啃野草，吃泥巴。他们活不下去，流氓就四处抢夺，要霸占我们的家园啊！有从剑门逃回来的人吗？王全斌属下那些野狗一样的疯子是怎么干的？利州城被他们抢夺一空啦！如果让这样的皇帝入主蜀国，我们还有什么活路？”

銮驾里的太子孟玄喆听到这呼喊声，顿时汗流浃背，忍不住跪在车中失声痛哭：“父皇！儿臣应该背城一战的呀！现今还有什么面目见你啊！”

“父老乡亲们！饱读诗书的学子们！你们在哪里，你们的笔在哪里，你们的血在哪里？都出来啊！大蜀国的男儿们，站出来保护蜀人的家园，保护自己的爹娘吧！”

不归的身边架起了柴火，前方摆放着两面巨大的建鼓，二十名缁衣僧众结跏趺坐在鼓架的下方，护卫着柴火堆里的不归。

“谁将土谷之神放弃，谁就是儿孙的千古罪人，无法面对列祖列宗啊！”不归的声音在烟火中响起来。

“不！家主——”柴七双眼崩血，狂吼着朝土墙爬去，孟九从他身后抱住了他。

“不归大师！”

梵音四起，全城的百姓在鼓声中自发跪拜。

不一会儿，在熊熊的烈焰中，不归和尚的那一腔热血就随着柴烟冲上了九霄。

…………

北郊的荒凉处，一阵琴声从寺院中传出。

那是一座红墙青瓦的寺院，歇山顶当心间檐下悬挂着金光闪闪的御笔题字“昭觉寺”。原本四五间房舍，三百廛的地方被修葺一新，因为宫中卫圣龙神被接引至此，殿阁被整整扩建了三四倍。寺院的西南角有一棵虬枝盘踞的古榕树，掩映着几间别致安静的小院。

似圆非圆的明月之下，香笼袅袅，琴音沉稳而忧郁。弹琴之人身披淡绿色的织锦斗篷，乌发之下，是一双含悲莹润的眼眸，那正是慧妃花蕊。清凉悲咽的琴音随着朔风沿红墙飘向夜空，犹如一杯苦酒倾倒在红墙之下听琴人的喉里。

两匹白马伫立在昭觉寺外的后墙根下，孟昶抬头望着伸展出来的榕树枝丫，隔墙内就是那朝思暮想的人。内监鲁富贵见皇帝策马走到这里就停了，于是翻身下来，踏上前方的石阶准备叩门。

“不必！”孟昶也下了马。

他走到那扇黑色小门前，将马鞭扔给富贵说：“先在这里坐一会儿，明早再去殿前告庙。”“外头冷！”富贵解下斗篷叠了个座儿，“天家坐这里，别冻着了！”

孟昶背靠着门框，单膝微屈坐在石阶上，一手捏着那枚鎏金香囊，一手扶额闭着眼。富贵还想再说些什么，被孟昶挥手示意，他只好蜷缩到背风的阶梯下去。

墙内的琴音不知什么时候变了，变得飘忽不定，旋律时隐时现。

富贵不懂音律，只觉得琴韵铮铮，俨如行云流水，他从臂弯里露出两只眼睛瞥了瞥孟昶，见他面容舒展，似乎沉醉在悠远深长的回忆之中。罨画居当天他侍候在殿外，发生的事情全数获悉，他心里对帝妃二人怀着深深的同情，他们曾是这世间最和睦的双飞翼，是人间最难求的知音，他们志同道合，心心相印，为对方所想所念，抵御了多少乱世纷扰啊！更难得慧妃识大局，知大势，合乎天地正道，在这个磨难重重的时节，孟昶梦寐以求的，不过是她轻盈的脚步和温热的呼吸，即便她什么都不说，也足够让人心潮平静。

大概是太累了，富贵斜靠在墙根下打起了瞌睡，不知过了多久，他被铿铿锵锵的琴声震醒，那声音激越高昂，好似骤雨将至，戈矛纵横。纵是富贵不通琴音，也能听出这曲调中满腹的愁怨和不满，琴音激烈，像冰与炭交织，让听者感觉升天堕地。

孟昶埋着头低声自语："……一曲《广陵散》，化身为报父仇的聂政……想不到你竟这般恨我……"富贵错愕得不知道能做些什么，想起身安慰几句，又不知该说些什么。正在这个时候，远处的旷野传来嗒嗒的马蹄声，孟昶抬起头来，月色中满脸是泪，身下的绯色衣襟也早已湿了一大片。

墙内的琴音不知怎么也停了。

护卫从一里之外簇拥着一个人赶来，富贵起身遥望，朦胧中的轮廓是孟九。

还在丈远的地方，孟九便翻身落马，他连滚带爬地扑上前，顾不得行礼便大声禀告说："陛下，剑门关已破！"

孟昶倏地捏紧拳头，问道："太子呢？"

"太子奔还，赵监军被俘，王都统身受重伤不知所踪！臣路过大玄门，只见不归大师他——"孟九刚说到这里，见孟昶扶墙起身，晃了晃才站稳，立刻住了口。

“不归怎么了？”

“不归大师他……陛下！”

“快说！”

“剑门失守，罗城内惊惶万状，不归大师怒斥宋军不义，慷慨激昂，臣来时，他在大玄门外结跏趺坐，由大慈寺众僧护卫着……自焚坐化了……”

“啊——”孟九话音未落，孟昶已经仰面朝天，失去了知觉。

富贵失声痛哭，他跳上阶梯，趴在门框上将木门拍得震天响，嘴里大声呼喊着：“娘娘——娘娘开门啊！”

孟九抱住昏厥的皇帝，对富贵吼道：“什么时候了，即刻回宫！”

院墙中。

花蕊听到雷雨般的叩门声，亟亟起身走出天井，两扇朱漆大门洞开，庭院外的宫廷侍卫已经去了大半，只有两名小侍提着宫灯侍奉在旁。只见披着袈裟做僧侣打扮的教坊都头李彦武恭候在外，身边还有两位戴着幕笠的娘子。

“今夜方丈给卫圣龙神做功德课，小僧前来恭请娘娘去前殿。”

李彦武说话的时候，他身后的娘子撩开幕笠，递上眼神朝院中看去。花蕊认出原来是朝光，旁边是教坊的乐人燕官。花蕊会意，打发随侍在前方掌灯带路，自己提着襦裙上了步辇。

今夜寺院中格外喧杂，身穿缁衣的僧侣和绵甲卫队匆匆忙忙地出入于各个院落中，僧侣抱着典籍文卷跌跌撞撞，卫队士兵高擎着火把指引着他们将那些书籍都放到车上。

来到寺院正殿外，花蕊命随侍止步，和李彦武、朝光、燕官一起踏入殿中。

法相庄严的大雄宝殿，在佛陀的慈悲注目之下，教坊都头李彦武和乐人燕官跪在慧妃身前：“剑门关已破，宋室朝廷派人送来书信，要臣组织教坊诸位即刻前往开封。”

“胜负未知，这么快就先谋民心了！”花蕊强压下内心的难过，说道，

“从皇帝发兵的那一刻起，今日情形就在朝光姐姐的预料之中，都头何必悲戚。”

“不不不！”李彦武放声大哭，“这些年，内廷宫乐和词曲得天家和娘娘编排，弦管自成体系，岂可随意归顺宋朝，泯灭于宫廷大乐之中。臣不愿乞降，也不愿毁掉陛下和娘娘的一生心血，这就带着弟子赶往泉州。朝光夫人准备了渡船，我们会扮成僧侣和平民分批而行，今夜特意来跟娘娘辞行，李彦武和两百教坊乐人，生生世世效忠于陛下和娘娘，绝无二心！”

花蕊痛楚地闭上了双眼，两行清泪在面颊上滑落，她说：“难得李都头一片赤诚，快走吧，带着教坊的所有乐章、曲谱离开这里，他日有缘，我再把你们都寻回来！”

李彦武呜咽着告辞，留下朝光和燕官站在暗处。

自始至终，朝光都没有说过一句话，花蕊忍不住问道：“姐姐不走吗？”

朝光这才笑起来，说：“让朝光带蕊娘走吧，除非你想陪着那位亡国之君做亡国人。”

花蕊惨笑着说：“剑门失守，蕊娘不是迟早要当亡国人吗？你看到了，寺院内外到处都是宫廷侍卫，蕊娘怎么走？”

“太子烧毁仓廪奔还成都府，罗城内外乱成一片，宫中侍卫大多被召回，此时不走，明日一早自然有卤簿接你回宫，然后陪着皇帝封库上表，等王师抵达成都府，你就跟他一起跪在神雀门外受降吧！”

“这就走吗？”花蕊有些犹豫，她喃喃道，“不知道他在做什么？”

“能做什么？”朝光冷笑着说，“自然是忙着收拾家什逃命呗！蕊娘回宫，说不定还能找到几件费家遗存的珍玩器具呢！”

“朝光！”花蕊忍不住打断了她的话。

可朝光断不理会，执拗地质问：“试问谁能守得住不义之财呢？抛开蕊娘与孟蜀的私仇不谈，孟知祥身为大唐重臣，又是戚里之亲，受恩不可谓不隆重，看在亲戚的分儿上，又有将相之贵，理应勤王勠力，为国藩辅，但他却狂妄地自立称帝，毫无顾忌，这不是乱臣贼子是什么！孟昶不循天理，任用庸臣，天底下最昏庸愚蠢的人都做不出来的事，孟昶做了，还不该杀吗？”

朝光话音刚落，花蕊忽然睁大眼睛问道：“你……为什么跟我说这些？”

“义父在凤翔等我，要不是为了见你最后一面，我早就走了，蕊娘何必明知故问！”

花蕊听到这话，内心有些挣扎，她说：“三郎性格固执，他既然发兵，绝不会轻易乞降，蜀中四十万男儿也不会答应的！”

“心疼了？”

“我……”花蕊回答不出，她十指纠缠在胸前越绞越紧。这段时日以来，她的脑海中每时每刻都呈现着与孟昶相处的点点滴滴，可是与此同时，不归的话也在她心口冲撞交织，好像两股巨大的旋涡，随时都能把她吞噬。

“时候不早了，错过今晚，你想走也走不成了！”朝光说着放下幕笠来，转身要走。

“娘娘，跟我们走吧！”燕官哀求。

“等等。”花蕊叫住她，“等我一会儿，我回园中取下雷琴。”

朝光道“好”，对燕官吩咐道：“你去把马车赶到院墙外等着，前院已经乱成一团，方圆一里内的侍卫都被调集到寺外，西南角的小门后面不会再有人了。”

花蕊回到园中，找了个借口将随侍打发，独自缓步走到古榕树下。九霄环佩还静静地安放在楠木案上，旁边的香笼早已没有了青烟，她将雷琴抱在怀里径直走出门洞，来到西南角的小门前。

还有几日才到正月十五，月亮将圆未圆，皎洁的白光之下，花蕊看见后院的小门被人砸开，锁头掉落在地上。她走上前去，俯下身来的瞬间，一股淡淡的血腥气和着花香飘入鼻息，心头莫名一痛，眼中无端地掉下泪来，她怔怔地捏着锁头，脑中明明什么也没想，可是心酸的感觉不可抑制，那眼泪便如溃堤的水不停地往下流。

“走吧！”朝光不知何时已经来到跟前，她看了看花蕊的泪颜，推开院门叹了口气说：“你下不了手杀他，如今国破家散，也算报了仇，还有什么可留恋的呢？”

花蕊站起身，随着朝光走出门去，只见院外的草地被马蹄践踏得一片狼藉，一辆宽大的双猿马车停在门口，高头大马上骑着的是两名身材高大的弟子。

她抱着雷琴上了马车，静默着什么也没说。“驾！”

马蹄嗒嗒，朝着北境的方向飞奔而去。

从高耸的城墙下经过，成都府渐渐被抛在身后，越离越远，花蕊最后回头看了一眼，紧紧地闭上了眼睛。

第二天，马车进入汉州境，驿道上是成群结队的人群，他们好像无头苍蝇般，有的朝着北境的方向跑，迎面碰上从剑门关下来的难民，听说宋朝的军队已经到了绵州，一路烧杀抢掠，便又一起折身回返。

日暮的时候，马车在驿站休息。花蕊和朝光、燕官走下车来，只见驿亭中、官道上全都拥挤着成群结队的难民，其中不少是老人和妇孺。花蕊强忍着悲苦，对那些无所适从的人们说：“去成都府吧，蜀主皇帝会保护你们的。朝廷还有上万的禁军，可以抵挡宋军南下，你们肯定会得到妥善的安置。”

“夫人大概还不知道吧！”一位衣着稍显光鲜的娘子哭泣道，“皇帝已经乞降了！”

“什么？你说什么？”

“枢密院执事伊审征带着降表赶到阵前去了，他的快马刚刚从这里路过。”

花蕊脸色煞白，她抓着那娘子厉声训斥：“不会的，你休要胡说，扰乱民心！”

驿亭中的难民听到这话，立刻喧嚷开来，有人说：“我也看见了，快马是在酉时过去的，大队发兵剑门关的时候也没跑这么快！”

“这么快就降了，才六十六天啊！”

“大蜀朝果然不堪一击，皇帝昏庸无能，沉溺酒色，我们还有什么指望呢？”

花蕊感慨万端，又是悲切又是愤懑，她的心虽然被仇恨禁锢，可是残存的理智曾为她找过借口。她曾想，那个人固然是费氏世仇，可他同样是大蜀朝的皇帝，他肩上承载的是蜀国的江山社稷和百姓的安危。但今天，他竟这般轻易地乞降于赵匡胤，不仅辜负了她的煎熬，更辜负了整个蜀国人的信任。早知此人如此不堪，当时在宫中就该杀了他！

这时，有人悄声禀报朝光：“崔副使求见。”

朝光将花蕊请回房中，只听屋帘轻响，一个庶民衣装的人走了进来，身后还跟着个灰衣走卒。他们没有对朝光行礼，却在第一时间撩开衣摆跪在花蕊跟前道：“西川行营前军都部署麾下崔彦进恭请娘娘圣安！”

旁边的燕官吓了一跳，只听花蕊失声问道：“你是王全斌麾下副使？”

说完猛地回头，目光锁在朝光脸上，仿佛要烧了她：“你们想干什么？我原来就怀疑你入宫的目的不简单，果然是串通好的！”

“大蜀朝气数已尽，根本用不着我做什么，义父不能眼睁睁看着你跟孟昶一起承受亡国的耻辱。”朝光眯着眼睛，用淡淡的口气说。

“你以为把我交给赵宋，我就不会感到耻辱吗？”花蕊说完走到崔彦进的跟前，愤怒地说道：“想要带我走，除非带走我的尸体！”

花蕊话一出口，不光燕官怔住了，连崔彦进身后的无名士卒也抬起头来看着她，原本暗淡的眸瞳渐渐散发出光彩，竟有说不出的深意。

崔彦进恭恭敬敬地对花蕊作了个揖：“臣不敢胁迫夫人，不过是给娘娘带句话。”他说完，便吩咐身后士卒说：“你恭候朝光夫人到外间一叙，我有话私下对娘娘说。”小卒领命，带着朝光和燕官离开。崔彦进这才跪在地上恭敬地说道：“娘娘不必误会，臣出征前奉官家旨意，他特意嘱托，命臣务必护送娘娘安全抵达东京，他说是香儿来接姐姐了。”

“香儿……”花蕊的身体晃了晃，全身一软，跌坐在椅上。她的脑海中有画面闪过，艳阳下，年少的赵匡胤哽咽着说：“若有一天我来接你……

你一定要跟我走……”

“是啊，娘娘。臣乔装前来，是为香儿接姐姐回京，请娘娘不必多虑，臣绝不敢胁迫娘娘。赵官家义薄云天，他怕您不肯走，嘱咐臣下告诉娘娘，他说大蜀朝已经是烂掉的核桃，蜀国百姓指望不了这样的皇帝，如果您还记得柳庄店的香孩儿，就请跟属下回京叙旧吧！臣备下的车马就在外间，等娘娘什么时候想清楚了，即可上马。”

崔彦进走后，朝光一个人缓缓步入房间。

“你跟赵宋皇帝串通好了，在宫里等着这一天，对吗？”花蕊眯着双眼盯着朝光。

“我的确是在宫里等着这一天，没想到这么快。”朝光将花蕊的手握在掌心里，一边摩挲一边说，“义父舍不得蕊娘以降虏之身离开蜀境，遂命我前来。在宫中陪你的这段时日，见你与孟昶琴瑟和鸣，难分难解，原本打算年前便走的。可如今你与孟昶决裂如此，姐姐又怎么忍心弃你而去？孟蜀已经不堪一击，你孑然一身能去哪儿呢？赵皇帝与你虽无血缘之亲，却有姐弟之义，朝光希望蕊娘能有安稳的去处，这样我与义父才能放心云游啊！”

“姐姐……”花蕊迟疑片刻，问：“你没有利用蕊娘……”

“你有什么可利用的？”朝光笑起来，“走吧，难道要朝光起誓？”

“既然如此，我就暂且跟随崔副使去开封，也许能劝说赵匡胤善待蜀中百姓。”

“你能这么想，姐姐就放心了。”

蜀朝皇帝的使臣伊审征持降表到军前的消息很快传遍了通往北境的驿路。

花蕊走出驿站，在晴朗静谧的月光下，官道上还有不少百姓，失去家园的人们怀着离别的无奈痛哭流涕。她也只能将苦涩独吞，把深深的失望和遗憾掩埋在心底。朝光和燕官忙着把随身衣物转到崔彦进的车辇上，花蕊独自坐在路边的古松下发呆。她没有办法看淡世俗的爱恨情仇，虽说千百年王朝更迭无不遵循着天道的无限轮回，可是身处其中的人被纠缠在恩怨中，亦无法分辨是非对错。

“娘娘，慧妃娘娘。”身后有个声音在低声呼唤，花蕊转过头去，见是崔彦进身边的小卒。“您不认识我了？”

花蕊借着月色再次细看，觉得那张黝黑的面庞有些眼熟。

“臣文州刺史全师雄叩见娘娘！”

“全师雄……”花蕊漠然地哼了哼，“堂堂刺史，居然躬身为小卒。”

全师雄原本有些兴奋，听到花蕊这话，马上沉下脸来，正色道：“娘娘有所不知，臣在文州领兵遣援剑门关，溃败之时混入宋军，正巧崔彦进要找熟悉蜀地路径的小卒，于是我跟他乔装前来，这么巧竟遇到娘娘！”

“可惜皇帝已经乞降了。”

“陛下太过轻信赵匡胤，听他说什么只要国土不贪钱粮，可是臣见到王全斌部队在北境的所作所为，嗜杀贪财无恶不作，陛下愿降，可是蜀人绝不乞降！娘娘，您是被俘至此的吗？让臣护送您回去，一起劝说陛下，臣愿意领兵决一死战！”

“原来是这样！”花蕊叹了声，站起来向全师雄行了礼，“花蕊替蜀地百姓谢谢你。可惜我已经回不去了，见到皇帝就告诉他吧，他要愿意抵抗到底，也算蜀人的福气。”

正说着，只听松树旁边一个声音高声喝问道：“王五，你干什么？”

两人转头一看是崔彦进，花蕊赶紧说：“崔副使，我有几件物件落在前方驿亭了，让这位小兄弟替我跑一趟，你不介意吧？”

崔彦进皱了皱眉，对全师雄说：“给你一匹好马，快去快回！”

全师雄领命上马，朝着花蕊深深地看了一眼，扬鞭离去。

崔彦进带着花蕊的车马来到绵州，听说宋军已经驻扎在魏城驿，他干脆一鼓作气，策马过了剑阁。

剑门关外，寒鸦呜咽，古道风冷。

这天，崔彦进接旨，夜宿葭萌关。

翌日整装待发，竟是凤舆仪仗停在驿站外。花蕊见状，落泪叹道："恐怕此番一去，再无回乡的时候了！"说罢，提笔挥落在驿馆的白墙上。

"初离蜀道心将碎，离恨绵绵。春日如年，马上时时闻杜鹃。"一阕《采桑子》尚未写完，那口气竟上不来，昏厥在地。燕官见状，赶忙唤人将她扶上车舆。

朝光望着墙上的残阙，也是久久回不过神来，门外军骑几番催促，她自言自语地说道："满腹愁恨，这是准备在赵官家面前自绝吗！"说着，捡起地上的笔，在墙上填了下阕："三千宫女皆花貌，妾最婵娟。此去朝天，只恐君王宠爱偏。"

载着花蕊的仪仗继续往北，一路走走停停。终于来到了凤翔，青衫等候多时。父女三人阔别小聚，朝光在席间立志，要同青衫遁隐于山水神秀，不再过问世事。

花蕊与二人惜别后继续上路，抵达汴梁的时候已是二月间。

适逢蜀朝保宁节度使、雅王孟仁赘携降表到开封，皇帝赵匡胤在广政殿内召见，门下侍郎赵普和开封府尹赵光义领着十来位蜀臣跪在丹埠上。

长春节将至，各国使臣纷至沓来，江南、吴越刚刚进贡了御衣、锦绮和数以千计的金银。可是再多的金银也抵不过这封降表啊！这是他收到的最好的生辰礼物，六十六天之内，得州四十五，县一百九十八，户五十三万四千零三十九，孟昶的这份礼送得太大了！赵匡胤说："吾所欲得者不过土地。"他得到了。这一年，他三十九岁，正值盛年，四方列国，次第削平，这是何等的踌躇满志！他端坐在御座上，显得越发光芒万丈，青春矫健的步态被稳重和威严所替代，他的皮肤红中带紫，漆黑的眼眸明亮似铁，坚定而庄重。

这时，合门使悄声对殿前祗候耳语了几句，殿前祗候来到御前，轻声对赵匡胤禀奏道："官家，花蕊夫人已经入宫，在殿外候召。"

赵匡胤坚定的眼眸突然松了松，丰厚的嘴唇嗫嚅着说不出话来，他看了看跪在丹埠上的孟仁赘等人，抬着两根手指头，示意传召。

不一会儿，殿前祗候领着一位身披碧色貂裘的美妇进到殿中，鸿雁鸣叫着在宫城上空飞过，殿堂中仿佛有山茶花在含露盛放。

赵匡胤心中一阵发紧，拳头在宽袖之中紧握，七尺大丈夫，什么时候这般失魂落魄过？雅王孟仁贽睁大眼睛，见到花蕊的瞬间，脸倏地变得通红，随行的鸿胪寺卿范禹偁和工部侍郎幸寅逊等人也都面露惊异。

“青城费氏拜见赵官家！”殿下传来潺潺流水般清澈、圆润的声音，赵匡胤的眼中顿时恢复了清明。他双手抱胸走下御座，亲切地说道：“花蕊夫人请起。”两个人四目相对，彼时花蕊已经四十五岁了，岁月在她的脸上没有刻下深邃的痕迹，却将她打磨得更加雍容、持重而妩媚，那宽阔光洁的前额、透亮清澈的眼睛、秀美修长的双眉，还是那样生机勃勃，有久违的书卷气息，更有寻常难得的大气端庄。赵匡胤在心里感叹，蜀主孟昶何以如此幸运，能得到这样一位聪慧美貌的伴侣，可惜那亡国之君，可怜了花蕊飘零！

“全师雄说得没错，慧妃你果然……”孟仁贽乍见花蕊惊异而愤懑，原想怒斥她背叛了皇兄孟昶，却想到身在殿下上表乞降的尴尬，又心酸又无奈，只好咬牙说：“蜀中兵戎临城，皇兄对你宠爱有加，竟将夫人先行送到开封来了。”

花蕊看着孟仁蛰忽而发红、忽而发白的脸，平静地纠正他道：“我此番到开封，并非陛下护送，而是受赵官家所托。雅王又是为何而来？”

“蜀境临戎，你竟然受赵官家所托！”孟仁贽冷笑，抬手作揖道：“慧妃进退有序，在下佩服！”他还想再说些什么，却突然哽住，将脱口而出的话生生地吞了下去。

赵匡胤眼见孟仁贽言语不恭，便知道朝光所奏不虚，花蕊跟孟昶已经生有嫌隙。他回到御座，手握降表，对孟仁贽一板一眼地说道：“朕受命上穹统治中土，所思所虑皆是如何保境安民、修文崇德，至于临戎蜀境，绝非一己之私。发兵以来，朕日夜怅惘，寻思百姓何罪！孟卿能够率官属前往阵前请命，既然自求多福，就该痛涤前非才是！”说着，他命赵普将装着圣旨回执的楠木盒交到孟仁蛰手中：“降表收悉，孟卿与朕心意相通，诸位回蜀务必传达，朕会委派皇城使窦思俨迎接慰问，请他速速前来。汴水边的田园美景比起蜀境毫不逊色，跟晋阳比起来亦宛如仙境，怎么样，朕这样安排可有不妥？”

孟仁蛰悻悻地接过，跪谢皇恩，领着诸蜀降臣谢恩回返。

“陛下！”花蕊看着离去的蜀臣，再次躬身而拜，还想说些什么，赵匡胤却抬手示意道：“花蕊夫人不必多礼，你我多年未见，今日事不凑巧，请夫人先行移驾玉津园，朕改日前往，煮茶叙旧。”

赵普站在旁侧，见赵匡胤看了他一眼，便立刻会意，于是亲自领着花蕊夫人告退离开。

广政殿内只剩晋王赵光义和皇帝两个人，赵光义抬眼望了望御座，又转头看着皇兄。虽然赵匡胤的脸上只有淡淡的表情，但是他觉得似有无边愁云笼罩在殿堂之上，显得昏暗无光，之前还意气风发的皇帝，现在眼中充满了迷惘和忧愁，这眼神跟先前判若两人！

“皇兄……”

“先回福宁宫吧，朕想歇一歇。”赵匡胤完全不理会他迫切禀告的神情，让赵光义陪他回大内候驾，赵匡胤说：“你将曹彬的奏疏放下，去寝所外小憩片刻，待朕宣你再进来。”

东京的皇宫不大，周回仅五里，远不及蜀王宫城。福宁宫是皇帝赵匡胤的寝宫，位于垂拱殿的正后方。

晌午后，晋王赵光义奉召至福宁宫的东暖阁。

曹彬的密奏正摊开放置在桌案头。据奏，王全斌领西路军先行进入成都，孟昶备齐亡国之礼，于升仙桥乞降，而后诸将便沉浸在胜利中狂欢。数日后刘光义领峡路军抵达成都，孟昶前往犒师时，两路将士争功，尽失王师颜面，曹彬屡屡请求班师回朝，王全斌全然不听。当初，诏书承诺可以给愿意入朝参战的蜀军降卒一些优待，王全斌却擅自扣减军饷，纵容属下侵扰，导致蜀兵愤怨。入朝的降军行至绵州不久，便发生聚集作乱，军卒拥立了一名叫全师雄的蜀将，在他的带领下劫持属县反叛。曹彬认为，区区散兵，即便反叛也不会在短时间内聚集大股势力。全师雄是蜀朝文州刺史，本已归宋，他身处高位，绝不会像普通士卒那样被克扣军饷。唯有孟昶的声威才能造成这么巨大的影响，唯有他的授意才能短时内聚集这么大的力量。曹彬看得一清二楚，他在蜀境秋毫无犯，并不表示他心慈手软，他在密报中禀告道："孟昶王蜀三十年，而蜀道千里，请擒孟氏，而杀其臣以防变。"

赵光义拿起案头的奏疏一边看一边思索，却见朱批草草写着"汝好雀儿肠肚"几个字，于是说道："皇兄心怀坦荡，孟昶是否明白您的心啊！还有那个，花蕊夫人她……她毕竟是蜀王慧妃，若如此安置，朝野会怎么说？"

"晋王不必多虑啦，夫人与我是旧识，朕知道她的胸怀不是普通妇孺可比的。待蜀境平复，孟昶赴阙上路后，朕再临幸玉津园，免得引起朝中的流言蜚语。"

赵光义虽然满腹疑虑，却不敢继续固执下去："皇兄气度恢宏，容人所不能容。王全斌这人打仗没的说，可是稳定新地却毫不胜任，接下来怎么办？城中那么多降卒，就像悬在头顶的利剑，如果短时间内不能平复叛乱，众将谁敢担这个责任？曹彬所奏其实不无道理。"

正说着，帘外内监官禀奏："赵相求见。"

"来得正好，"赵匡胤笑道，"听听赵普怎么说！"自陈桥驿事后，赵普平衡各方的能力就得到了赵匡胤兄弟二人的认同，他事理通达，老谋深算，非普通臣僚可及，赵光义也正想听听这位谋臣的建议。

赵普笑嘻嘻地进到暖阁，拱手奏道："臣已将花娘娘安置在玉津园稻畦轩，请官家放心。"赵光义迫切地想让他知道蜀中发生的事情，打断他说："赵相知道蜀地的近况吗？"

"我正想跟官家启奏这事儿呢！王部署的性格英雄草莽，难怪他对部下纵容。"赵普回答，"孟昶在蜀地威望甚高，如果不能兑现诏书承诺，恐怕极易生变。"

赵光义问："曹副使密奏请旨，干脆杀了他！赵相觉得怎么样？"

"不可！"赵普断然摆手，"蜀境名士众多，孟昶主政三十年，在文人士族中威望很高，孟氏宗族的姻亲分布在中原各地、晋阳汉室和江淮江南，甚至我朝也有旧族姻亲。若此时杀了孟昶，天下人不服，对官家日后谋求统一也极为不利。攻取蜀地容易，但人心难服啊！要让蜀人对官家心服口服，得保证孟昶安然入京才行。那样，即便民间有些反复也不会长久。"

赵光义恍然大悟，说："对！孟昶一旦入京，蜀中反叛就跟孟蜀没有任何关系。区区流寇，大举剿灭便是！"

赵匡胤也点头说道："朕在诏书中极尽诚意，不仅未曾直呼其名，而且尊称其母为国母。平荆南时，朕委派的是薛居正善后；赵卿你说说，派谁去坐镇蜀地合适？"

赵普叹了口气说："自古天怒人怨不外乎首乱者和强争之人，只要仁义之心不失，后世便可评说官家忠厚，臣认为坐镇蜀地非吕余庆不可。"

赵光义附议："余庆为人厚重简约，又是官家历任的幕府元僚，能够妥当执行朝廷新政，是个可信的人。"

商议完毕，赵光义和赵普双双告退。

赵匡胤独自走出福宁宫，天色已近黄昏，御道旁的桃花初蕊绽放，枝丫上点点粉红。"春华秋实对人生来讲其实很短暂，我的宏愿却不知几时才能达成……"他信步走了几个来回，想了想又回到了宫中。

36. 寒椿

时值三月初七，广政的年号已经被取缔，这一年是大宋朝乾德三年（965 年）。

宣华苑内，摩诃池边，熙熙攘攘，人声鼎沸。宫娥内监跌跌撞撞地在各个殿阁中穿梭，精致华贵的珍宝锦罗统统装入箱匣，来不及收拾整理的珊瑚玉器摆满一地，至于库藏的文书官册已经无法装运，都原封不动地放在柜阁上。

每个人都知道，从今往后，他们的归属就在北方的汴水岸边了。

“回老家华阳去吧！”太后对侍奉她的董禄达说，“这几颗夜明珠放好咯！等太平下来，置买处田庄，收几个儿子为你养老足够了。”

“太后……”董禄达号啕大哭，“让小董跟随太后一起北上，继续侍奉您老人家！”

“别说傻话啦！嗯……千万收好，出城的时候别被守军给抢了。”

宣华苑中的哭声响彻不绝，唯独天启宫内宁静无声。

孟昶着一身玄色交领襕袍，神色平静地端坐在凌波殿的琼台之上，身边只有富贵和烟柳陪着。芙蓉花树下刨开了巨大的深坑，十九坛生春酿摆放在四周。自冬天开始到春末，凌波殿的芙蓉花刚凋落，琼台的山茶花又开了。这花一旦开放，便最持久，以松柏之骨，持桃李之姿，越开越盛。

山茶树树采山坳，恍如赤霞彩云飘。人道邡江花如锦，胜过天池百花摇。

望着琼台的水岸边、殿瓴下，大片大片的红触目惊心。孟昶提斛喝了一口酒，随手摘下一朵艳丽的山茶递给烟柳，说：“山茶花又叫寒椿，虽说香气不足，但能在凛冽中盛放，最具破冰的勇气了。”

烟柳不懂，便不知道应该如何接口，她只知道孟昶在思念花蕊，连适才所吟的诗句也是夫人的旧作。富贵心直口快，就着手中的酒灌下了喉，说道：“天家是为了夫人才乞降赴阙的，等到了开封，臣一定求夫人消消气，我们还跟从前那样和和乐乐地过日子吧！”

“富贵！”烟柳低喝着制止他。

“不错。”孟昶没恼，他站起身来往外走去，“在哪里不是过日子呢，你们往后也要像在宣华苑中一样快乐才好。”

玄喆和玄珏在天启宫殿门外恭候，大宋朝的皇城使窦思俨站在最前方，见到孟昶现身，立刻躬身叩拜：“孟公，可以启程了。”

“等等。”

孟昶好像想起了什么，独自折返凌波殿。等他出来时，手里还握着一卷黄麻纸。

“天家手里拿着什么？”烟柳低声询问旁边的富贵。

“是挂在清晖阁遂王的画儿。”

“啊，是兕奴的画儿呀，我这心尖儿还痛着，天家又怎么会忘记呢？那些生春酿原就是为兕奴藏的，现在全挖出来了，天家是想全都带在身边吧。”烟柳说着，眼圈儿早已红了。

富贵倔强地说道：“赴阙开封也没什么不好，至少我们能跟娘娘团聚。”

说话间，两个人忽然沉默了，不约而同地想起了多年前的柳庄店，想起那个任性的少年郎。

午后，一队手持长鞭的铁兵飞骑自朱雀门往南直奔，马蹄在萧墙下扬起翻飞的尘土，风驰电掣般消失在宽阔的长街尽头。罗城百姓悉数出动，在汹涌的人潮中，大队身穿宋军制甲的骑兵和步兵开道而来。其后有数百辆车驾缓缓行驶，六匹赤龙驹拉着宽大的辇车行进在队伍正中，后面又有大大小小百十辆车辇，旁边有两排手执横刀的骑兵护卫，最后是一些步行的卫队尾随。这两百多人的队伍，除了孟蜀宫妃和宗亲士族外，三品以上的官属全都挈族随行。

玄喆骑着一匹白马赶来，在孟昶的车驾前禀奏道："绵州几个辖县都让全师雄占了，北路中断，王全斌命入朝的官属由眉州乘船下峡。"

"知道了。"孟昶本来微闭着眼睛坐在宽大的车辇中，这时掀开帷幔，看着街道两旁层层叠叠的人浪，车辇所到之处，百姓全都不约而同地下跪相送。纵然他这样一个极善隐忍的人，也禁不住喉头一哽。他放下帷幔，低声对服侍的富贵说道："夹城内有近三万禁军负责保护大内。罢了，你拿我的龟符通知田敬全，明日卯时三刻打开宫门，迎王全斌部署入宫。让孟九知照全师雄，领麾下各属县全部归降吧！"

"天家！"富贵接过龟符，泣不成声。

"我已经不是皇帝了。主仆一场，叫我一声'孟公'就可以了。"孟昶说。

"天家！"富贵紧咬着牙关摇头抽泣，"你让富贵如何改口啊？全刺史性情刚烈，怕是宁死也不愿降的。"

听富贵用嘶哑的声音说出"宁死也不愿降"几个字，孟昶心里一酸，眼角的泪终于忍不住滴落下来，他说："孟九跟着田敬全在夹城与宋军对峙，你想办法让他潜入绵州。雅王已经带回赦书，朝廷委派了新主政来蜀。给全师雄带个话，乞降的时候一概往我身上推，只说奉命行事，切不可选择同归于尽，我会用身家性命为他全族妻儿担保的。"

富贵不知道说什么好，只能流着泪嗯嗯地点头。孟昶继续吩咐道："你骑玄喆的马，后方卫队会带你去宋军营房，看见王全斌就照实禀告。㑊宫里的珍藏你都知道，清理些有用的带在身边，再找处称心的地方好好活命去吧。"

富贵听孟昶这话的口风不对，号哭着说："天家别赶富贵走啊！臣这就去给您找孟九，能赶上船就赶，赶不上我直接到汴水边找你们。富贵自小就在宫中，离开你们，我还能到哪里称心活命啊！”

孟昶拍了拍富贵的肩，说：“尽管去吧，有缘分在哪里都能再见的。”

富贵抽泣着出了车辇，与玄喆换乘骑马来到队伍的最后，由护卫统领带回部署营房，在王全斌帐前说明了来意。

王全斌不耐烦地打断他说：“蜀王已经归朝，夹城中的两万多降卒不出来迎接，难道还想学绵州起反不成？”

富贵心想这王部署的脾气这么差，幸亏天家想得及时，他小心翼翼地回禀说：“孟公临走前，虽然已经下令禁军于明日卯时三刻开宫门迎接王都统，但都统人多势众，强行入城恐怕会引起误会，孟公特命小人前去叮嘱。若是起了冲突，毁了宫中的存物，实在有些可惜。”

副使曹彬正为绵州的事儿烦恼，担心王全斌贸然入城会让守卫的禁军降卒心生不满，听到鲁富贵的话正中下怀，于是劝说王全斌放富贵进宫。

王全斌点头应允，派了一名卫卒带着富贵从皇城东面的大定门入宫。

他前脚刚走，只见崔彦进领着一名校尉卫卒冲了进来。王全斌不悦，正待训斥，崔彦进上前耳语了几句。只见王全斌眉心一蹙，给曹彬递了个眼色，让他屏退左右。

“发生了什么事儿？”

等营房内只剩下刘光义、王仁瞻和曹彬，几名副将异口同声地问道。

“朱光绪这厮！哎！”王全斌怒骂一声，拍桌喝道，“日前委派他前往绵州招抚全师雄，他却将全师雄全族给杀了，将财货金银收入囊中也就罢了，还强行纳了他的爱女为妾！”

“啊！”刘光义一下子站起身来高喊说，“这不是要逼反他吗？”

王仁瞻却不以为然，他道：“刘都统不可这么说！全师雄本来就是反贼！谁逼过他？赵官家宽宥孟昶，可没说不剿叛贼！十万兴国军啊，一旦兵临成都府，我们哪儿还有招架之力！”

“哎呀！刚才那内监官……”刘光义猛地想起什么，“他这时候入城是不是蹊跷了些？万一城中禁军得知全师雄全族被灭，内外勾结一番，岂不惹下大麻烦啦？来人——”刘光义大吼一声，“将那内监官追回来杀了！”

王全斌应允：“城中如有异动，那两万多禁军也要统统杀掉为好。”

“不，不可以！”曹彬站起来，说，“官家要的是蜀地民心归附！杀降卒可是大罪，到时候如何平息民愤？”

王全斌说：“等全师雄叛军临城，内外响应夹击，我们岂不成了瓮中之鳖！”

王仁瞻解围说：“要不这样，明日城门开启，我派人把蜀军诱在夹城内不出来，看绵州那边的情况再商议吧！”

王全斌觉得有道理，决定不去追那内监官了，到时候一并关进夹城。

曹彬坚持说：“还是即刻派人回京，将蜀地的实情告知赵官家，看他如何定夺。”

“军情刻不容缓，你可以派驿使回京，但蜀中还得听我的指令！”王全斌有些恼怒，曹彬质疑他的行为不是一次两次了，当初委派兵马都监朱光绪前往绵州招抚全师雄的时候，他就表示了反对，觉得这个人贪财嗜杀，有可能会坏事。虽然曹彬没有再次提说，可是王全斌的心里如同生了一根刺，极不舒服。

曹彬清楚王全斌所想，只好拱手遵命。

成都府的夹城位于宫城和皇城之间，东起萧墙大定门，环绕宫城南面和西面，北至大安门，长而深的甬道和两丈高的墙壁将宫城和皇城分割开来，宫禁内有夹城门通往夹城，直达外朝的金华殿、承乾殿，皇城却没有开出到夹城的口子。

鲁富贵被军卒领到大定门下，威严的大红门紧紧地关闭着，只有直通夹城的侧门旁站着守城的绵甲禁军。

此宫禁内的人已经全部撤出，田敬全带领禁军分守在各个夹城门口，他在太后跟前起过誓，要在这夹城中守到最后一刻，直到皇帝安安稳稳地抵达开封，他才撤出这里的守军，把整座大内宫禁交给宋朝皇帝。他知道从北境一路掠夺至此的王全斌部署看到宣华苑会怎么样，这座宏大精美的皇家园林，早在大唐时期就被无数的诗词歌赋反复吟唱，其间精美的建筑和博大的内涵是那些嗜血贪赃的将卒懂得珍惜的吗？一想到宋军在罗城中抢劫的恶状，田敬全就忍不住心疼，他决心不到最后一刻绝不打开城门。

当他看到富贵，从他手里接过龟符时，忍不住心潮澎湃，颤着声音说："天家体恤老臣，不想我等在夹城死守，可他甘心把这座华美的宫禁交到那些嗜杀的将卒手里吗？"

"对峙的时间越长，改朝之后将帅军卒就越难生存。天家说他会承担所有责任，你们一概不知情！宫中的东西，还请田统领吩咐进城军卒好生拿放，不要弄坏了。"

田敬全嗫嚅着起身离开，富贵望着他苍老的背影消失在夹城尽头，想起自己年幼时跟随他在延昌殿侍奉的情形，他的双眼不知何时早已泛起了泪花。他也下了决心，要与城中禁军一起，等明日天亮打开城门，再一同离开宫禁。

富贵和孟九坐在殿瓴高处，戗脊上堆着数十坛临邛酒。

残阳如血，当最后一缕光芒收尽余热时，凝烟阁的戗脊翘角儿上，两道影子也逐渐隐没在灰蒙蒙的暮色里。

"灯火越来越少了。"孟九半躺在琉璃瓦上，手里提着酒坛，仰头倒入口中。

"谁愿意掌灯引那贼兵进屋抢劫啊！"富贵把玩着手中的酒勺儿说，"阿九，我心里总是惶恐，觉得天家……"

"天家怎么了？"

富贵摇头说："天家让全刺史把责任推到他身上，又让田统领说奉命行事，其余一概不知。他会不会……"

"我也正担心天家赴阙受辱！赵匡胤那样的人岂会轻易放过降王？"孟九显然没有领会富贵的意思，他是个典型的武人，清楚武将的性格，当然明白孟昶此去开封会面临什么样的羞辱。

但富贵说的显然不是这回事儿，他说：“自夫人离宫后，天家行事冷漠无情，唯独在昭觉寺的那晚，他真情流露，一听不归坐化便吐血昏厥了。可是你也看到啦，回宫的路上，刚进大玄门，面对结跏趺坐的僧团，他便立刻无事般下马跪拜，从此我再也没有听他提过夫人半句。那天，全师雄从绵州潜回来，禀告说他在汉州亲眼看到宋军副使崔彦进羁押夫人北上，天家听了居然无动于衷。当时连你都气得要提刀追过去，天家却连担忧和气愤都没有。我侍奉天家这么多年，自诩还是懂他，这些时日我竟然揣度不清他到底在想什么。”

“还能想什么呢，憋屈啊！”孟九伸长四肢摊在戗脊上，“高祖将大好的江山交到天家手里，企望他能擒诸侯一统天下。蜀地几十年兴盛，如今却要拱手相送，心里难受啊！”

“憋屈啊！”富贵也大吼了一声，提着酒坛咕咚、咕咚灌了两口，而后望着漆黑的夜空发呆。

整个宫城在这个夜晚都难以成眠，摩诃池水轻轻拍打着雕栏，低掠过莲花苇丛的鹤影把月色揉碎。在这令人恍惚、寂寥的黑夜里，富贵和孟九默默无语地喝着闷酒。不知道喝了多长时间，不知道喝光了多少坛临邛酒，他们终于倒在凝烟阁的戗脊上长醉不起。

富贵醒了过来，只听城内一片喧嚣。他低声哼了哼，撑起身子，扭头看见孟九还瘫倒在旁边呼呼大睡。

“什么时辰了？”富贵自言自语，想起今日卯时该是开启宫城迎接王全斌的时候，他趴在戗脊上往下打望，只见身穿红色绵甲的蜀军全都拥堵在狭长深邃的夹城中，整座宫禁大内则布满了宋军的褐色步甲，宣华苑的殿台上和摩诃池的廊桥上都有宋军在四处走动。再看每个夹城的门口，百十个宋军步甲正手持长斯严阵以待，蜀军在整个夹城中形成了一道长长的红河。

“卯时三刻已经过了？”富贵揉了揉额头，推攘着身边的孟九大声问道，“下面是怎么回事儿？”

“好吵！”孟九嘟囔着醒过来，他睁大眼睛看了看富贵，忽然翻过身去直瞪瞪地看着夹城内，“他们这是在干什么？为什么不让出城去？”

“看样子是要田都统在夹城内解甲乞降啊！”富贵深知禁军的实力，宋军一定忌惮，害怕这三万人的军队出城难以管制。

正在这时，一股旋风刮过，戗脊下隐约传来噌噌的脚步声和说话的声音。

“他们上凝烟阁来了。”富贵小声对孟九说。

孟九点点头，俯下身子侧耳倾听。

“这些雕版很精美，都装上车去，曹副使不喜欢金银珠宝，没用的东西他这一路倒收集了不少。”

“禀告王都统，卑职清点过，夹城中的蜀军有两万七千人之多！”

“告诉那个姓田的，城中降卒待绵州反贼归朝后再随军入京，暂且就在夹城驻扎，否则这么多人，叫我如何安置？”

“是！”

随着脚步声渐行渐远，富贵内心暗忖：“原来他要田将军在夹城里驻扎，好个老奸巨猾的大将！”正想着，只听孟九在耳边低声说：“待在这里别动，我去看看！”富贵拉住孟九道：“他们要等全刺史归朝才肯放禁军出城，我看你还是尽快赶去绵州找他。我在这里再睡一觉，等天黑下去。”

孟九拿手在他的脑门儿上敲了敲，说：“你手无缚鸡之力，别让他们发现，把你戳成筛子！”

“放心吧，大内还有谁比我熟悉呢！”富贵笑了笑，“你从龙池入水往南潜入金水河，西面有一道水门可以出皇城，尽快找到全刺史劝他归降吧！”

孟九看了他一眼，没说话，矫健的身躯往前一探，身手敏捷地游走在殿瓴间，不一会儿就消失不见了。富贵长嘘了一口气，重新瘫倒在琉璃瓦上，日光灼灼，他把身体蜷缩在犄角处，双手插在袖笼里，又睡着了。

不知道睡了多少个时辰，待他再次醒来时，夜幕已经重新降临了。他将衣襟提到腰间系了个结，准备顺着龙柱往下溜。正在这时，远处又响起一片嘈杂之声，他趴在檐角往下一看，昏暗中有点点火光正在往夹城的城墙上汇聚，一种不祥的预感侵袭而来，他感到喉头发干，像什么东西勒得他喘不过气来。

富贵闻到了浓浓的烟尘气息，借着空蒙的月色，只见宫城的南面到西面、夹城两边的城墙头不知何时已经爬满了军卒，火把在陆续点燃，好像一条扭动的长龙环绕于上。

“他们想干什么？”富贵觉得那火龙蜿蜒扭曲，露出狰狞的凶相，他的话音刚落，只听“啊……”的一声，尖利的喊叫声从夹城传来。

“放箭！”

一声令下，城头的火把倏地飞入深邃的甬道之中，嗖嗖的箭弩声响彻不绝，很快便被凄厉的哀号所淹没。

“屠杀，是屠杀！”富贵抱着龙柱全身发抖，眼睛像被火石烫伤一般流下泪来。

风起火旺，他看到火光中一排排弓弩机对准了夹城的甬道，宋军军卒居高临下，万箭齐发，在疯狂地剿杀。浓烟和火光延绵十里，几乎把夹城和宫城的天都烧焦了，甬道内的人马相互推搡践踏，蜀军毫无抵抗之力，无论朝着哪个方向奔跑，从天而降的除了火雨就是利箭。

月亮躲入了哀云之后，远处的春雷震动着宫城的殿瓴，富贵徒劳地摇撼着龙柱，在一片腥风血雨中号啕大哭：“天家！天家你在哪里呀？这帮禽兽！你看错人了呀！”

绝望的惨叫哀号跌宕起伏，声音越来越小，慢慢低黯下去，隔开皇城和宫城的狭窄夹城已经变成了地狱火海，有的地方还有轰然的自爆声。

富贵知道田敬全已经没有生望了，怨愤将他的眼睛染成赤红的颜色。从凌烟阁出来，他顺着殿基进入宫禁大内，夹城城门有重兵把守，他远远地看着那些手持火把的军卒颤抖着滑入摩诃池中，好像失魂的野鬼一样任由波浪将他带入金水河，整整一个夜晚，也没有被人发现。

临近拂晓，城中水道垂柳轻抚，井市巷陌中响起咳嗽吐痰、晨起漱口的声音。

金水河边的富春坊，一位早起的老妇掀开竹帘儿，提着木桶正准备打水，远远看见河中漂浮着一个人，她连忙起身跑回屋里，不一会儿，从房中出来两个人将他打捞上岸。

“穿的大内的衣服，是从水门漂来的公公呢！”

“这人我见过，应该是昨夜从宫中逃出来的！”

“柴七！”大娘对其中一个壮汉吩咐，“把衣服拿出去烧了！荣四你别杵着碍事儿！给他换上！”

一个男人拄着拐杖，一扭一扭地哼唧着骂人：“蜀王都丢下我们赴阙领赏去了，他有什么资格穿我的衣衫？”

“荣四，小声点儿！”柴七抓着富贵换下的袍服，低声提醒。

富贵已经醒了，失魂落魄中听到柴七和荣四的话，喃喃道：“是啊，天家丢下他们，他们死得好惨啊！”

“昨夜宫城火光冲天，今天早上还冒着浓浓的黑烟，整个成都府都听到一整夜鬼哭狼嚎，里面到底怎么样啦？”柴七问。

富贵定定地看着柴七，忽然醒转过来似的，他挣扎着说：“不好了！快逃命吧，王全斌在屠城，昨夜夹城中一个活口也没剩。”

柴七和荣四见他惊慌失措，将他按倒在床上说：“守城兵卒说是在夹城内生火烧饭时走了水，我料定兴蜀大王兵临城下的消息是真的。”

“兴蜀大王是谁？”富贵眨眼问道。

“就是绵州的全师雄，全大将军啊！兴蜀大王率军攻克了彭州，杀死都监李德荣，分兵占领灌口、新繁和青城，今早兵临成都城下了！王全斌一定是惧怕夹城守军里应外合，所以才杀个干净！你老实藏在这儿，哪儿也别去！等攻下成都府，我们都去投奔他！”柴七说，“城中男丁这两天都悄悄往富春坊聚集。公公，昨晚你都瞧到了吧？一会儿据实告诉他们，夹城的血是怎么把皇城染红的！”

富贵再也忍不住了，失声痛哭，他呜咽着点头说：“大内近三万的禁军啊，全被烧死了，机弩架在城头上，还有啥命呀！”

荣四倒吸了口凉气，击打着墙壁说道：“畜生！”

富贵忽然想起应该赶上孟昶的车辇，向他禀告城中发生的事情，不能去开封了，会被杀头的！脑中冒出这样的念头，富贵一刻也坐不住了，便甩开柴七的手说：“我得走了，我要出城去！”

柴七倒是懂了他，伸手按住他的肩膀说：“陛下走了三天，追不上啦！”

富贵说：“天家不是为了逃命领赏，他……”

话没说完，荣四就冷冷地哼了哼：“你家皇帝是不是为了逃命领赏，根本不重要，自打他离开成都府，蜀人的生死都跟他没关系了，我们反叛无非自保，跟忠君扯不上边儿！”

富贵心里发凉，他抿嘴看了看柴七。柴七却依然记着孟昶的恩情，他对荣四说：“你别忘了，五娘的仇还靠陛下得报，怎么说这样的话来！”荣四扭过头低声说：“荣四心里记得，可是他不该就这么轻易走了。外人只顾着身家性命，可曾将百姓放在心上！”

富贵心里酸涩，不想多做解释，他对柴七和荣四躬身作揖说：“两位大哥的救命之恩，富贵记下了，就此别过，后会有期！”说完，他便转身出了门。

南下的驿道上，车多缓行。

两百人的官属队伍走走停停，耽搁了不少时辰。

富贵离开后，玄喆便自请陪侍在孟昶的车驾上。孟昶做父亲的时候还是个气盛的少年人，玄喆在襁褓中便没了生母，养母李艳被打入冷宫后，他又被外放了三年。在玄喆的记忆中，父子之间自来生疏，从未这般亲近过。

“孩儿在大玄门下亲眼看到不归大师自焚，原本是再没有面目见父亲大人的！”玄喆跪在孟昶怀中抽泣，“您打我吧，我就是孟氏的不肖子孙啊！”

“不要自责啦！”孟昶拍了拍玄喆的肩膀，“孟家的不肖子是我，跟你无关。”

玄喆抬头看着孟昶："不！父亲大人，孩儿终其一生也比不上你和高祖半分！"

孟昶苦笑着摇摇头："为父从先皇手中接过大蜀基业，却改弦易辙，抑武兴文，此谓不孝；大蜀朝创业艰难，立国不易，我却没有将它守住，还乞降于宋朝，此谓不忠。"

"父亲……"

"你跟玄珏都没有守业之责，大蜀朝走到这一步，全是我的错。以后指望你能为家尽孝、为国尽忠，做好这些也能成为孟氏后人的楷模了。"

"父亲大人，玄喆的家在哪儿？国在哪儿？我哪儿还有为之尽忠的国呀！"他痛哭起来。

"为父是亡国之君，我没有国了，可是，"孟昶扯着嘴角笑了笑说，"你有。你的家在晋阳，你的国，是大宋。华夏这一族，因中土崩裂而割据，为父没能以蜀国之力统一，既然赵匡胤受命于天，蜀境便不能化外而治，为父又何必蚍蜉撼树，将无辜之人拖入战乱之中呢？北方蛮族还占着我幽云十六州，老家晋阳就在他的脚下，虏骑入犯，民不聊生。为国尽忠，为家尽孝，便是振兴中土，平息内乱……这些，你还想得通透吗？"

这一席话，是孟玄喆从来没有想过的。他好像瞬间明白了什么，也忽然长大了。事实上，在以后的很多年中，孟玄喆始终牢记着孟昶的教诲。他在大宋时期，以骁勇闻名，并同太宗皇帝赵光义一起攻打幽州，在徐河大败契丹，后官至节度使，封爵滕国公，晚年主管滑州和滁州，得以善终。

父子二人正说着话，车辇又一次停了下来。

"以往轻舟入水不过半天的路程，想不到走走停停竟然用了三天。"孟昶皱了皱眉，撩开帷幔往外看了一眼，"已是眉州城外了，前方就是王家渡，不知出了什么事儿。"

正说着，宋军将领骑马来到车前，身后还跟着几名提着剑戟的军卒："请孟公从此处下水出峡。"

"前方好像很嘈杂，不知发生什么事儿了？"玄喆拱手询问马上的将领。

“是流寇。”将领也不多说，吩咐了军卒几句便策马前去。

“一路都是流寇，眉州也有流寇？”孟昶思忖，全师雄的队伍应该还在绵州一带，不会这么快就打到南边来的，难道富贵没有见到孟九，孟九没能阻止全师雄？想到这里，他暗叫了声“不好”，捏着大袖同玄喆一起走出车辇。

只见一路上，到处都是乱七八糟的脚印，踩踏丢弃的水果鲜花，甚至还有几只鞋袜遗落在路边。女眷已经先行上船，欧阳炯、李昊、伊审征、何重建、范仁恕、郭延钧、赵崇祚、黄荃、韩保升等人也纷纷从车中下来，看到彼此，他们都朝孟昶深深地鞠了一躬，很多话留在了嘴边。

这时，身后树林中响起一阵嘈杂的脚步声，孟昶回头望去，只见高高低低大约上百人从林中拥挤过来。宋军将卒正在前方安排女眷上船，看到林中黑压压的人群，赶紧掉转马头奔向树林。

“我们是眉州百姓！请官爷容我们送送吧！”为首的儒生高声呼喊，话音未落就被几骑高马拦住，用手挥着长鞭将他打翻在地。一个身穿栗色衣袍的青年冲上前，像泥鳅似的从缝隙中钻到最前方，将那儒生扶了起来。

“待在原地，不许朝前一步！”所有的军卒都围了上去，如临大敌般排列在树林外。远处的田坎儿上、沟渠边还不断有人往这里跑，不一会儿就聚集了上千人。马背上的将领勒缰走到孟昶身边，冷冷地命令道：“请孟公立刻上船！”

“原来这就是你们说的流寇！”孟昶没有理睬他，提着衣袍往松林走去。

上千人簇拥着，你推我挤，使劲儿地朝前拥，后面有人拱手而跪，前排又是频频磕头，人们执酒送花，七嘴八舌地呼喊着：“天家保重啊！一路慢行！”

孟昶眼热，忍着眼泪挥了挥长袖：“父老在上，请受孟昶一跪！”话音刚落，松林就涌动起来，呜咽四起。“孟昶冲龄即位，本愿缵承大统，但所为狂妄，使虏猖寇起，蜀境愁苦不可悔。而今弃蜀出峡，更伤百姓，这样的君主，你们都忘了他吧！”说罢，他撩开缺襟，扑通一声跪在地上，面对黑压压的人群深深地拜了下去。

“陛下——蜀人并未负你，你为何弃蜀而去哪！”林中号泣声此起彼伏，宋军将卒心里都暗自嗟叹，想不到一个亡国之君，竟是这般态势。从成都府出发这三天，每走一步都有送别的人群。他们接到命令，或绕道前行，或停车驱赶，走到眉州，终于还是抵挡不了前来送行的人。号哭呼喊声越来越大，孟昶跪在岩上潸然泪下，有人欲冲开阻拦，被军卒用剑戟打散。眼看将卒挡不住越来越多奔涌的人，宋将在旁喝令：“必须让他们都散了，否则只好以武力驱赶！”说着命骑兵架起了机弩。

“啊！天家起来吧！”号啕恸哭的人群里出现骚动，有人因过于悲伤，昏厥倒下。

“父老乡亲们请回吧，孟昶不值得你们这般留恋。”他紧攥着拳头，狠狠地抵在岩石上，“你们不走，孟昶便永跪不起！”

可是人群反而更加沸腾起来，林中的人浪气势汹汹，呼喊声回响不休，更多的人把对君主的热情转变成对宋军的憎恨。宋军将领见势不妙，翻身下马，走到孟昶跟前，把长刀抵在他的胸前高喊：“孟昶戴罪之身，立刻上船！不得有误！”

啪的一声，玄喆一巴掌扇在将领的脸上，宋将提刀而起，手腕儿却被狠狠攥住。回头一看，只见蜀相欧阳炯涨红着脸瞪着他吼：“你敢？”宋将看着围拢到孟昶身后的李昊和伊审征一干旧臣，放在刀柄上的手慢慢移开。

“误会，都是误会！统领这边请。”李昊赶紧解围，他把宋将拉到一边低声说：“这些乡民走卒，没见过天家，统领就让他们拜一拜吧！”

“若有挑动造反怎么办？马上下水出峡，这个时候出了事儿，我可担当不起！”

“他们如果真的造反，凭将军这几个人挡得住吗？”李昊冷笑着拂袖就走，宋将没说话，却也没有再行阻拦。

身穿栗袍的青年将身边的酒斛斟满，高举着酒杯朗声道："别时一杯菊花酒，劳歌几段解行舟；但凭笑泪说铁羽，丹陛莫留霜满头。眉州学子苏杲恭送陛下！亦请陛下不要忘记蜀中的父老乡亲！"领头的儒生跪在松下岩边，由栗袍青年扶着高呼："处士苏祜叩见陛下，今次拜君别，不知何日再见啊！"

孟昶心如刀绞，依稀记得万仞宫墙下以清水为墨的处士，如今已是满头霜花；而苏宅中的懵懂稚童，现今也生得瑰姿艳逸，那皓齿丹唇的贵人风姿，让孟昶自惭形秽。"蜀中孕奇育秀，到处都是这样的人物……身为亡国之君，有何面目与这样珠玉般高贵的人深谈？"孟昶晃了晃身体，被玄喆扶住。

江舟待发，玻璃江水和雾气缭绕着对岸的青山。

孟昶被玄喆搀扶着，站在船头，送别的人堆积在江岸边，或是跟着离船行走，或是站在岸边鞠躬告别。"玄喆……前方是蟆颐仙观了吗？"

"是的。"

行船顺江而下，蟆颐仙观在古楠中若隐若现。"那里！"孟昶望向对岸，叹了口气说，"那是张公的陵墓，他看着我，我却没有面目去看他呀！"

玄喆难以自抑内心的哀痛，俯首痛哭，忽然听到隔船上有人在喊："是谁，你看那是谁？"他抬起头来，只见对岸山上一块突出的岩石正对江心，石上一古松，松下一小亭，亭间有一白衣人缥缈而立，风吹袍鼓，犹如仙人一般。

"如常……"孟昶低声呢喃，那白衣人面向行船迎风而拜，恭恭敬敬地叩了三个头。

孟昶呜咽了声，昏倒在玄喆怀中。

37. 素车白马述国亡

汴梁城百年后成为八荒争凑、万国咸通的东京，现在却只是乱世中的普通帝城。

花蕊住在南熏门外的玉津园中，夹道两边分为东西两苑。西苑有亭阁台榭，坐落着水滨仙岛；东苑是骑射校场，驯养着珍禽异兽。近来，她越发清瘦，同时越发气度不凡起来，那是一种拒人千里的清高，看似彬彬有礼、平易近人，却摸不到任何温度。

“江南国来使，官家宴射玉津园，召花蕊夫人侍驾。”

每次藩国来使，皇帝赵匡胤总会临幸玉津园的东苑宴射，虽然没到过花蕊居住的西苑，但每次都会宣她侍驾。

花蕊坐在宝座旁侧，远远看着皇帝兴致勃勃地跟使臣攀谈、炫耀，把酒言欢，她就那么面带微笑地看着，好像一尊雕塑那么美。

“你到京城半年了，我一直忙，还好吧？”赵匡胤得空的间隙来到花蕊的宝座前低声询问。“我很好。看着天下太平，官家政令畅通无阻，藩镇使节频繁造访，想到官家夙愿达成，臣妾感到很开心。”花蕊用同样的语调回答他。

“哦……嗯……如果没什么事儿就留在园中，好好休息两天。”赵匡胤看着花蕊，口齿伶俐的他有些结巴。征战奔袭的无数个月夜，他曾经无数次梦见自己站在花蕊的跟前，有满肚子的话要对她诉说，而今他站在世界的巅峰，成为天下的主人，曾经遥不可及的君王成了自己的阶下囚，这时候，他反倒一句话也说不利索了。味同嚼蜡的客套让他想逃避，于是他说：“等事情忙完了，我再来看你。”

花蕊感觉到一丝不同寻常的局促。

回到西苑稻畦轩，窗外的稻田里，侍童内监们光着脚站在泥田中，一边插秧，一边欢快地歌唱。领头站在田垄上的是一位总角小童，她身穿红衣，手里捏着秧苗高声唱着：“手捏青苗种福田，低头便见水中天。六根清净方成稻，后退原来是向前。”

这样祥和安宁的歌声里，花蕊的心却莫名其妙地开始慌乱，扑通、扑通地乱跳不停，她忽然高声唤了声：“燕官！”

侍女从画屏外跑进来说：“夫人！”

“江南国来使，今日宴射怎么没见晋王和赵丞相？”

“噢，听说去了右掖门的汴水岸。”

“蜀王入京了？”

“这……”燕官在花蕊的注视中低下了头，“孟公已经入京五天了，由晋王和赵相亲自迎接犒劳。官家明早在崇元殿召见，行元会之议。”

幸好教坊都头李彦武临走时将燕官留下给她使唤，否则自己在这玉津园内可不就是个瞎子、聋子吗！花蕊扶着花窗，望着插秧的内监们发呆，过了一会儿才对她说道：“好，你下去吧……”

“哦，回来！”花蕊又叫住了她，“宋太师回京多日，想必也到了西苑，即刻通传一下。”花蕊的话没说完，忽听门外内监官禀告说：“宋夫人求见。”

花蕊嫣然一笑：“真是巧了！”

“听说花娘娘回来了，永宁就赶着见您！”门外传来一阵爽朗的笑声。珠帘响动，走进来一位穿青色襦裙的娘子，三十多岁的模样，发髻堆云，笑靥如花，身后还跟着一位十四五岁的姣美小娘。花蕊起身迎接，刚伸出手，永宁便拜下身去：“永宁给花娘娘请安！”

说着她将身后的少女拉到跟前。

“芙蓉见过花娘娘！”

“原来是芙蓉，这气派气度，全不输给当年的永宁公主哪！”花蕊看着永宁，发自内心地赞叹道，只见她宽阔明净的额头上飘着几绺浅发，圆如满月的脸庞好像桃花般鲜艳柔嫩。这个名叫芙蓉的小娘，没有珠翠华服，只带着薄薄的笑意，却似刚出水的芙蕖那般清丽夺目。她是当朝检校太师宋延渥的长女，看得出由于自幼出入宫廷内苑，是个见多识广的小娘子。

宋夫人永宁公主是汉太祖刘知远的女儿，夫君宋延渥是大唐庄宗皇帝李存勖的外孙。当永宁公主第一次在西苑见到花蕊，看到丞相赵普亲自将她安置在稻畦轩时，立刻清楚地知道这是一个贵人。她很快理顺了这门沾亲带故的关系，并积极地上门结交，比起来，宋芙蓉就显得比母亲矜持多了。

“我一早来过，听说娘娘陪官家在东苑宴射，我跟芙蓉回园子耽搁了些时候。”

“啊，是的。”说到皇帝，花蕊有瞬间的出神，但她很快便将头转向永宁：“太师回京，明日可要入宫觐见？”

“御前童公公说，官家过几日才得空召见，夫君急着归镇，怕是见不着皇帝了。”

“可巧，明日我正好有空，让芙蓉陪我。你等等，我叫燕官给公公带个话儿。”

“哎！娘娘入宫是正事，芙蓉陪着怎么好？”永宁虽然窃喜，却也明白花蕊找芙蓉陪她的缘由，蜀主孟昶进京是惊动天下的大事，江南国主和其他称臣的各国都遣使到了开封，朝廷内外议论纷纷，只是没人敢在稻畦轩大肆谈论罢了。

正说着，珠帘外响起咯咯的清脆笑声。“娘娘，小七也想入宫！”话音刚落，一阵脚步声传来，一个七八岁的总角女童跑了进来，她身穿一身大红的衣衫，乌炯炯的眼睛显得分外聪慧，她说着说着就抱着花蕊的裙子好像糖粘子一样扭动。

“七妹！”永宁嗔怪着要拉开小童的手，被花蕊拦住。

“不妨事，官家事儿多，不一定得空。”花蕊说着抱起小童，敲了敲她的额头，“花娘娘最疼小七了，你愿意去哪儿都准！”

芙蓉看在眼里，微微倾身对永宁说：“阿娘，芙蓉愿陪花娘娘入宫。”

“太好了！我去尝尝宫中的麦糕是不是比王楼山洞的梅花包子好吃！”

“真是劳烦娘娘了。”永宁看着两个女儿在花蕊身边一左一右，高兴得不知说什么好。

赵匡胤在福宁宫接到花蕊请求面圣的奏报，正想着怎么找借口，随侍内监童应全说：“杂家这就回娘娘，官家政务繁忙，改日再行宣召。”

“慢着！”这还是花蕊进京以来第一次求见，赵匡胤不想拒绝，他说：“童应全，宣花蕊夫人滋德殿候驾！”

“花娘娘不适合此时入宫，臣弟去劝劝她。”晋王赵光义挺身而出，他虽不知道皇兄什么时候结识的这位花娘娘，但是看到赵普少有的殷勤，立刻想到了缺位的中宫，若由蜀主降妃乘虚而入，成何体统！赵匡胤不是不知道晋王的心思，想到是自己兄弟，顿了顿说：“花蕊夫人入宫，由晋王替朕召见，就这样吧。”

巍巍汴梁城，梵钟回响在浊云之下，微光沿着青色的坊巷瓦顶慢慢靠近皇城，带着尖利啸叫的狂风像锋利的刀刃般刮得脸生疼。

明德门外是宽阔笔直的天街，大陈马步诸军早已在天街左右排阵，零星的马车便被阻隔在横街小巷。正对着明德门的横街凹角处，阴影里停着一乘马车，帷幕往外掀开，有张稚嫩的小脸刚一露头，又连忙缩了回去。

“娘娘，他们是在皇城下办丧事吗？”小七从车内的缝隙往外看去，见宫阙之下停的车驾全都用白色帷幔遮盖，拉车的白马低垂着头颅，马背上披着白缎马衣，一群身穿素服、头戴纱帽的人，天不亮就跪在那里，不知已经跪了多长时间。

“素车白马，这是亡国之礼啊！”花蕊睁开眼睛，一颗未滴的泪挂在眼角，她伸出手去将帷幔又拉开了些。

三声净鞭隐隐约约从皇城内响起，文武百官身着朝服，幞头束带罗列着陆续进入明德门。朝廷通事舍人走到宫阙下，对那跪拜的领头人说了些什么，然后将他引导在宫阙下的表案前，面南向北站立着。

“是蜀主孟昶！”芙蓉脱口而出。

“小七知道他，阿耶讲过！”

花蕊没说话，只是用手拍了拍小七的肩膀，她看见李昊、孟仁贽和众官属依次排列在后，孟昶从李昊手里接过降表，跪到了案前。

孟昶瘦了很多，素衣将他的脸色衬得更加苍白，但是他的腰身依然挺拔，没有丝毫的佝偻。花蕊面无表情地看着他将降表高举过头授予合门使，然后还位序立，这中间看不到一点儿不耐烦，也看不到一丝痛苦和哀伤。“他被打倒了吗？”花蕊不由得颤了颤，感觉无比心灰意懒，“是被打倒了吧，否则为何连一丝挣扎也没有？”

第一道晨晖终于爬上了明德门的门楼，一纵列队慢腾腾地从明德门出来，走在最前方的是翰林承旨陶谷。

> 咨尔伪蜀主孟昶，克承余绪，保据一隅，擅正朔以自尊，历岁时而滋久。属王师致讨，察天道之恶盈，体此绥怀，思于效顺，尽率群吏，降于军门，现准行受降礼！

陶谷照本宣科，说完以后，居高临下地注视着孟昶。

孟昶在陶谷和睽睽众目之下，慢慢褪掉上衣，裸露出身体，由通事舍人将案上的碧玉塞入他的口中，双手反绑，跪在阙下。大风吹刮，素白的衣炔飘扬着，额前的须发不知什么时候已经开始苍白。

“不！”人群中爬出一个八九岁的小孩儿，他一把推开通事舍人，紧紧地抱住孟昶，一边伸手拔出他口中的玉石，一边将衣衫为他套上，哭喊着厉声大叫：“不许碰阿翁！”

“隆谂回去！”

“让隆谂替阿翁乞降！”孩子跪在陶谷的面前，学着孟昶的样子衔着玉石，脱下上衣，自己把双手反缚在背后。

表案前的眷属再也忍不住了，呜的一声哭了出来，宫阙下响起一片极度压抑的抽泣声。

马车帷幕后的小七看着这一幕，哎呀一声，指着身穿朝服的公人说："太过分了！人家已经携眷投降了，还要脱衣反绑！那位小哥哥是谁？还真勇敢呢！"

马车里的人全身颤抖着，就算攥紧拳头、咬紧牙关也控制不住泛滥的泪水，虽然没有发出声音，可是宋芙蓉能感觉到弥漫在狭小空间里的绝望和痛苦。她将七妹抱在怀里，紧贴着花蕊，不敢抬头看她的眼睛。

宣制释罪的仪式因为小孩儿的搅扰草草完毕，孟昶俯伏在地上，直到两个通事舍人将他扶掖而起，这才领着众官属三呼万岁。合门使承旨赐袭衣冠带，黄金鞍勒马、金器千两、银器万两、锦绮千段、绢万匹；又赐国母金器三百两、银器三千两、锦绮千匹、绢千匹；子弟及其官属袭衣、金玉带、鞍勒马、车乘、器币各有差别；另有遣使分诣江陵、凤翔赐其家属钱帛，疾病者给以医药等不足而俱。

孟昶再拜，三呼万岁，易服乘马，这才进入明德门。

随着马步诸军的列阵离开，天街又重新恢复了通行。

"入宫吧！"花蕊深深地吐了口气，声音喑哑而无力。

宫院殿堂无花无草，空无一木，马车顺着夹城直入宫禁。滋德殿是杜太后生前居住的宫殿，殿中陈设简朴，青铜长颈的仙鹤叼着御香，袅绕着朱红色的蟠龙柱。

晋王赵光义在滋德殿内来来回回已经走了无数遍，他奉命要将花蕊夫人留在滋德殿，可是已经辰时，这才听见合门使通传，心里大呼不妙。

"该见到的，还是不免看见！"他跺了跺脚，眼看着昂首步入殿堂的花蕊三人。

"廷宜拜见夫人！"赵光义这不是第一次看到花蕊，眼睛依然被那炫目的光芒灼了灼。面前的女人已经年过四旬，但岁月除了增加她的风姿，并未在她身上留下半丝痕迹，在织锦罗裙的层叠簇拥下，堆云的发髻梳篦光彩熠熠，白瓷一般的面庞端庄和煦。

“夫人请！”赵光义顾不得她身后还有两位小娘子，抬手将花蕊迎入殿中，“孟公在明德门外授表乞降，此番大义之举，想必夫人已经有所耳闻了吧？”

“对亡国之君如此毁辱，赵官家的心胸不过如此！明德门下不知还有多少国主的眼睛在看着呢！”花蕊口气平淡，心情却很复杂。她想到在蜀境迎她的车驾，想到朝光说青衫不忍她受亡国之辱，今日亲眼看到，除了痛心，更对皇权有了新的认识。

赵光义搓了搓手，不以为然地笑了起来：“这受降之礼也是那些翰林的书生按前代的仪制草定的。何况朝廷已经慷慨安抚了孟公和百官臣僚，一律重赏，加官晋爵。怎么说皇兄的胸襟都是举世无双的！”

“只怪蜀中无人。”花蕊叹了口气，心想当初那个跟世宗叫板说“朕为天子祭祀天地时，你还在江陵贩茶当流寇”之人，今日又是以怎样的心情承受这套令人羞辱的献降礼的呢？她转过身去闭上了眼睛，不愿多想。

“夫人不必责怪孟公，本王倒觉得他是个务实的人，虽然蜀地文治堪称天下之首，但据险偏安，隔绝华风，化外而治不是长久的办法。”赵光义笑着说，“就算他做不成大蜀皇帝，但依然是大宋显官。今日崇元殿行册封，他授任检校太师兼中书令，封秦国公，怎样？夫人对官家的安排还满意吗？”

花蕊心有戚戚然，民间曾谣传汴州的八作司在汴水岸边修了庄园，五百多间殿舍均为孟蜀宗族而建，如今谣言果然应验。赵光义的话让她的内心暗涌澎湃，因为循例按礼，她依然还是孟昶的眷属哪！

这么想着，蓦然抬眸，正遇上赵光义那道闪亮如电的目光，不知道他究竟盯了自己多长时间。赵光义原本也生得高大健壮，却比皇兄赵匡胤多些书卷气，鼻梁高直，浓眉下有双黑白分明的眼睛，似乎刻意将刀刃般的精芒收敛着，才显得英俊温雅，此间锋芒毕露，倒让花蕊暗自一惊。

“晋王刚才说什么？今日崇元殿受降，花蕊理当在场。”

“夫人是官家长姐，那些烦琐的受降礼就不必参加了吧！”赵光义变得不耐烦起来，按照他自己的主意，花蕊就该去崇元殿坐着，看来皇帝是真的有了什么想法。

花蕊听见他语气不耐烦，便拿出行走江湖的说辞来：“花蕊感恩官家体恤，朝中有要事还劳烦晋王特意召见。宋太师入京未曾面圣，又急着归镇，我带两位小娘子入宫瞧瞧新鲜。小七还嚷着要吃御厨的麦糕呢！”

小七早就被压抑的气氛憋坏了，听花蕊这么说，立刻开心起来：“姐姐小时候吃过，小七也想吃。”

“七妹想吃，要看官家舍不舍得，崇元殿里倒多的是！”芙蓉趁势也说了句玩笑话。赵光义哼了哼，眼睛落到芙蓉的脸上，花蕊看着他的眼神揣摩了三分：“崇元殿里在说正经事儿，哪儿允许你们胡闹！”

“正经事儿在明德门都说完了，等会儿都聚在崇元殿里头拉家常。”赵光义说着，对花蕊拱手道，“本王去回禀皇兄，明日设宴大明殿的时候再宣夫人前往吧！”

“多谢晋王！”花蕊虽然含着笑，眼睛却冷冰冰的，直到看着赵光义的身影消失在殿外，这才敛了嘴角的笑意，蹙着眉头返回。

芙蓉走到花蕊跟前，悄声说：“想进崇元殿好办，听我的！”

花蕊还未回答，只听小七鼓掌说：“好啊，小七什么都听你的！”

崇元殿的丹樨下，序列站立着身穿紫、绯各色朝服的官员，他们手执笏板静静地等候着。

正殿月台沿着红墙到墙角，立着一尊日晷，晷针这个时候正指向巳时，巨大的汉白玉石圆盘下有道影子在晃动。顺着红墙到墙角旁有通往夹城的小门，小七在门内露出头来往外探了探，立刻转身招呼道：“来了，来了！赶快！”

红色小门内鬓影微闪，花蕊和芙蓉袅袅婷婷的身影便出现在月台上。正在这时，只听崇元殿前的丹樨下，群臣高呼：“吾皇万岁！万岁！万万岁！”

山呼之声响彻云霄，执御仪仗由数百位宰执侍从簇拥着，沿天子御道缓缓而来，黄罗珠蹙的金交椅上稳稳当当地坐着当朝天子赵匡胤，他身穿衮龙衣、绛纱袍，头戴通天冠，皮肤紫红，眼神飞扬，流露出和悦的仁君气度。

花蕊不由得加快了脚步，亟亟往正殿的月台走去。芙蓉和小七跟在她身后，刚走到日晷前，只见影子一闪，石盘后慌慌张张地跳出一个小孩儿。他皮肤通红，满头大汗，连头巾也散开了。他对着芙蓉喘了口气，展开双臂拦在众人跟前："父皇要在崇元殿升宝座，我们去别的殿藏猫猫。"

芙蓉笑着抹了抹他脸上的汗，又把头巾给他重新系好，温和地说："小德芳，今天花娘娘要见皇帝，拜托你在升宝座前带着我们进去啊！"

"不行！崇元殿里议的都是朝廷大事，我不能去，更不能带你们去！"

"你不去，怎么知道如何当一个好皇帝，怎么知道我们大宋朝为何能够国运昌盛、四海臣服呢？"芙蓉这么说，德芳倒是听得怔住了，小七趁机用双手紧紧拉住他的一只手，左右甩着央求道："德芳哥哥，带我们进去嘛，明天陈国太妃游幸玉津园，我教你插秧好不好？"小男孩儿想了想，直起腰板儿咳嗽了两声说："好吧。平常父皇都从后门上殿，今天破例走天子御道，我们正好悄悄绕过去。"

沿着红墙走到崇元殿的后门，数十位殿前侍卫手持长斨站在门口，赵德芳停下来叮嘱道："一定不能乱讲话，千万不要惹父皇生气。"

"小德芳是皇帝陛下最喜爱的皇子，就算生气也不要紧吧？"花蕊蹲下身子，把他的衣袍理顺整平，"我们赶在升宝座前进殿，让花娘娘跟官家说，没事的啦！"

赵德芳不认识花蕊，不过他熟悉芙蓉和小七，他看到两人对花蕊毕恭毕敬的态度，又听到她动听的声音，顿时生出好感来。他点点头，大摇大摆地走上前，面对殿前侍卫的长斨，毫不犹豫地说道："本皇子有要事觐见父皇，让童应全出来！"

殿前侍卫不敢多问，一名御卫走入殿中，不一会儿就听童应全哎哟一声，从门内扑上前将赵德芳揽在怀中说："原来是四皇子！"他看到赵德芳带来的花蕊与芙蓉、小七三个人，大惊失色道："四皇子别开玩笑，崇元殿这就升宝座了，带人进去会杀头的！"说完还比画了个抹脖子的动作。

赵德芳严厉地说："我有要事面见父皇，耽误本皇子的大事，第一个杀你的头！"童应全看到花蕊站在身后，掂量不出事情的深浅来，只好打恭说："花娘娘，你看……"

"童公公放心，孩子们想见识朝中盛会，官家不会责怪的。"

童应全无奈地点了点头，平常外朝臣工都在殿外恭候，等升完宝座之后才会奉召入殿。他想，万一皇帝怪罪下来，还有时间解释。

此时，皇帝的御座在朝臣夹道中缓行。赵匡胤显得很兴奋，他昂起头，努力保持着矜持庄重的姿势。崇元殿中宝座南升，轴帘却扇，殿前祇候吆喝着簇拥扶策，赵匡胤从金交椅上走下来，步履矫健地朝御座走去。

屏风后忽然响起一个声音："臣花蕊叩见陛下，吾皇万岁，万岁，万万岁！"

赵匡胤眉心一蹙，头也不转，厉声呵斥："童应全，你好大的胆子！闲杂人等统统出去！"童应全扑通一声跪在地上大呼："小人该死，小人该死！这就请夫人出去。"

赵德芳也吓得哆嗦了一下，花蕊拉着赵德芳的手，不紧不慢地问道："不知陛下所说的闲杂人等是哪些？"

赵匡胤转过身来，看着花蕊，没有作声，他心想，今日崇元殿召见蜀地降臣，花蕊自然不能算作闲杂人等。赵德芳虽然浑身哆嗦，但也勇敢地咬紧牙关跪下来，一字一句地说："儿臣不是闲杂人等，儿臣想跟着父皇学做好皇帝，学习父皇如何将我大宋治理得国运昌盛、四海臣服。"

赵匡胤的眼睛闪了闪，紧蹙的眉心也舒展开去，他问花蕊："夫人教的？"

花蕊摇了摇头，指向芙蓉说："花蕊带宋太师家的芙蓉和小七进宫，误入崇元殿，刚才那番话就是芙蓉对德芳说的。"

芙蓉从入殿开始，就一直睁着大眼睛看着皇帝，她从来没有这么近距离地接近过名动天下的赵匡胤，整个崇元殿都汹涌澎湃着他的气息。可是赵匡胤的眼睛始终停留在花娘娘的身上，她决定要给赵匡胤留下一点儿印象，于是她福了福身，直起腰板儿说道："陛下，芙蓉也不是闲杂人等。"

"哦，怎么说？"

"孟蜀乞降开启陛下一统天下的序幕，中原割据，兵连祸结，蜀地既收，次及广南江南，如此一来，国用富饶，陛下大业指日可待！芙蓉若能亲耳聆听，必将终生无憾，请陛下给我们这个机会。"赵匡胤笑起来，他想起很多年前自己仿佛也说过同样的话，于是他点点头说："很好，不错！"芙蓉听到他的赞赏，桃花般粉嫩的脸忽然红了一片，目光变得灼热起来。

"那么你呢？"皇帝似乎兴起，又看着小七问。"小七想见见明德门下的那位小哥哥，还想吃官家的麦糕！"小七天真烂漫，认真地回答皇帝的问话。"明德门的小哥哥？"赵匡胤当她小孩儿心性，并没有在意，"宫中糕点多不胜数，你随意取用便是。"

花蕊的目光落在小七身上，心想只道隆谂是玄喆的孩子，自己未曾留意，这么个小娘子却第一眼就留了心，孟家的后辈里总算有个像样的男儿了。

"童应全！"皇帝宣旨，"殿前单设席台，赐座花蕊夫人，三个孩子在屏风后赐座！"

芙蓉拉了拉花蕊的衣袖，她这才回过神儿来领旨谢恩。

赵匡胤端坐到御座之上，殿前祗候高声传道："宣！"立刻便有数百名侍卫手持长渐列阵殿下，诸军军史依次排于东乡，文官丞相以下列于西乡。丞相赵普、晋王赵光义、太师宋延渥等赐座席台，与花蕊所坐的席台相向而对。赵光义见花蕊毫不避讳，明白她此行早有谋划，拦是拦不住的，于是微微颔首以示招呼。

花蕊没有看见，因为宣徽使正在承旨唤孟昶升殿，通事舍人将孟昶和众蜀臣从东阶引入殿门外，宣徽使恭迎着来到御座前鞠躬行礼。花蕊的目光一刻也没有从他身上挪开过，他已换上了御赐的紫色朝服，头戴漆黑的幞头，他笔直地站在殿下，神情平静，跟先前别无二致。他手持雪白的象牙笏，因为不熟悉，好像还拿反了。

花蕊的心揪了起来，只听祗候宣："赐法酒！"诸蜀臣全都伏身抑首，以孟昶为首，按照尊卑依次奉觞上寿。诸蜀臣罢酒后，俯身跪在殿下，宣徽院使宣赦道：

> 门下：伐罪吊民，所以昭宣王略；眚灾肆赦，所以荡涤群非。稽有国之旧章，盖哲王之能事。朕飞龙抚运，跃马兴邦。虽禹别九州，尽为王土；而蜀川一境，犹隔华风。天兵飞渡于剑门，蜀主哀号而纳款。念其生聚，曲为保全。宜推旷荡之恩，用慰伤残之俗，易苛政以平恕，革重敛为轻徭。用举宏纲，正我王度……

花蕊看到孟昶微垂的头颅，看到孟仁贽、李昊、欧阳炯、伊审征、幸夤逊、范禹偁等人面无表情的脸，忍不住冷笑起来，好个哀号而纳款！她想起经过汉州时，驿站内说起伊审征乞降的快马。"发兵剑门关的时候也没跑这么快！"当密密麻麻的难民跪满官道，悲惨地高呼"陛下，千万不能丢下我们"的时候，这些饱食的君臣居然哭着喊着向大宋朝表示臣服归降！

"……乐予景运，当庆新恩。告示一方，咸知朕意。"赦书宣读完毕，孟昶领着蜀臣再次跪拜谢恩。赵匡胤慢慢起身，踩着红毡一步步来到了孟昶跟前。

"孟卿请起！"赵匡胤躬身扶起孟昶，两人四目相对的瞬间，他被那鹰隼一般锐利的目光狠狠地刺了一下。这是赵匡胤第一次如此近距离地和孟昶对视，只见他脸色苍白、神情肃穆，双眸直直地盯着自己，那眼神不卑不亢，无悲无喜，端庄而明睿。这样的神态跟玉津园里的花蕊何其相似，一股不可捉摸的战栗从胸膛遍布全身，变成了一股莫名的怒火，让他的笑容僵在了脸上。但他立刻意识到自己才是天命所归的皇帝，是协和万邦的君王，岂能在降臣面前失了气度！

于是他深深地吸了口气，朗声说："蜀地孟氏僭窃帝王位号，本应兴戎削平，但孟公率蜀中官吏抗着亲笔陈奏请命于天阉，朕念你及时悔悟，甚感欣慰，特赦你的罪孽。从今往后侍奉内朝，可开府仪同三司，检校太师兼中书令、秦国公，给上镇节度使俸禄。其余臣僚职务，再行除拜。”这些话半文半白，也不知他私下念过多少遍才能一本正经地说出来。

孟昶垂下眼眸，鞠躬道：“罪臣孟昶领蜀地弟子，谢陛下隆恩！”

“赐席台就座！”赵匡胤不怕遵循规矩的君子，他笑了起来，坦然放开双手，示意孟昶入座。花蕊见此情形，一股热血从胸膛直冲头顶，喊道：“慢着！”

孟昶顿了顿，眼睛却没有看向花蕊，而是垂着眼眸退回到序列中，倒是孟仁赟睁大眼睛，欲言又止地看着花蕊。

“雅王！”花蕊叫着孟仁赟在蜀地的爵号，从席台走出来，看到孟昶在刻意回避她，她便径直走到了孟仁赟的面前：“雅王，你告诉我，为何区区六十六天，蜀朝就崩溃至此，十四万禁军无一发箭，蜀地丰衣美食温养几十年，男儿们都去哪儿了？”

孟仁赟双手托举着酒觞，微躬的身体在发颤，鬓角的青筋凸起，他没想到花蕊胆敢当着赵匡胤和诸位朝臣的面儿如此逼问。他是个性格温和的君子，说不出冠冕堂皇的假话，但真话更不能在这样的场合说出口，只能双目怒视着她，好不容易才从齿缝中挤出一句：“妇孺之见！”

殿内传来嗡嗡的议论声，赵匡胤已经重回御座，此时，他将双手插入袖笼中，用一副饶有兴趣的样子冷眼旁观。

“蜀国哪里没有男儿！”孟蜀的工部侍郎幸夤逊朝着花蕊怒吼，他的怒火也在心里压抑了很久，快要爆发了。看到花蕊这般居高临下，如此咄咄逼人，他终于忍不住跳了出来：

“剑门关破的那天，罗城百姓群情激愤，蜀中学馆罢课停学，就连大圣慈寺的不归大师也脱下袈裟，怒斥宋军的不义！这是蜀地没有男儿吗？”

“不归？”花蕊转头望着孟昶，却见他紧紧地闭上了眼睛，“还有呢？”

幸夤逊豁出去了，他鼻翼阖张，瞪着眼睛大声说：“高将军自焚殉国，王执事重伤被俘，不归大师身祭江山，蜀中男儿岂像你说得这般不堪！”

“你说什么？”花蕊后退了两步，抵在席台边缘，“身祭？”她浑身颤抖着，脑海中一片漆黑，大滴大滴的眼泪毫无征兆地流出眼眶：“高将军自焚殉国，王执事重伤被俘，不归身祭江山，你们呢？你们在做什么？”

大殿之中静谧无声，花蕊一边说着，一边从孟仁蛰、李昊身前走过，她细细地打望着他们，打望着殿下的欧阳炯、伊审征、范禹偁……这一个个模样都差不多，头戴幞头，身穿银丝朝服，他们的眼睛，全都被泪囊挤成了小缝儿。因为经年的富足温养，他们那微微水肿的脸庞显得祥和慈善，却同样弱不禁风。

悲怆和荒凉的情绪如巨浪般席卷着花蕊的心，她仰着头，将盈眶的眼泪咽下，怒目呐喊：“不归啊，不归！李氏先祖避乱入蜀，你曾醉入花间，却始终志业尧舜，想想青城山下胜友如云，高朋满座，你以阮籍狷狂，学贯古今！你若有灵，可知你空有卧龙之才，白负一腔英魂！你的死没有将他们唤醒！偌大的蜀地之境啊——”花蕊的眼光如霜刃般，咄咄逼视着前方的孟昶，“君王城上竖降旗，妾在深宫那得知？十四万人齐解甲，更无一个是男儿！”

“十四万人齐解甲，更无一个是男儿……”这声音在殿宇的穹顶震颤，鼓动着每个人的耳朵，像利剑一样穿刺着蜀臣的胸膛。

孟昶已经咬破了嘴唇，口中全是血腥的味道，他闭着眼睛，一言不发。

孟仁蛰喃喃重复着花蕊的责问，无法自持地踉跄了几步，被幸夤逊扶住才勉强站稳脚跟，强忍悲愤连连说了几个“好”字，便泪雨滂沱，更没有力气再说些什么。

在座的宋臣已经被眼前的情形惊住了，不约而同地看向御座，皇帝赵匡胤眯缝着眼睛似笑非笑，他看着这一切，毫无动作。晋王赵光义扯了扯嘴角，若无其事地端着酒觞自酌，他心里明白，花蕊迟早要在殿前发作，这是她处心积虑的谋划。既然皇帝已经暗许，便只静观其变就好。

幸夤逊在蜀地是个出了名儿的直言敢谏之人，这首诗让他勃然大怒，他大吼了声：“花娘娘，你欺人太甚！”

花蕊看着他没说话，脑子里一直闪回着不归的影子，痛苦、愤怒、凄怆和绝望占据了她的心胸，所有的指责和逼问统统没有了任何意义。

赵普觉得不成体统，他看了看御座上岿然不动的皇帝，强忍着不快说：“诸位蜀臣且消停吧，官家不咎你们失敬之罪，还想大闹御殿吗？”

幸夤逊咬了咬牙，三步并作两步要跨上前，被旁边的鸿胪寺卿范禹偁使劲儿拽住。他的身体已经被拖回队列，又挣扎着奔出来，口中直嚷：“幸某深受皇恩，为国舍命是理所应当的事儿，可是天家仁厚，不忍兆民离乱，得赵官家允诺而臣服。然臣等赶赴汴州时，王全斌和麾下将帅正日夜宴饮，不恤军务，纵容部下掳掠百姓的子女货财，蜀中苦不堪言！赵官家不能坐视不理啊！”

“蜀地东有长江天险凭依，北有米仓山刀斧峭壁，蜀地的富强，是让孟蜀后代苟且偷安的吗？十四万人，六十六天啊，蜀人之苦不就是你们造成的吗？”花蕊听到幸夤逊的话，怆然泪下，她没想到孟昶居然容忍宋军在成都府败政。在她的预料中，蜀地固守三年，甚至十年都不成问题，哪儿知道才六十六天。

“正是为了百姓，为了蜀境安危，为了宗族百人的安泰考虑才这样做的，娘娘与陛下相知多年，你何必咄咄逼人呢？”孟仁贽看着孟昶苍白无色的脸，忍不住辩解起来。

“十四万人解甲，区区数万人的军队就让蜀地万劫不复！我朝高祖皇帝浴血一生才建得大蜀基业，居然就这么葬送了啊！”幸夤逊挥着长袖仰天痛哭，“但凡蜀中还有一星半点儿知恩知耻的勇士肯同仇敌忾，幸某也愿誓死抵抗，王全斌的几万大军算得了什么啊！”

赵普见他越发疯狂逾礼，皱着眉头向殿前诸君侍卫使了个眼色。幸夤逊话没说完，已经被打翻在地，十多支长斨架在他身上。赵普站起身要治他的咆哮之罪，却听御座上的赵匡胤拍着龙御扶手，哈哈大笑起来，郎朗的笑声盖过悲泣号哭声，这让崇元殿的人感觉莫名其妙，都不约而同地转向御前。

幸夤逊跌坐在地，抬手抹了抹嘴角的血痕。

花蕊看着赵匡胤说："败者为寇，赵官家在看我等的笑话。"

"哦，不，朕不是在笑夫人，也不是在看诸位的笑话。只是这位幸某人实在滑稽，让我忍不住笑出声来。"赵匡胤捏了捏下颌，勉强止住了笑意，对殿前侍卫摆了摆手，示意他们退开。幸夤逊怒目圆瞪，他盯着赵匡胤说："幸某身为谏臣，可杀而不可辱，在大蜀朝，即便是皇帝也不得羞辱我！"

听到这话，赵匡胤立刻正色起来，他清了清喉咙说："朕虽然忍俊不禁，却没有羞辱你。你的降表还在我手上，前脚在御前乞求宽宥，后脚又大呼小叫着要誓死抵抗，难道不好笑吗？"幸夤逊气愤地说道："赵官家只管笑吧，蜀境叛军十年不破，你就知道幸某到底有多滑稽了！"

赵匡胤说道："嗯？说清楚！"

幸夤逊闭口不答，孟仁贽等人也都垂头不语，赵匡胤眯着眼睛看向赵光义，冰冷的眼眸犹如霜刀寒剑，他怒喝道："晋王！"

赵光义上前一步，拱手启奏说："王全斌在蜀境确有不当之举，臣在二月里收到曹副使的奏疏，进谏陛下诛杀降王，以免日久生变。当时陛下说，守千里之国，战十万之师，如今被我擒获乞降，孤身远客的，能有什么变故呢？可是曹副使密报，蜀将全师雄打着'兴蜀'的旗号反叛，恐有背后操纵……"话说了一半儿，他的眼睛看向光线明亮处的孟昶，厉声喝道："孟公修书降表到御前乞求宽宥，却刻意隐瞒蜀将谋反之事，居心叵测，该当何罪？"

孟昶躬身一揖，说道："王全斌克扣降卒粮饷，致使兵变，陛下需按律处置，叛军自会即刻随军乞降。"

花蕊心惊肉跳，没想到自己入京这几个月的时间，蜀境的状况居然天翻地覆。她咬着嘴唇望着孟昶，见他岿然不动，脑中如沸水翻腾，如果说刚才的怒极是内心愤恨的发泄，此时听完殿前的争执，她全明白了。化外而治办不到，他这是心存一线希望选择臣服赵匡胤，希望他能保证孟氏宗族的安稳，希望能让蜀境避免陷入战乱，希望赵匡胤延续自己的政治理想，若希望破灭，他定然不惜拼死。王全斌的所作所为让蜀人厌恶，君王的承诺未必可信。孟昶这样一个务实的人，他的考量必然更为周详，所以他很有可能在孟仁贽北上的时候就已经授意全师雄前往绵州，去那里动员将卒扯起反旗，他步步为营，且看赵匡胤如何应对。

赵匡胤在御座上沉默着，手指若有若无地摩挲着龙椅的扶手，群臣都在打量着皇帝的表情和动作，知道此时应该让蜀臣和花蕊夫人回避才是。可是赵匡胤没有任何示意，他们便不敢擅自出声。崇元殿内安静得只剩下呼吸声，只见赵匡胤站起来缓缓走下御座，走到花蕊的跟前停顿了片刻，又来到孟昶跟前，他用沉稳的声音说："孟公不必多虑，朕的赦书承诺得明明白白，王全斌也会按律处置，绝不食言。"

"臣请陛下保全蜀军眷属，不可在蜀境大开杀戒。"

"好！朕准请。"

说完他又走到幸夤逊面前，向他摊开掌心说道："幸卿自认深受孟蜀皇恩而不惜为国舍命，朕感念你一片赤诚，身为降臣依然不失抗节致忠之志。蜀境富硕远超中原各地，许多百姓并不愿意回归中土。但各位臣工是国之栋梁，你们是否细想过，不论蜀地还是江南，其富裕和崛起本就是机缘巧合，如果没有中土崩裂，何来据险偏安？朕既受命于天一统中原，蜀地和江南各地便不能化外而治。况且，此番伐蜀并非朕意主动。没错！朕再等十年、二十年也无妨，中土欣欣向荣，百姓是否会争先恐后地投奔东京，就像当初天下名士避祸于蜀地一样呢？孟公与河东刘钧互通蜡书，欲起寇戎在先，朕乃顺应天道而已。幸卿你说，你所谓为国舍命，为的是哪一国？你所舍弃的性命是否值当？后世评说尔等的时候，到底是重如泰山还是渺如蝼蚁呢？"

幸夤逊深知祸从口出，早已将生死抛诸脑后。在他低垂着头颅不语的时候，赵匡胤又振奋着高声说道："北方，契丹还占着我幽云十六州，晋阳刘家自诩皇嗣，居然寄生于蛮族卵翼，时常虏骑入犯。为君者，卧薪尝胆所念想的，难道不是振兴华夏中土，平息我自家内乱，召全国忠虎之师与蛮族对决，一致对外吗？”

孟昶抬眼望着赵匡胤明亮的目光，不易觉察地吐了口气。

幸夤逊心想，此人果然有些雄才大略，见到赵匡胤这般豪放自信，心里的防线忽然松动，因为抗拒而显得僵硬的肩膀松弛下来，在那道灼人的目光的注视下，他不由自主地点了点头，口中说道：“陛下说得不错，可知孟公也有这样的心意！”

赵匡胤笑道：“既然孟公与朕心意相通，今日殿前且话家常，来日再临幸汴水，把酒交心，如何？”这番话在情在理，孟昶唇角微动，低声说：“罪臣谢主隆恩！”

38. 青梅煮酒论英雄

入夜，花蕊的心里依旧汹涌澎湃。

“三郎，不知怎么样了……”她撩开帐幔，走到窗前，牡丹含着夜露垂坠，鸿雁在天空凄鸣而过，月色之下，稻畦中的秧苗儿随风轻摆，偶有蛙声阵阵。

“即便明白他未曾屈服又怎样，近在咫尺又怎样呢？”江陵的大火无法在她的脑海中熄灭，不能亲手杀了他告慰父母，已经让人心力交瘁。她感到愤怒，可没有愤怒的情绪，自认屈辱，却没有屈辱的理由，煎熬让人绝望，她想到了死。“花蕊啊，你曾游历天下，自认通透明理，为何会落到这般境地哪！真正的可怜人是你自己啊！原本以为宣华苑是家，家没了！以为蜀地是国，国亡了！玄宝早已离去，如常遁入空门，连守护自己的师父也坐化了！赵光义说得没错，三郎不做大蜀皇帝，依然是大宋显贵，他有汴水岸上的五百楹府邸，还有血脉相通的两百族人。可是你，真的什么都没有了。”崇元殿上有失体统，她想说的都说了，说出那些话的时候，孟昶自始至终都没有看过她一眼，哪怕是丝毫的注目都没有！但她的内心何以如此忐忑，孟昶的面孔在眼前闪烁，仿佛在无声地微笑，他问她：“好个‘十四万人齐解甲，更无一个是男儿’！蕊儿，你在殿前可否想过，于国，你身为慧妃弃国而走，于家，你是站在大宋的朝堂上质问夫君啊！”

她不能再想了，否则会发疯！不知道除了死亡，还有什么办法能得到解脱。锐利的匕首已经握在掌心，只需捅下去，尘世的过往便一笔勾销：

“来世，蕊娘还在青城山下，离堆旁，就在那里等着，等着仁赞哥哥背蕊儿回家……”

“夫人！”

侍女燕官不知什么时候来到她的身后，花蕊愣了愣，默默地将匕首拢入袖中。

“殿外有位公公求见。”

“我已经歇下了，明日再来吧！”

“不是宫里的人。”燕官低声说。

花蕊眉心一跳，立马提高了声音：“人在哪儿？”

走出稻畦轩，凉风一吹，花蕊头脑中那些自伤自怜的哀思全被抛到了九霄云外，她又变回了那个躬全懿范的花娘娘：“富贵，是你吗？”

“夫人！”来人一身灰色襴袍，大喊一声，扑倒在地，正是孟昶的随侍内监鲁富贵。

“富贵……”花蕊全身发抖，想到可能是孟昶出了意外，话也不利索起来，“你，你怎么来了？”

“夫人！富贵差点儿见不着你们啦！”富贵一把抱住花蕊的裙裾失声痛哭，“臣今天刚到开封，还没来得及见到天家，这就匆忙赶来见你！”

花蕊觉得意外，富贵居然没有跟随举降的队伍来到开封，她问：“你去做什么了？”

“天家离蜀的时候，命我拿着龟符回宫，他说有部分禁军受令助全师雄起事，还有将近三万的禁军在夹城内保卫宫禁。天家命田敬全打开宫门迎王全斌部署入宫，命孟九去绵州通知全师雄，领麾下各属县全部归降。可是……”富贵说不下去了，又呜呜地哭了一阵儿，好不容易才停下，继续说：“富贵亲眼看到宋军屠城！田都统和他的两万多禁军全被烧死，那一夜夹城就是人间地狱，好惨呀！”

“屠城！”花蕊大吃一惊，“今日在殿前，三郎请求皇帝保全蜀军眷属，不可在蜀境大开杀戒，赵匡胤爽快地答应了的呀！”

“赵匡胤就是天底下最大的骗子！”富贵怒骂着说，“他连最卑鄙无耻的事情都做得出来，还有什么事儿干不出来呢！想当年，富贵还当他是个真英雄，狗屁英雄啊！娘娘，你可再也别待在这里了，跟我回去吧！”

花蕊冷静下来，心想，屠城的事儿皇帝未必知道，不过他总会知道的，于是她问道：“富贵，你是怎么逃出来的？”

富贵擦了擦眼泪说：“臣跟着孟九在凌烟阁的房顶上喝醉了，醒来的时候就发现火光冲天，大内的两万七千禁军啊，机弩架在城头，一个也没逃出去，呜呜呜……臣熟悉宣华苑的水路，九死一生才出了宫。孟九去绵州找全师雄，我在华阳等了半月，听说全师雄领兵十万攻克彭州，他杀死都监李德荣，号称兴蜀大王，兵临成都城下。我找到孟九，他已经投奔全师雄，说宋军不义在先，所有义军宁死不降！各方州县纷纷起兵响应，我只好独自从峡路入水，到夔州的时候，听说西川已有十六州兵变，全师雄可能会重新收回蜀境。”

“到底是蜀中男儿……”花蕊若有所思，她对富贵说，“从来没有贪生怕死的蜀人，为了保卫自己的家园，他们会像洪水一样轻易冲翻船只。”

富贵觉得好像在哪里听过类似的话，心里有些激动，亟亟说道：“如果天家知道，一定不会留在开封府了！我刚到汴水岸，见到了烟柳，她说天家回府吐了血，派我来玉津园找娘娘，求您回去看看吧！”

“三郎他……”花蕊的心紧紧地纠着，她告诫自己不能冲动，孟昶气急攻心，自有韩保升照料，无谓再去看上一眼，“今日他已受了册封，再也不是你的天家，而是大宋的秦国公了。”

“娘娘！”富贵很失望，但他并不介意花蕊的冷淡，“求您跟富贵回去吧，天家醒来，看着我们都在身边，指不定会高兴成什么样子！”

“我就在这里住着，你回去吧！”

“娘娘还是不肯原谅天家吗？剑门关破那晚，他可是哭着听您弹了一宿的琴。”

“是吗……”花蕊似乎有所触动，“可惜，蕊娘与他缘分已尽，再也没有办法一起生活啦！”

“娘娘——”富贵痛哭流涕，他责备自己没有能力说服花蕊，不能给予汴水岸府邸期盼的人一份惊喜。

孟昶在昏暗的晨晖里醒来，感觉自己像在血水里泡过一样，他眼窝泛青，两边脸颊隐约透着不正常的红色。恍惚中他听到屏风外的低泣，床前却只有韩保升一人随侍，因为通宵未眠，他已双目通红。

“……旧疾沉珂罢了，不要自责。”孟昶的声音还像往常那样浑厚。

“天家，哦，孟公……任何英豪也无法抵御病痛，孟公千万不能等闲视之。”韩保升内疚地跪在地上，低垂着头颅，“不过你现在这般精神，太后会感到欣慰的。”

孟昶坐起身，屏风后有内侍禀告：“宫中童公公来了。”说完，便捧着衣冠带履走到床榻边，孟昶咦了一声，定睛一看，大呼着问：“富贵！你什么时候回来的？”

“嘿嘿！”富贵挠了挠头，“昨夜刚到开封，幸亏老祖宗还认得我。”

孟昶穿戴齐整，亲自出府迎接童应全，在宜芸轩奉了茶。

原来是皇帝赵匡胤宣国母李氏乘舆入宫。

李氏换了朝服，身穿御赐的凤冠霞帔，一路打扇鸣锣浩浩荡荡地从朱雀街直往宫城。

大明殿的东阁红烛高照，四面巨大的屏风置于房阁的四角，北方玉屏的下方端坐着一位秀美忧郁的贵妇。童应全扶着李氏款款步入殿阁内，却见到是花蕊坐在房中。

李氏满脸愤懑之色，顿时停下了脚步。

花蕊一见李氏进门，立刻起身恭恭敬敬地迎她上座。

“臣妾花蕊恭请母亲圣安！”花蕊后退两步，认认真真地叩了头。李氏端坐受礼，嘴里轻慢地说道：“老身不敢当，起来吧。”当日花蕊从昭觉寺北上，孟昶却始终三缄其口，不愿多谈，李氏心存许多疑惑。来到东京后，听说她被安置于城南玉津园，李氏便认定花蕊是见风使舵，弃国而逃，烟柳不敢隐瞒，将花蕊和皇帝赵匡胤早年的旧事和盘托出。太后揶揄道：“夫人既是赵官家的长姐，老身自当称呼你为长公主殿下，孟氏一族恐怕消受不起如此尊贵的媳妇儿呢！”

花蕊刚坐下来，听李氏这么说，赶紧再度起身：“母亲……”

费氏与孟氏的纠葛追溯起来是因高祖而起，自古以来，父债子偿天经地义，却没有要婆婆担负的道理。花蕊想起平素李氏对自己的疼爱，心如刀绞，剩下一些话都不知道该从何说起。

正在这时，只听殿外祗候高喊：“皇帝驾到！”话音刚落，屏风外就响起了嗒嗒的脚步声。“母亲这么快驾到，原谅朕来迟了！”赵匡胤的声音由外而内，亮如洪钟。花蕊起身迎接，好像有阵风刮过，只见赵匡胤身穿一身绛紫袍，头戴幞头，脚踢革靴，咧着嘴就进了房阁。

李氏拄着蟠龙杖，站起身来，同花蕊一起福了福身，说：“臣妾恭迎陛下！吾皇万岁，万岁，万万岁！”

“哎！蜀地归于正统，朕与孟公便亲如兄弟，母亲何必客气！”赵匡胤虽然年纪越来越大，又做了皇帝，但那股新鲜独特的江湖气息依然保留着。

童应全献了茶，赵匡胤特意亲手奉上，说：“母亲入京已有些许时日，朕杂务缠身，没有及时拜见，还请您不要见怪。汴水狭隘，不比大江广阔，母亲可有水土不便？”

李氏对于赵匡胤的热情有些不适应，孟昶自小就是自律而寡言的人，对她来说，接触这样雄姿赳赳的武人已经是很多年以前的事儿了，她忽然有些感怀，大蜀朝正是缺乏这样大气恢宏、龙腾虎跃般的领袖！

赵匡胤见她微微叹气，关切地说道：“母亲平素要善自珍重，不要忧心伤神，若您怀念乡土，过些时日我便送母亲回去！”

李氏问：“陛下想送臣妾去哪儿？”

“当然是归蜀啊！”赵匡胤目不转睛地看着李氏说，“蜀地确实还未太平，不过王师很快会再度临境，请母亲放心，朕不会让蜀地久陷战乱的。”

李氏冷笑道：“臣妾原是太原人，年纪轻轻就离开故土，倘若能够归老并土，也算是了却了一桩心愿。”花蕊在旁听出弦外之音，太后这是揶揄皇帝无法削平契丹卵翼之下的太原府，只能惦念国富将弱的蜀国疆域。

“原来母亲也有这样的愿望，真是太好了！”赵匡胤却毫无察觉，他拍着大腿显得很振奋，双眼灼灼闪亮，面对李氏完全敞开心胸，看起来的确像母亲面前的赤子一样，他喜出望外地说：“母亲大可放心，等我削平刘钧，即刻让母亲达成所愿，送您还乡！”

这样真实的情感外露，不由得让人深信，李氏笑笑，将话题扯到别处。辰时，御厨在大明殿设宴，赵匡胤和花蕊陪着李氏用膳。期间，赵匡胤始终明快地袒露着自己的想法，让李氏感慨良多。

“让朕送母亲回府吧，择日不如撞日，朕在殿前说要同孟公把酒言欢，不知他昨晚是否休息得安稳？”

赵匡胤这番兴之所至、不合礼制的提议，让御前的随侍手忙脚乱，等皇帝的仪仗抵达汴水岸边时，孟昶还在从西郊赶回来的路上。

“也好，朕就在汴水岸等着。”赵匡胤兴致勃勃，他对花蕊说：“不知夫人在玉津园还住得惯吗？倘若想回府居住，不妨让童公公为你安排。”不等花蕊回答，李氏傲然说道：“依祖制，即便公主下嫁，也是要住到夫家去的！”

“是。”赵匡胤恭敬而诚恳地说，“母亲说得是，朕这就代长姐向孟公赔罪。”

孟府建在皇城右掖门的东边，南临汴水的一大片空地上，特别修葺了苑林。赵匡胤找了处风景别致的长亭坐了下来，席间有红泥小炉和煮酒的金樽，案上提篮装满了新鲜的青梅，地上摆放着从蜀地带来的几坛生春酿。

花蕊看着那几坛带着琼台泥土的生春酿，心里翻江倒海，几乎又要掉泪。

赵匡胤悠闲地坐在亭中独酌，侍卫司在苑林外围警戒，此时此刻，四下无人打扰。向南眺望，远远地能看到汴水对岸的一大片稻田，插秧的歌声顺着清风偶尔落在耳中，他不由得想起多年前在蜀地见过的安稳盛世来。“显德二年，我曾冒险入蜀，还在散花楼前逗留了片刻。”

“没有朝光、暮雨的散花楼，还叫散花楼吗？官家为何想起这些？”花蕊说着，往红泥小炉中加了一块儿炭。

“入蜀时正值金秋，当时中原离乱，连年蝗灾大旱，血战的将卒连基本的粮食都难以保障，世宗皇帝不得不以身作则御驾亲征，蜀地富硕的盛景让我很多年都难以忘记。看到这片秧田，便不由得想起秋天挂满金穗儿的样子来了！”赵匡胤在花蕊面前讲到他对盛世的向往，毫无忌讳，这让花蕊不快。她心想：岂不是在那个时候就打起蜀地的主意来了？

“开封府也是个物华天宝的膏腴之地。”

一个声音在身后响起，孟昶不知什么时候跪在亭外。

赵匡胤和花蕊转过头去，露出惊讶的神色。孟昶抬起头来，满头大汗，满脸通红，身上穿着布衣，脚上穿着草鞋，裤腿儿高高挽起，身边的鱼篓儿还滴答着往下渗水。

赵匡胤蹙着眉，看了花蕊一眼说：“孟公虽然不做皇帝了，可毕竟还是大宋朝的国公啊，你这是要唱哪一出？”

赵匡胤勉强按捺住不悦，花蕊却已泪盈满眶。

“臣刚从西郊回府，不忍陛下久等，衣冠不整，还请见谅。”孟昶再次作揖，嘴角带着爽朗的笑意。赵匡胤示意平身，孟昶吩咐内监官将绳索缠到岸边的柳树上，把鱼篓儿沉入水中，自己脱下草鞋，走进长亭：“臣的幼子早年夭折，他活着的时候有个心愿，让我不做皇帝了，能泛舟捕鱼养活家人。”他这般坦荡平易，毫无亡国之君的虚礼谦卑，反而跟蜀地那些狷狂的文人相差无几，只见他意味深长地看了花蕊一眼，说：“今天不知怎么，分外思念，一早就忍不住去了西郊。”

花蕊一听这话，心如刀绞。

“原来如此！”赵匡胤释然，“怎样？做打鱼人有什么别样的感受吗？”

孟昶没有回答，坐了下来，接过花蕊递上的汗巾擦了擦手。

“你的玉瓶儿呢？”花蕊看见他的脸泛着不正常的红色，鬓角渗着细密的汗珠，忍不住打断了皇帝的话。孟昶从怀中掏出了个拇指大小的玉瓶儿放进花蕊手中，笑着说：“用不着了，你帮我拿着吧！”他说完，手指皇帝方才所看的方向，深沉地说道：“打鱼人跟种田人一样，都是陛下的子民。民为水，君为舟，水能载舟，亦能覆舟，陛下治蜀要三思啊！”

“孟公提醒得是。”赵匡胤见孟昶这么快就进入正题，不由得会心地笑起来，他端起酒杯，捻了颗青梅放进去，说：“民怨不在大小，可怕的是人心背离。水能载舟，亦能覆舟。蜀地之治，必须审时度势，要高度谨慎。不瞒你说，我的宫中放置了一块儿从夔州带回的石碑，每逢读到‘下民易虐，上天难欺’‘尔俸尔禄，民膏民脂’这两句时，朕的心就难以平静。”

见孟昶低垂着眼眸没说话，赵匡胤举杯说道：“来，今日暂且抛开君臣之礼，先敬孟公一杯酒，来日君臣协力，共振朝纲！”

孟昶顿了顿，端起酒杯说：“好，官家痛快，孟昶奉陪！”

花蕊看着赵匡胤和孟昶谈笑风生，内心有些恍惚，原本应该你死我活的两个人，何以能如此从容地煮酒谈笑？花蕊深知孟昶的谋略与赵匡胤不相上下，却因为出身或者经历的不同而大相径庭。孟昶明明更为忠厚仁慈，骨子里却带着与生俱来的戒备之心而拒人千里；赵匡胤就有将赤子般的情感释放出来的魅力，从而给人更为敞亮的快感，容易在第一时间抓住人心。

是非对错，如果仅以成败来论，难免有失偏颇。事实上，赵匡胤也有同样的感受，正是帝王的光辉掩盖了自身的弱点，为此，他才不惜将姿态放到如此谦卑的位置。

“官家大才，轻而易举就解除了武人兵权，可是依然有很多不可捉摸的势力，如果不能及时清理，或施恩加爵，或铲除剿灭，大宋也随时可能被颠覆，抑或被更强大的国家吞噬。”孟昶抬起袖衫沾了沾脸，他在说大宋朝的命运，又似乎另有所指。花蕊还不清楚，到底蜀中叛乱有多严重。在这个改朝换代如同儿戏的时代里，大宋朝的命运是否也可能随时被一场兵变推翻？

“我年轻时曾经得到过警示，可惜不能很好地执行。所幸大蜀虽然丧亡，却保有了很多文献，宫中留存的众多文献均是臣僚悉心收集的，其中有不少汉唐珍品，都是泱泱华夏的精髓和根骨，希望陛下悉心保护。”

花蕊惊讶于孟昶的坦率，他自来谨慎，很少这般直言不讳，似乎根本没有考虑日后如何以君臣之礼相处。赵匡胤掌握着武人的全部弱点，能很好地控制他们，却在孟昶这样底蕴深厚的文人展露峥嵘时，感觉到深深的无力。除了受教，他不能很好地跟上他思想的节奏，与之碰撞生花。但他深具自知之明，更不会妄自菲薄，而且他自诩是个爱才的明君，于是端着酒杯脱口而出："立国之后，朕已推行文治，更希望百家争鸣，以文兴国，让天下得以重现汉唐盛世！"

孟昶毫不推辞，就着满杯水酒一饮而尽："经学在长期分化、传承之后，已经演变出各种体系，学术主张大同小异。不过曾经有个人，在乱世里教书育人，启迪民智，看似风姿卓著，却在暗地里做些情报买卖的勾当。"说到这里，他停顿了片刻，眼睛望向赵匡胤。

"啊，是！"赵匡胤点头承认，他已经明白了孟昶所指，便直截了当地说："天子垂拱而治，用阳谋，行的是光明正道；青衫却以阴谋为体，难以被朝廷承认。"

孟昶说："官家既然跟他联手，应该第一时间就知道他是契丹人。"

花蕊大吃一惊道："青衫是契丹人？"

孟昶目光锐利地看了她一眼："不错。"

花蕊一阵哆嗦，立刻有所领悟。当初正是中原北境告急，周朝宰辅才仓促派遣赵匡胤领兵抵御，大军在陈桥驿兵变，其中的理由之一就是为挫败汉、辽联军，必须拥立军功卓著的新帝王领军抵抗。然而赵匡胤黄袍加身以后，契丹大军却无故消失，这一切的配合如此精妙，没有辽军内应怎么办得到？

"原来如此……"花蕊倒吸了一口凉气，看着赵匡胤，他正不置可否地微笑着。

"他是契丹人没错，不过是被辽国抛弃的弃子。显德六年，世宗皇帝忽然改变策略，亲临沧州北伐契丹，并以破竹之势兵不血刃，连收三关三州十七县。这正是辽国内乱，青衫投靠世宗皇帝的结果。"赵匡胤并不想隐瞒什么，他自己做的事情，很少羞于承认。

“青衫投靠了世宗皇帝，却私下将传国玉玺献给你！”花蕊想起那一年在柳庄店，赵匡胤小小年纪就已经看透青衫不可结交，却依然可以不动声色地与他合作多年，他内心的沟壑恐怕远远超出所示于人的东西。

“青衫志比天高，心比海深，他明白我跟世宗皇帝的不同，归隐也好。”

“是这样……”花蕊忽然直起了腰，她想到了另一种可能，亟亟问道：“青衫擅长密谋离间，他还做了一件事情，你知道吗？”花蕊的眼睛直瞪瞪地看着赵匡胤，说：“他派朝光入蜀，借由李玹揭开了一段旧事。”花蕊一边说，一边目不转睛地注视着赵匡胤，眼瞳也因为紧张缩成了一个小孔。赵匡胤与她对视了片刻，忽然笑了起来，抬手将杯中酒饮下，说：“换成其他任何人，都没有胆量这般直视朕的眼睛。”

“知道还是不知道？”花蕊厉声逼问。

“大胆！”赵匡胤被激怒了，他将酒杯掷于桌案，断然喝道：“朕当然知道！否则怎会派人接你入京？你不会以为朕的心胸狭隘至此吧，为了得到夫人你，朕会这样大费周章、不知廉耻？话说……”他忽然看了看孟昶，挑着长眉讽刺道：“夫人你，是否太高看自己了！”

花蕊意识到自己失态了，岂止失态啊，少时的情谊也在这逼问中被亵渎了。她浑身哆嗦、口唇干涸，端过孟昶的酒杯猛喝了一口。忽然间，手和酒杯一起被温热的掌心所覆盖，只听孟昶温柔地唤了声“蕊娘”。花蕊抬起眼睛，看到孟昶浅笑着朝自己摇了摇头，眼泪猝不及防地落下了眼眶。

孟昶当然知道花蕊为何这样，连他自己也曾期望过这一切都是阴谋。

赵匡胤的尊严被彻底冒犯了，那还不仅仅是作为帝王的尊严，如果再待下去，除了拔刀杀人，他想不出自己还能做什么：“我答应母亲将夫人带给孟公，现在说到办到。摆驾回宫！”

孟昶显出不胜酒力的样子，他勉强起身，鞠躬行礼道：“臣与夫人这就恭送陛下。”

赵匡胤哼了一声，正待拂袖离开。

“官家！”花蕊叫住了他，“请让我跟您一道……”

孟昶愣住了，明明她的眼眸噙着泪光，眼角还盛着鲜艳的红晕，却倔强地站到了赵匡胤的身边。赵匡胤也愣了愣，但他是个简单直率的人，向来听从自己内心的召唤，他无法理解花蕊在道义和真心之间的摇摆，却很高兴看到她做出这样的决定。

“嗯……夫人执意要走，朕只好带她先行离开！”

孟昶看着花蕊和赵匡胤，心里却有更多的想法，他的眼睛变得有些混浊，笑容也显得凄凉，再大的毅力亦无法控制因痛苦而颤抖的身体：“既然如此，臣恭送陛下与夫人。”孟昶没有做丝毫的挽留，他的声音如槁木死灰，姿态依旧不卑不亢。

暮色被阴云遮掩，开封府的夏天暗淡无光。

还未入夜，孟昶发起高热来，含糊不清地说着胡话。

李氏端坐在交椅上，闭着眼睛默默诵经，寝殿里的铜鹤衔着熏笼，奇楠烟雾萦绕，薄纱般的轻雾弥漫，把她衬托得好像巍然高坐的神佛。

“小人该死，不该说什么屠城的鬼话！”鲁富贵跪在李氏跟前，不停地自行掌掴，他的两边脸颊很快出现了几道指印，红肿发紫。

“阿家……”烟柳素来与他亲近，跪在李氏跟前求情，“富贵随侍相公多年，他们无话不谈，全师雄和孟九宁死不降这等大事，富贵怎么敢隐瞒不报？”

“三万蜀军，全都被烧死在夹城，还有田老都统，三郎怎么承受得住！”李氏睁开眼睛，泪眼模糊，她命令富贵：“你出去，让使厨的人检查一下长亭里剩下的酒。”

富贵领命告退，烟柳不解，皇帝吃过的、用过的，都会由大内收捡：“阿家是担心相公吃了什么不洁的东西吗？”

李氏说：“赵皇帝明明答应要将花蕊留在宅邸，可她还是走了。她前脚刚走，三郎便倒床不起，可知他心存杀机。当初李存勖也跟王衍说：‘三辰在上，一言不欺！’王衍信了他举家北上，结果才到秦川驿，官僚就杀了他全族。妻妾尚知家国丧亡，义不受辱，这是三郎自取其辱！老太婆只好跟着他！”

烟柳无法想象孟昶所受到的侮辱，只知道皇帝尊太后为国母，给予了她崇高的荣誉，她更不相信花蕊会无视孟氏一族的衰荣：“韩学士马上就到，请阿家不要胡思乱想。”

韩保升很快被肩舆抬入内府，他跌跌撞撞地奔至床前，哆嗦着为孟昶切脉。忽然，孟昶在昏沉中紧紧地抓住了他的手，痛苦地呼喊着：“父皇！三郎不忠不孝，没脸见你啊！”那声音在屋梁上盘旋，让整个府邸都为之震颤。

李氏忽地站起身，刚扬起手臂，又软软地垂下，眼泪吧嗒、吧嗒地往下掉。

孟昶被梦魇所困扰，一会儿高声怒骂，一会儿痛哭哀求。李仁罕、张业和安思谦领着族人纷纷变成了厉鬼，在漫天的血污中放声大笑：“我们在黄泉路上久候着，看到你铲除蜀中武将，看到你野心勃勃，终于看到你葬送我等打下的江山！你的黎民百姓是怎么指望你的呀！哈哈……”云端的另一头，赵季良、张公铎、赵廷隐、张虎钊、高彦俦纷纷站立叹息……

直到半夜，孟昶突然清醒过来。他挥退内侍，命玄喆和玄珏来到床前，郑重地嘱咐道：“孟氏子孙，为国尽忠，为家尽孝，不可谋反！”说完这些话，他又温和地将烟柳和富贵召到近前，从怀里掏出那枚花鸟香囊出来，放到烟柳的手心里，郑重地托付道：“花蕊自幼飘零，是我孟氏全族对不起她，任她心结难解而不能相助，你们务必要好好照顾她、尊敬她。我有休放书一封，与这香囊一起交给她，从今往后一别两宽，各生欢喜。”

孟昶说完这些话，他的脑海中回想起这一生所有的过往，慢慢地闭上了眼睛。

“让开，让我进去！”门外响起了喧哗声，插屏架子哗啦一声倒地，一个瘸跛的影子冲了进来，撕心裂肺地大喊着：“仁赞哥哥，是我！我是乞儿，乞儿回来迟了呀！”

大蜀国的后主孟昶，就这样在汴水河的呜咽中陨灭了。

这是大宋乾德三年的年中，距孟昶入京仅仅七天。

39. 七宝溺器

子夜已过，银河横贯苍穹，稻田边的夜色中有一道迎风矗立的身影。

玉津园的每个夜晚，花蕊还像少女时代时那样。今夜她更加难以成眠，没有月亮，夏日的星空漫天璀璨，齐整的秧苗儿玉露零零，她干脆躺倒在草甸上，睁大眼睛望着天空。不管过去多少年，也不管走到哪里，只要遥望着故乡的方向，那些闪亮的星辰始终静静地陪伴着她，这些星辰就是光阴，是方向，也是永恒。

忽然一阵剜心的疼痛袭来，她蹙着眉头蜷起腰，起身坐了起来。一道流星滑落，她伸出手去，那光芒像飘落的雪花般拂过她的脸颊，令她心酸得泪如雨下。

“夫人！”燕官从远处跑来，在狭窄的田垄上连摔了几个跟头。她终于跑到花蕊面前来了，花蕊扶着她的手臂，只听她喘着气说：“永宁公主带话，孟公他……他薨了！”

花蕊脸色大变，一把推开燕官，提着襦裙狂奔。那些转折弯曲的田垄，一道道没完没了，她跨过沟渠，跃下缓坡，燕官跟在她身后，怎么也追不上。

广政十三年，她曾带着同样的心情跑出天启宫，可是今夜玉津园似乎更宽更广，绕不完的宫苑廊桥更让人绝望。她穿过隔道，越过草场，终于来到校场。天色微朦，校场的杨树下拴着两匹准备入城的白马。她解开缰绳，翻身而上，那白马腾空而起，发出一声嘶鸣，倏地蹿出，卷起一阵黄土。值夜的内监官吓了一跳，大呼小叫着奔出值房：“不好啦，有人偷马！”

刚喊了一声，来了一个翠色衣裙的娘子跑进校场，她一边上马一边呵斥："乱叫什么！快跟上，夫人要进城！"内监官回过神儿来，刚认出是稻畦轩的燕官，那白马已经像一道飞箭一样冲了出去。内监侍卫纷纷跑进马厩，不一会儿，便有一队骑兵跟着朝城郭的南熏门飞奔而去。

夜漏已尽，晨钟隐约回响，南熏门的城门刚刚开启。一匹雪白的骏马裹挟着一阵风飞奔而入，守城的将卒还没回过神儿来，只见又是一道白影，后面紧跟着一群马队，好像风暴般冲进城内。御街笔直宽阔，直通皇城，大街两旁陆陆续续有行人出没，他们看着疾驰在朱雀大街上的马队，吓得纷纷退避两旁。

花蕊乌黑的眼睛盯着前方，她脑袋里什么都没有，除了扑通、扑通的心跳声和喘息声，就是呼喊声："三郎，她们骗我！你不会有事儿的，等我！"

在御街与汴水交汇处，旋风般的马队越上了州桥，这阵风暴刮过桥面，继续往北，径直刮到了皇城的右掖门下。

秦国公府的府门大开，人来人往，满眼都是白色的幛幔和麻孝。花蕊跳下马背，一头冲了进去。刚下中路正殿的石阶，就被两队内侍拦住了去路："奉国母懿旨，花蕊夫人不得入内。""大胆，让开！"花蕊将马鞭狠狠地抽在拦路人的身上，十六年的蜀国慧妃，摄六宫事，无人胆敢拦住她的去路，此时此刻，花蕊的头脑中只有一个念头：三郎没有死，任何人说了都不算，除非她亲眼看过！

这时，孟玄喆和孟玄珏从正殿走出，身后跟着隆证、隆诂、隆说、隆诠、隆諲、隆谏、隆谔、隆谠和隆谂等一干孙子辈儿，孟仁赞、孟仁裕、孟仁操也出来，众人队列成行，都已身穿斩衰，以生麻束发。玄喆和玄珏恭恭敬敬地走到花蕊跟前，磕头行礼。

花蕊心中绞痛，手指一松，马鞭就掉落在地上，她发狂般朝寝所奔去。天地好像在旋转，到处都是人，白花花的一片，全都是熟悉的面孔，但她一个也认不出来，眼睛一眨不眨地看着床榻，看着上面静静地躺着的那个人。

隔着纱幔，孟昶好像睡在云中，他面容如生，表情沉静而从容，嘴角还含着一丝微笑。

“三郎，蕊娘来了！”花蕊哆嗦着扑上去，跪在他的面前，那声音从喉咙里滚出来，凄惨而低哑，似乎害怕惊动他的睡梦。她轻轻地将自己的脸贴了上去，就像平常与他耳鬓厮磨时那样。冰冷沁骨的感觉将她拉回现实，她用低不可闻的声音温柔地呼唤道：“三郎，你的蕊娘来了，要等我啊，你等等我吧！我们一起回青城山，罗城的醉芙蓉快开啦。你说过的，即便再也回不到宣华苑，只要到了成都府，就能看到满城的烟霞锦绣……”一边说着，她的掌心里不知何时握住了一柄寒光闪烁的匕首。

旁边传来尖叫的声音，花蕊的喉咙被刺破，可她感觉不到任何疼痛。但是很快地，她的手被掰住，身体也被抱了起来。她用尽全身力气挣扎，可是丝毫没有用，最后失去了知觉。

“娘娘！”富贵哭着将手放开，烟柳和一群女眷拥上来，七手八脚地掐着她的人中，喂水、擦拭、包扎。不知过了多久，花蕊的长睫毛动了动，她睁开眼睛，抬眼看了看四周，李氏那张面无表情的脸就在人头攒动的上方，原本锐利的目光变得混浊，只剩下空漠。

“母亲……”花蕊低声哀求，“三郎孤身上路，让我去陪他吧。”

李氏的脸抽搐了一下，最终还是控制住了自己，她说：“你已不在孟氏宗族之列，即便死了，也没资格俱葬，怎么陪他？”花蕊凄惨地哭着：“母亲责怪孩儿不该离开孟府，可是我能去哪儿啊？蕊娘的家早就没有了，只要大宋皇帝承认三郎给的婚书和册封诏书，我就能陪他。”这时，烟柳扑通一声跪在她的面前，双手高举过头，哭泣着说：“夫人请看，这是相公的休放妻书，你确实已经不在孟氏宗列了啊！”看着那触目惊心的“休放妻书”四个字儿，花蕊缩了缩身体，将她推开，喝问道：“哪儿来的东西？”烟柳抱着花蕊号啕大哭：“娘娘，赵皇帝要谋害孟氏，相公担心牵连到你，他用心良苦，你要挺住，千万不能辜负他，千万不能寻死啊！”

孟昶休了她！

花蕊瞬间从求死的冲动中醒了过来，脑中乱成一片，她抓住烟柳问道：

“赵匡胤谋害孟氏？”

正在这时，窗外有禀，鸿胪寺卿范禹偁领圣旨到！

屋中女眷陆续起身，跟着李氏往正殿走去。李氏将花蕊拦住，说：“你如果愿意，再陪陪三郎吧。”说完示意富贵留下侍奉，然后挺着腰板儿缓缓走出寝殿。

皇帝赵匡胤是在睡梦中被童应全唤醒的，那时他的头脑中还一片懵懂。

“什么，孟昶薨了？”他的耳朵里发出嗡的一声巨响，回想起白日的情形，顿时汗流浃背。当时，他兴致勃勃地回到宫中，便立刻召唤来赵普和赵光义，聊起长亭中的一番详谈。赵匡胤对孟昶坦言治蜀深有感触，他搓着双手说：“民怨不在大小，可怕的是人心背离。蜀地之治，必须谨慎，宣王全斌即刻班师回京，朕要据实审理！”

“蜀境反乱与孟公何干？”赵光义皱着眉头问。

赵匡胤没好气地说：“是啊，他一副置身事外、为民请命的姿态，怎么做才恰当呢？”

“孟昶承认与他无关就好办，让中书省循例问问就是。”赵普深知皇帝的秉性，王全斌破蜀居功至首，若惩治过严，恐寒将帅之心，来日再收江南之地便无人肯战，说完转头问赵光义：“晋王，你觉得呢？”

“嗯？”赵光义正在思考其他问题，应了声没回答。

“你在想什么？”赵匡胤问他。赵光义被他锐利的眼神镇住，面露忧心说：“臣弟心想，降国礼如此繁缛，居然丝毫未损他的气势，这样的人绝不会轻易被降服，若口服心不服，放在朝中就是大患。他能在蜀地一呼百应，也就能在中原重新起势，若日后有心造反，振臂一呼，岂不燎原万里！”赵匡胤笑了笑说：“有天下无敌的自信，就能容人所不能，但凡怯懦，以常态为怪异，必将起疑心。晋王，往往暗鬼皆为疑心出啊！”

赵光义哦了一声，嘿嘿地笑起来：“皇兄一席话，让臣弟茅塞顿开！我懂了！对孟昶要收心，要降服蜀民，不仅要将蜀国从地图上抹平，还要把孟昶从蜀人的心中彻底抹去。”

“也不能这么说，不过你权且这么认为吧！”赵匡胤想了想，对赵普道：“孟昶能真心服我固然好，倘若不能，也要让全天下，尤其是各地国主看看，大宋朝是怎么宽宥降君的。”

热气腾腾的话刚说完，孟昶怎么能死呢！

赵匡胤抹了抹额头上的汗水，仔细回想着白天的细枝末节，他确实感觉孟昶身姿疲惫，状态不佳，他想即使陶谷那套受降礼让人不好受，但也不至于整死人呀！

“童应全，传旨！”他倏地从床上跳起来，提笔草拟了一份诏书，命蜀臣鸿胪寺卿范禹偁护理其丧事，并废朝五日，素服发哀于大明殿。

可是国母李氏以及整个孟氏府邸对范禹偁的到来并不感到欣慰，圣旨宣读之后，居然无人领旨谢恩。

范禹偁是蜀中旧臣，不敢呵斥降罪，只好悻悻地将圣旨端放于灵前，吩咐阴阳司择准五日而殡，五月下葬，并请大相国寺一百零八名高僧超度。然后，他示意左右，斟上杯酒匍匐在地，移膝爬到李氏的脚下哭喊道：“孟公带着我等入京不过七日，才刚蒙受官家圣恩，怎么就去了！孟公啊，家国社稷还有多少大事儿依仗于你，我等旧臣宗亲还有多少肺腑要掏给你看，你走以后，再有疑惑向谁倾诉，再受委屈向谁乞怜哪……你睁眼看看老娘亲，怎么舍得让她如此悲惨，怎么舍得让白发人送黑发人啊……你走啦，臣也活不下去啦，只念老娘风烛残年，要靠臣等照顾，否则真恨不得随你一道去了啊！”范禹偁这番哭丧天地俱惊，鬼神共泣，不论真假，到底将诸位都感染了，灵前顿时一片悲号痛哭，大家纷纷成了泪人儿。

毋昭裔被两个儿子毋克恭和毋守素搀扶着，战战兢兢地跪下地来，这位耄耋蜀臣，捶着自己的胸膛，老泪纵横：“三郎啊，你可疼死老臣啦！我等老朽还没走，你倒先行了一步。当初老臣冒死进谏，你放过我等，未予责备，为什么始终不肯放过自己？何苦来，何苦来！”欧阳炯一听这话，全身控制不住地一软，扑通一声跪在灵前，李昊、伊审征和幸夤逊等人紧跟着下跪。

一时间，恸哭哀号再次摇天撼地，只有李氏不为所动，始终凛然站立着。

她将范禹偁手中的酒觞接过来，举杯长叹：“三郎啊，当初你不肯以死祭社稷，贪生到此，自取其辱，到头来终究免不了一死。我之所以忍着，全是因为你还在。如今，你既然走了，我又何苦偷生呢！”说完，她将酒全数洒在了地上。孟仁贽、孟仁裕、孟仁操三人移膝上前，砰砰地叩头哀求：“母亲，求您千万保重，兄长走了，还有我们啊！”玄喆、玄珏也跑上前来跪着哭道：“祖母，阿耶不在，还有孙儿，求您千万不要想不开啊！”隆证、隆诂、隆说、隆诠、隆謓、隆谏、隆谔、隆谠和隆谂统统拥上前去，抱着李氏的腿不肯撒手，大殿内外一片呜咽。

可是李氏心意已决，独自留在停灵殿上，不到五日便也跟着去了。

孟昶与李氏相继去世，天下为之震动。赵匡胤悲痛欲绝，失声痛哭，他的悲伤大半是为了自己，为自己的赤诚不能被孟昶和李氏所理解，不能被天下人所理解。痛哭之后，他下诏为李氏赙赠加等，把她和孟昶一起埋葬于洛阳北邙山，并拨发守墓人千石米粮、五十万钱。

对于这件事儿，不仅中原各地的人在沉思，江南国、吴越、南北两汉诸国的国主更是惶惶，消息传回蜀境，内中掀起更大的反叛浪潮。“死者为大。”很长一段时间，开封府的街头巷尾议论纷纷。赵匡胤面临着立国以来最大的难题，他背负着毒杀孟昶的传言，百口莫辩，连花蕊也受到了质疑。

“你以为朕这么傻，在这时候杀孟昶？”

“……谁知道呢？”

赵匡胤是皇帝，自然没人敢在他的面前提说，他只能在独自一人的时候自问自答。花蕊知道他的清白，可是连她也被疑为帮凶。晋王赵光义和赵普更不会问，他们甚至觉得，孟昶死了，对大宋来说是件好事儿。

发引日这天，赵匡胤再次下诏，备犊车卤簿，行册赠典礼，赠孟昶尚书令追封楚王，谥号恭孝。花蕊被孟昶休放，又被李氏所拒绝，府中无人允她跟随仪仗前往洛阳。

此时，她正在大庆门的门楼上，默默地望着七千护甲的仪仗沿着朱雀大街缓缓远去。那天在停灵寝所，她已经跟孟昶道别了，富贵细细讲起孟昶派他留在成都府的前因后果。于是她活过来了，她知道自己该做什么，必须要好好地活下去！

“想不到孟昶竟休了夫人。”赵匡胤不知何时也登上楼来，站到了她的身边。很早他就想问，不忍心问是深知孟昶在花蕊心目中的分量。花蕊根本没有听到皇帝的话，她眼含着热泪，目不转睛地望着卤簿仪仗。只见孟仁赞在最前方持节，皇帝特意加封他为云麾将军、检校太傅、右神武统军，兼御史大夫、上柱国、平昌县开国伯，食邑七百户。册封诏书由专门的犊车装载着，前有引路菩萨手持魂幡、香炉，后有高僧铭旌策马持节，整条御街上前导后拥，吹吹打打，各阶官属的祭坛从右掖门一直摆到了南熏门，延伸到城外的不知还有多少。

像赵匡胤这样自信满满的人，感情单纯、热烈而且直接，他认为当天花蕊和他离开孟府时刺激了孟昶，于是孟昶一怒之下休妻。他怜惜花蕊，沾沾自喜的同时，也对孟昶嗤之以鼻：“不知道吃了朕多大的醋，居然把气撒到妇人身上！”

这天王全斌回朝，赵匡胤在后苑召见他。

他换上崭新的朝服，被童应全带到宫禁后苑。只见古松下檀香萦舞，一位雍容华贵的美妇手持长箫坐在怪石之上，正低声教授一名垂髫小娘使用檀板，旁边有两个年轻娘子，怀抱琵琶的眉清目秀，翻谱唱词的身姿楚楚。

忆昔花间初识面，红袖半遮，妆脸轻转。石榴裙带，故将纤纤玉指偷捻，双凤金线。

碧梧桐锁深深院，谁料得两情，何日教缱绻？羡春来双燕，飞到玉楼，朝暮相见。

皇帝赵匡胤半阖着眼睛横卧在案前享受地听着，似睡非睡。

王全斌有些窘迫，好像天蓬元帅闯进了瑶池仙宫。屠城一事让皇帝大为光火，派吕余庆往成都主管府事，王全斌只负责管理军队事务。王全斌忧心忡忡，担心鸟尽弓藏，难以自保，私下说蜀境平定后就称病告归，免得后悔，于是他找了机会回京面圣。

“臣入京前，派刘光义和曹彬领兵会剿全师雄，于新繁一役大败蜀军，不少人解甲投降，全师雄被迫后撤，成都府无忧了！”

松树下的弹拨唱曲不知不觉间停了下来，持箫的美妇正是花蕊，她抬头望了望唱词的燕官，只见她也正用灼灼的眼光打量着王全斌。这个典型的骁勇武将，浓眉豹眼，面带杀气，他就是屠杀夹城三万降卒的凶手。

赵匡胤斜睨了他一眼，说：“是吗？我怎么听说楚王被蜀人树成神明，民间流传他的奇闻趣事，每逢聚首，必有哀思，唱着他首创的弦管曲子，追忆他的功绩，更以此怀念歌舞升平的日子。他们在你眼皮底下打着楚王的旗号兴蜀，你跟吕余庆在成都府能不坐立不安吗？”

王全斌口中嘟囔：“官家不也在听管弦曲子？”

“是啊，这调子为何在成都府这般流行，朕百思不解。”赵匡胤说着，起身走远，王全斌不得不紧跟其后，只听他说：“慢条斯理得让朕听得打瞌睡，走，陪我到那边喝酒！”

虽然皇帝特意将声音放得很低，松下的人还是全都听见了，芙蓉怀抱着琵琶扑哧一声笑出来，小七将檀板打得啪啪作响，凑上去朝芙蓉吹了口气说：“阿姐的琵琶弹得不好，听官家说这话该放心了。”

“七妹，你再胡说，阿姐让你明天就开始学琵琶！”

“学就学啊，小七挺喜欢的。”

姐妹二人在旁嬉戏，花蕊却蹙着眉头，与燕官相顾而视。

“看样子，皇帝并不想追究屠城的事儿，当初不过是敷衍孟公罢了。”回玉津园的时候，燕官对花蕊说。“是啊，官家不愿意对将帅做出不义之举，这件事儿就得靠我们自己扳回来，否则三万蜀军的英灵岂能安生？你回城去孟府找富贵，这样说……”

第二天，开封府尹赵光义接到了翰林学士欧阳炯和几位蜀臣的状子，拉着赵普急匆匆地赶到宫里。

赵匡胤昨日跟王全斌畅饮到半夜，一大早宿醉未醒，头脑还有些迷糊，听赵光义念完状子的内容后，他敲着额头说：“部属抢夺民家子女玉帛，属治军不严，把崔彦进他们几个全都召回来，交给中书省问问，就不要让狱吏污辱他们了。”

赵光义领命离开，赵普却没有走。

“什么事儿，你说。”

“再厉害的英豪都有弱点，楚王活着的时候，官家可用自己的胸怀收服他，高下立分，可是现在他死了，不再是人，而是神，晋王说得没错，要让蜀地民心归顺，就要把孟昶从天下人的心中彻底抹去。”

赵匡胤摸着下颌犹豫了片刻，道：“怎么抹去？”

“只需把他从神坛上请下，变成人即可。”

“就这么简单？”

“还看官家能否支持，也不是件简单的事情。”赵普说。赵匡胤点头应允，他这样性格简单的人，处理复杂的事务很依仗赵普。

开封府的百姓发现，汴水岸的孟氏府邸最近张灯结彩，喜气洋洋。

东殿的永乐堂里更是热闹，几十桌儿席台摆满了时鲜瓜果，茶水、糕点琳琅满目。上百位朝中臣僚坐在席台上，相互打恭，谈笑风生。因为处于丁忧期间，没有设宴，也不上酒，可是每个人的脸上都笑意盎然，很久都没有这样舒畅过。玄喆、玄珏兄弟二人在客人间来回穿梭，美若天仙的侍女在席台前后煮茶侍候。玄喆的几位叔伯虽然被授了官封，可是因为楚王和李氏相继薨殂，孟府门庭冷落不堪。今天皇帝再次下诏夺情，封孟玄喆领泰宁军节度使（从二品），孟玄珏领千牛卫上将军（从三品），起复以后还另有重用。朝中臣僚对兄弟二人刮目相看，争相敬贺，说些“孟兄骁勇善战，皇帝慧眼识珠”之类谄媚的话。

“父亲大人嘱托我等，孟氏后人为国尽忠，为家尽孝，玄喆、玄珏牢记于心，请诸位同僚转告陛下，臣待丁忧结束后即刻入宫面圣，叩谢皇恩。”玄喆为人忠厚，面对众多来贺的同僚，极力将礼节做到最好。

“尊圣兄出身皇家贵胄，温良谦虚，忠孝俱全，年纪轻轻就官拜二品，不似我们这些粗人，只知埋头冲锋，舍命杀敌。”说话的是被释去兵权的石守信之子石保兴，现任朝廷的供奉官一职。“光裔过谦了，石都使是大宋翊戴首功之臣，你从小就在御前走动，又怎会是个粗人呢？”

“近日常听官家说，四海平定后要以文兴国，前日毋守素献上家藏刻书，官家对蜀国文治大加赞赏，我等日后也要多到孟府走动，跟尊圣兄学习！”石保兴这么说，立刻引来叫好的附和声。

“听说蜀中盛行走马打球，我虽不识马术，却也在马上打天下，有机会要向孟兄领教，看看谁的马术好！”有臣僚忽然提起，立刻引得一阵嘘声。

“你这个莽夫，会骑马就走马打球吗？”有人笑话起来。

“笑我做什么，谁能骑马打天下，又会在马上打球的？”

“楚王孟公不就是！我小时候随军行走，听夔门船夫唱过《夜话》一首，说的就是楚王孟公，文武双全啊！”

“尊圣兄，楚王马术如何？”

“父亲大人马术精湛，我等确实望尘莫及。”玄喆话语不多，自从跟随孟昶入京，这一路走来他成熟了很多，也更加谨慎。但玄珏就眉飞色舞起来，他以茶代酒，回忆往昔的马球赛事：“父亲大人喜欢马球，宫中的球队跟回纥人打都不会输……马场的地面用油刷过，那样才不会起尘土。”

“宣华苑真有那么富丽堂皇吗，我不信！”

“贵府的女侍都是从蜀中跟过来的吧，听说楚王后宫有位分的娘子成百上千！”

“王都使回京，你们可打听打听，宣华苑的奇珍异宝多不胜数，教坊歌舞日夜不歇，身怀绝技的打作匠能把七彩宝石嵌到器皿上，浑然一体。”玄珏见听众兴致高昂，越发说得停不下来。

“玄珏！”玄喆皱了皱眉，拉着他的衣袖提醒，“宣徽院要打作匠们提高技艺，宣华苑的娘子也是为了充实教坊，不要误会了。”

“哎，尊圣兄！”有臣僚跑上前搂着玄喆，“让我们听听，也长长见识啊！”

“王全斌那个衰人，在蜀地搜刮了不少钱财，抢夺民女，我们在京城都看不下去了！”又有臣僚这样说。这些话让玄喆松开了手，心想公道自在人心，王全斌屠城之举，原来是被所有人唾弃的啊！这么想着，他放松了警惕，心情也舒坦起来。

“我还听说王全斌一件丑事。”

“说来听听！”

“想听就在这里说，还望不要传出去的好。话说他从宫里收了件宝贝据为己有，当成酒器，每逢喝酒时就拿出来炫耀。那家伙！通体黄金，流光溢彩，四周镶有七色的玛瑙、猫眼儿、珍珠和琥珀，喝酒时他光自己喝，也不让别人碰。终于有一天被个宫人给说破了，你们知道那是什么吗？”

“什么？”

“是孟公的便溺器！”

“哈哈哈哈！”厅堂里笑翻了天，玄珏更是捂着肚子拍案叫绝：“这都谁编的呀！哈哈哈，痛快！”

这一晚宾主尽欢，过了半夜，大家才陆续告辞。

玄珏对玄喆说：“大哥，父亲大人教我的，我都记住了，你放心，我不会给孟家丢脸的，等丁忧结束，我就向陛下请求出战，为国建功立业。”玄喆拍了拍他的肩膀，嗯了一声，有些哽咽，抬头看看明净的夜空，他们都激动得流下泪来。

“不过，花娘娘交代的事儿，一定要继续，要掌握实证，不将王全斌正法，就对不起父亲，也对不起蜀中死去的三万多弟兄。”

乾德四年（966 年）的正月，开封府下了一场雪。

雪后初晴，天上地下白茫茫的一片，雄伟森严的宫殿和泥舍都被铺上了一层银色的地毯。一队车马招展着旌旗，缓缓来到千门万户的汴梁城下。

飞骑来报："王全斌、崔彦进和王仁赡奉召回京。"

皇帝赵匡胤的脸色并不好看，御前乱翻翻地堆积了一些奏疏，有一些还被丢到了地上。"全师雄虽然死在金堂，但蜀地反叛还未平息。流寇四起，民不聊生，还有脸面圣！朕不见他们，直接到中书省认罪去吧！"

"官家，关于修史……"

"修什么史啊！你看王全斌干的那些事儿，能都修到史里去吗？违背约束，侵侮律法，专杀降兵，擅开公帑，抢夺妇女，广纳财货，条条都是死罪，开封府衙每天都被喊冤的家属围得水泄不通。开国积弱，连朕也时刻自省，吃穿用度无不精简！他居然私藏金银、犀玉、钱帛十六万七百余贯，擅自打开丰德库，致失钱二十八万一千余贯！这些武将跟我这么多年，武德都跑哪里去了！"

"这些叫冤的蜀臣哪儿来的这么多实证？之前说的都是些鸡毛蒜皮的小罪过，以为让他们回来认个罪，罚些俸禄，平息一下民愤就算了。没想到他刚回京，奏疏便骤然增多，而且条条死罪，官家不觉得是有人在串联吗？"

"这是两码事儿！"赵匡胤拍着御案，很不高兴，"蜀地百姓哭过谁啊？蜀汉刘皇叔、诸葛武侯，这些都是爱民的主儿。怎么不见哭王衍的呢？可见老百姓哭故主，多半都是为自己哭，担心好日子到了头，所以当初朕派吕余庆出守，让他把孟昶制定的榷税食饮都免了，时间长了，日子安稳了，前朝的事儿在民间就成了笑谈。可王全斌抢夺民用还嫌不够，连库府也打开了，这是没把朕放在眼里！他今天可以开蜀国的丰德库，明天未必不敢抢开封府的内藏库！"

赵普冷汗淋漓，他抹了抹额头说："王全斌是该正法，可孟昶也不能……"

"你之前说要怎么搞，这么久都搞了些什么名堂？"

"臣正想禀奏此事。国家初定，需要招贤纳士，之前蜀臣毋昭裔让幼子献上藏书，官家和臣等为之惊叹，臣心想这样失散在民间的书籍不知道还有多少，都需要收整存放。还有，当初魏徵撰写《隋书》，以隋为鉴；本朝可着手修前代史，也能以史为鉴。”

“你拐弯抹角的到底想说什么？朕下诏在全国找失散的亡书，再修前代史，这就把孟昶变成人啦？”赵普见赵匡胤的怒火已经到了临界，赶紧拿出准备好的奏疏递上前说道：“这是臣僚平素了解到的一些事情，结合蜀地的事实，朝廷借修史之际，也能让天下人更全面地了解孟昶这个人。”

赵匡胤半信半疑地接过奏疏，看着看着，脸色慢慢变得凝重起来，过了一会儿，他抬起头望了望窗外说：“不错！以古为镜，可以见兴替。孟昶侥幸生在中原变故的时期，他占据一方天险，奢侈自乐，任用庸才，他的衰败是迟早的事情，连溺器都用七宝装饰，又用什么来盛粮食呢！”

“楚王固然有勤政之举，但骄奢淫逸亦甚，可见也并非是个神。”

赵匡胤有些意兴阑珊，他挥手道：“你就全权去办吧，至于王全斌的事情，等中书省问了话再说！”

他走出御书房，看着白茫茫的天地，信步在雪地里走了几圈儿，然后招呼童应全摆驾玉津园。童应全小声提醒道：“官家您忘了，花娘娘请旨去洛城，还没回来。”

赵匡胤好像没听到，人已经走出了老远。

童应全叹了口气，自言自语道：“中宫缺位好些年，官家也该考虑考虑自己的事情了。”

40. 离恨天

汴梁以西，黄河南岸是洛城，邙山横亘而过。

此时此刻，千山一雪，皑皑的雄伟嵯峨中，连日的暖阳也未曾融开厚重的茫茫雪原。邙山的山脊线上，有两个黑点儿正缓缓移动，一深一浅地踩出串串雪窝，狂风刮起雪雾，渐渐埋没了那串脚印，两个互相搀扶的身影正艰难地朝着更高的山梁行进。

一个身披莲青色斗篷的武士，手握长剑，拄着巨石，蓬乱的头发如枯草一样束绾成髻，横生的虬髯中一双鹰隼一般坚毅的眼睛正在四下打望。他的手掌紧紧地拽着身边的另一名武将，温和地对他说着什么。武将脚穿乌革靴，罩了件灰鼠毛的斗文锦鹤氅，头上戴着雪帽，只露出大半张脸来。那张脸神情呆滞，嘴角还流着口涎，无论武士跟他说什么，他的双目都毫无光彩，脸上没有丝毫反应。

当他们终于登上峰顶时，武士站在制高点上向南方远望，眼前的景象让他泪流满面。终于，他仰望着高旷的青天大叫：“啊——啊——”整个邙山，大大小小的土包被大雪连成了一片，那就是历朝历代君侯显贵们的墓冢。邙山，又叫北邙，它静静地横亘在黄河南岸，不知见证过多少代王朝的兴衰更迭，不知埋葬了多少位帝王将相。

“永吉大哥，柴七把你送来了！”他哭喊着摇晃着身边的武将，那武将呆滞的目光闪了闪，终于又暗淡了下去，“永吉大哥你坚持住，柴七就是背也要把你背到天家跟前！”

他说着把手中的剑放入怀里，掰着韩保贞的手，嗬的一声将他背在背上，一步步地沿着阶梯往山下走，一边走一边说："柴七早就答应了老娘，要记得这条命是天家救下的，如今又被你救下来，真是旧债未清，又添新债，柴七剩下的半辈子就干一件事儿啦！你放心吧！你再挺一挺，一定要挺住啊！"

后背上的人流着口水，发出"哦、哦、哦"的声音，虽然含糊不清，可这声音却让柴七喜出望外："永吉大哥，你听见我说话啦？我们就快到了，快了，你看，前边有片新起的墓田，两丈高的石柱子让大乌龟给背着。经幡你看到了没，是接引菩萨的经幡……"

柴七喉咙哽咽着说不下去了，他喘着气，看到脚下平坦的土地，咬着牙又继续往前走去。

对面有一队小型的仪仗迎来，他赶紧退到路边，低下头。骑着高头大马的将领从他身边驰过，忽然勒住了马缰。

"你，跪下！"随着一声厉喝，柴七周围立刻围上来一群手持长斮的兵卒。

"捆起来，丢到后面车上，回京再审！"将领大喝，拨转马头继续前行。柴七大惊失色，把韩保贞放在地上跪地乞求："不知小人犯了何罪，大哥病重，还请军爷开恩，放过我们吧！"将领不答，兵卒七手八脚地把韩保贞推倒在地，将柴七五花大绑地捆起来。

就在纠缠不休的时候，一辆华美精致的马车停了下来，骑马的将军从前方赶到车辇前，拱手禀奏："我见那两人相貌不端，穿的是蜀锦鹤氅，所以抓起来，没想到惊动了娘娘。"

"哦，在前方有驿亭歇息，将他们带给我看看。"被捆得跟粽子一样的柴七听到车内传出来的声音，激动得全身发抖，牙槽咬得咯咯作响。

"娘娘，是我！"帷帐内，柴七双手反缚，跪在花蕊的面前。

"果然是你！"花蕊转头看了看身边的将领说，"这人是我的旧识远亲，请将军为他松绑吧！"那位将领将信将疑，命人给柴七松了绑，又把韩保贞抬到帐中。

花蕊见韩保贞痴傻呆滞的样子，眼圈儿一红，传来随行的御医。

“永吉大哥让流寇的铁锤击中了头，开始还能说两句话，后来就不行了！”当着宋国将领的面儿，柴七抹着眼泪禀告说，“我们兄弟二人在剑门关破的时候加入宋军，后来跟主力失散，想着结伴儿到开封投靠娘娘，不想还没走出剑门就让流寇给劫了！”

“将军，让我跟两位叙叙话，你们都出去吧！”花蕊叹了口气，好声好气地跟那位将领商量，在得到应允后屏退了众人。

“现在没有其他人了，蜀境现在是什么情况？”

柴七盯着花蕊，看着她鲜亮的衣着，再环顾着这华贵的帷幄，神情异常复杂。过了很久，他才拱手说道：“蜀王宫城已经被拆，几个人也围不过来的楠木柱子被一根根丢在锦江，顺水漂到合江苑，有工匠在用这些木材造船，准备将宫中的器物装船出峡，王全斌奉命将羊马城捣毁，还把城中的文献全部烧了。”

“王全斌，王全斌！”花蕊咬牙切齿，拍着卧榻痛恨地问道，“我听富贵说，你跟全师雄举旗，怎么成了现在这个样子？”

“永吉大哥在北境被俘，随大军入蜀，参与剿匪。我跟荣四早已追随了全师雄将军，他在金堂病发，幕府被捣，永吉大哥为了救我，让刘光义的铁锤击中了头部，眼看就要性命不保。我答应将他背到邛山，看天家最后一眼……”

“永吉！”花蕊看着口涎四溢、眼神散漫的韩保贞，知道他所剩的时日不多了，她再也控制不住自己的眼泪，说：“柴七，你带永吉去吧，拿着我的信物，等后事料理妥当后，就到开封找我。”

花蕊从邛山回京，心事重重地来到宫城下请求面圣，却被告知皇帝正在玉津园宴请群臣，她只好回去等候召见。冬天的玉津园别有一番景致，校场上有卤簿停在隔道上，很远就能听到内中闹哄哄的喝酒笑闹声。

花蕊在稻畦轩小憩。晌午，听到门外小七和燕官说话的声音。“娘娘回来了！”小七旋风一样冲进房中，拉着花蕊说：“阇婆国使臣送来的金刚指环和红鹦鹉，官家赏给阿姐了，快看看去啊！”花蕊笑着起身，果然看见了内监官童应全恭候在外。

“官家跟芙蓉娘子在后苑喝酒，命咱家来请娘娘。”

花蕊来到南客居，这里原本是专门为几只孔雀修的园子，冬天起了帷帐，烧着地龙，内中温暖如春，好多鸟雀便都放到这里来避冬。花蕊入内，只见捧唾盂、提水罐儿、执掌扇、托缨绋的小使站满了园子，还有几名手持钺斧的侍卫站在帷帐前。

赵匡胤正呵呵笑着，弓着腰身教芙蓉使用弹弓弩。芙蓉今天穿着朱红色的纱裙，精美的花鸟刺绣栩栩如生，她被赵匡胤圈在怀里，好像受惊的小鹿般羞涩，脸色呈一片绯红。皇帝毫不介意，将她的手臂抬起来，那弹弓弩对准顶上的枝杈噗的一声弹出。

小七冲上去，将落在地上的一只红鸟捡起，忽然哇的一声哭了起来：“官家，这是今天刚送来的红鹦鹉，让您给弹死了！”芙蓉惊呼一声，将红鹦鹉捧在手中，跺着脚嗔怪道：“我就说咯，开春儿再弹雀，官家偏不听！”赵匡胤咳咳两声，抬眼瞥见花蕊，招呼道：“花蕊夫人来了！”

“臣妾叩见吾皇。”花蕊向皇帝福了福身，赵匡胤见她气色倦怠，眼底还有泪痕，感觉扫兴，便冷冷地说：“夫人既然劳累，何不在房中休息，到这里做什么？”话音刚落，便有臣僚叩殿，手持钺斧的侍卫传话说王溥求见，赵匡胤正没好气，便挥手说：“朕忙着呢，不见！”

可是殿外再次请见：“称有急事儿。”

王溥是前朝丞相，赵匡胤虽然不高兴，听说有正事儿，赶紧走到殿外传召。只见王溥进到殿中，絮絮叨叨地说了些自己准备编修《唐会要》和《五代会要》的事儿，这才转入正题：“臣收集考证得知，蜀后主在宫中命宫妓穿道衣，带莲花冠，每日每夜寻花问柳以侍酣宴，还靠丹药进补，大行房中之术，以致国破家亡，令人扼腕啊！”原来他又是专为批评孟昶而来，之前关于马术、风月，甚至房中之术，赵匡胤往往一笑了之，今天有花蕊在场，他不由得提高声音呵斥道：“都是些废话，这就是你说的急事儿？”王溥看了花蕊一眼，顶撞道：“肯定比你弹雀要急啊！”

赵匡胤大怒，抓过侍卫的钺斧作势要打，不料王溥倔强地仰起头，那钺柄正撞到了他的口中，顿时鲜血淋漓，牙齿也掉落出来。赵匡胤觉得尴尬，趾高气扬地站在那里，只见王溥不慌不忙地俯下身去，从地上的血沫儿中捡起两颗牙齿，郑重其事地在衣袖上擦干净，然后放到怀里。

“你想怎么样？”赵匡胤见他一本正经的模样，感到好气又好笑，开玩笑说：“拿着牙齿准备去告我吗？”芙蓉走过来，刚好听到王溥回答说：“臣怎么敢告皇帝呢，这些事儿自有史官来写！”说完他气呼呼地告退离去。

“哎！”赵匡胤扔了钺斧，追出殿外，王溥早已跑得不见了人影。

“这怎么好！”见赵匡胤咬牙切齿的样子，芙蓉掩着嘴笑得花枝乱颤：“官家赶紧送些财物慰劳他去，否则这事儿立刻就要入史书啦！”

花蕊皱着眉头向赵匡胤拜了一拜：“臣妾也有要事想奏。”赵匡胤知道她想说什么，顺势指着王溥跑开的方向说：“朕有时候也是身不由己，这些朝臣都是铁脑袋，做皇帝的怎么会不怕史官呢？不过夫人放心，朕挑选的史官虽不拘守前人，见解独到，却不都是胡言乱语的人！”

他一边说着，一边往殿外走，花蕊紧随其后说：“官家是真的害怕史官吗？你下令捣毁羊马城，拆除蜀王宫城，还将库府藏书都烧了，史官会怎么写？万一蜀中学子抗议，官家还准备学始皇帝埋几个人吗？”

“夫人！”赵匡胤虽然恼怒花蕊语气不恭，但也意识到事情的走向已经脱离了他的初衷，“此事关乎社稷，朕会彻查。不过你跟蜀臣合谋要置王全斌于死地，就没有一丝责任吗？”

花蕊大惊，立刻便要下跪，被赵匡胤扶起。他既然知道了花蕊的心思，便难以控制心底的愤怒和伤感，两股情绪交织，理智又在警告他应该注意身为帝王的尊严。最后他无可奈何地叹了一口气说：“你回去吧，最近没什么事儿就不要入宫了。”

花蕊被皇帝禁足玉津园，大概过了一个月，每日弹曲作画，看似闲散，燕官却忧心忡忡地看着她日渐消瘦下去。

这天小七和芙蓉来稻畦轩看望她，看到花蕊的样子都觉得意外。芙蓉更是关切地问道："娘娘是不是病了，怎么瘦成这样！"

花蕊还未开口说话，燕官就在一旁哭了起来："官家不许娘娘出园子，这是要将她关一辈子吧！"

"怎么会呢，昨日宫里来人，还问起娘娘，我回他们说您在园子里过得好着呢！"芙蓉对花蕊说道，"官家心里记挂着娘娘，只是不便常来问候罢了。"

花蕊看着芙蓉的脸，见她一派天真烂漫，全无心机，不由得感慨："芙蓉啊，你这心胸气度，真不输给前代的任何一位正宫娘娘呢！"

芙蓉的脸突然红了起来，急红了眼，竟滚下几颗泪珠来："芙蓉对娘娘一片真心，你却胡乱打趣我！"

"我怎么打趣你了？"花蕊挽起她的胳膊，拿出汗巾擦了擦她的眼泪，"娘娘也是真心待你，这才跟你说心里话。让我审审你，老实说，官家这是第几次派人送东西来了？若他没这份儿心倒罢了，若是有，芙蓉尽可把心敞开来交给他，放心给他就对了。"

"娘娘……"芙蓉听着花蕊的话语，不禁低下了头，还从未有人跟她说过这样的话，即便亲如自己的母亲。她不过刚到情窦初开的年纪，对皇帝怀着热忱的憧憬和崇拜，还未曾想过要得到什么，或者占有什么，所以她不知该如何接口："娘娘想出园子散心，下次宫里来人，我让他们给官家说说，好吗？"

花蕊笑了笑，看似不经意地提说："其实没什么事儿非要出园子不可，不过有时候想念秦国公府中的旧人，希望有个说话的地方，年纪大了，总免不了想念。"

"这好办啊，过两天二月十五，是花神的节日。我在自己的园子里请客，你想见谁，我给你请过来。"

花蕊出了一会儿神，幽幽地叹了口气说："又到了花朝节了。孟府中有位夫人跟我最是要好，或者让她们再带上几个小伙伴，跟七妹一起玩儿啊！”

小七猛地点点头：“要的，要的！那个……”

“孟隆谂！”

“对对对，孟隆谂！”

二月十五花朝这天，西苑中果然张灯结彩，各个花树上都扎满了红绸彩绳儿。永宁公主的玉澜阁宾朋满座，朝中各个府邸的家眷都受到了邀请，花枝树下成群结队的彩裙和帛带与春花争艳，远远望去，只见红黄翠绿，灿烂无比。管园的内监官请了教坊乐伎，在湖边儿搭台弹唱，好不热闹。晌午，宫里送来了花糕，各人分食后，就分散在园中各房休憩。

小七跟隆谂特别合得来，两个人当了孩子王，与年纪差不多的几十个小孩子跑到假山上玩耍。烟柳跟芙蓉交代了几句，独自来到了稻畦轩。

燕官奉上茶水，领着烟柳坐到亭子间来，一见花蕊，二人默默相拥，还未说话，眼泪先流了一地。

“有个叫柴七的，几天前带着夫人的信物来到府上，因为进不去玉津园，玄喆先让他在府中住下了。”

花蕊听到柴七的名字，不禁想起韩保贞来，心里牵扯得难受：“是的，那是我交给柴七的信物。过几天我再找个机会，看能不能让他到玉津园做个管事。对了，王全斌的事儿审得怎么样？”

“富贵说，欧阳先生领头儿，与幸夤逊带着告状的眷属跟王全斌对质，朝廷没有办法，下令御史台也参与会审，大致详情都出来了。当初，是王全斌下令屠杀降卒，曹彬制止不下，便没有在文案上属字，所以获罪之人就只有王全斌、崔彦进和王仁瞻三个武将。那王仁瞻还想抵赖，却有个妾室出来对质，那原是李廷将军府上的乐伎，被强行纳去，几番寻死，王仁瞻没办法自圆其说，只好认供。其他两人也都供认不讳，把私藏的钱帛全都交出来了，金银、犀玉、钱帛前前后后加在一起多达四十四万八千余贯，震惊朝野。这几天，朝中上下都议论纷纷呢！”

“杀害降兵的事儿呢？”

“也认了。”

“是死罪吗？”

“御史台在朝堂集合文武百官定罪，按律当斩。”

花蕊长嘘了一口气，低声说：“总算是成了。”

烟柳也说：“毋公说夫人这事儿办得漂亮。如果仅仅是状告杀人，开朝立国杀掉的人就多了去了，可贪腐私藏就不同，放在哪里都让人痛恨。现在就等官家下诏，夫人安心吧！”

这一晚，花蕊终于可以踏实入睡了，恍惚中只见一个风度翩翩的郎君踏云而至。他头上戴皂纱簇花巾，胸前绣着龙纹，腰上系着玲珑嵌玉环，剑眉凤目，皓齿丹唇，远远地看到花蕊，便含泪揖拜：“蕊娘深明大义，孟昶身为男儿自愧不如，泉下无颜面对昔阳父老，更愧对费氏宗亲，只好将精魂一缕附于三生石上，伴你生生世世，不入轮回。”

花蕊想起，那不正是玄宝所绘的《挟弹图》中孟昶的样子吗！她浑身颤抖，一颗心犹如在烈火中焚烧，又像被剜刀割搅，忍不住大声地哭喊起来：“三郎，三郎！”

孟昶微微笑着，一阵大雾弥漫在眼前，将他的声音刮去老远，隐约能听到他在说：“蕊儿，你一定要好好活下去啊！”

花蕊挣扎着想往前追，却怎么也追不上，她只好哭喊着：“你既然不想要蕊娘随你而去，那你告诉我，以后我还能怎么活，应该怎么办啊？”

孟昶在大雾中越来越远，花蕊追不上，扑通一声绊倒在地。

“娘娘，娘娘！”她睁开眼睛，只见燕官掌着灯跪在她的床榻前说，“娘娘千万保重，不可再去寻死啊！”

“燕官，我还能去哪儿呢？”花蕊悲惨地哭着，完成这件大事儿，她感觉一夜之间老了很多岁，心也慢慢死了，“我活着无望，死去在泉下也没有办法跟耶娘交代，或者也只能像三郎那样，将精魂附着在三生石上，游离在离恨天外吧。”

“娘娘不要胡思乱想，或者哪天官家怜悯，准你出园子。我们一起去找师父他们！”

“李都头？”

“师父带着柳姐姐和教坊的兄弟姐妹们去了泉州，如果能乘驾出海，还能看到化外之国，天下这么大，怎么会没有夫人的容身之所呢？”

燕官这是在安慰她，也是在安慰自己。自从被李彦武留下来，她就知道这辈子只能待在花蕊身边，待在朝廷的眼皮子底下了。

只见花蕊笑了笑，不知是否想起了跟随李玹游历天下的七年时光。

王全斌死罪的诏书迟迟未下，欧阳炯的上疏一封接着一封，赵匡胤大为光火，却只能在赵光义和赵普的面前发泄：“朕取了柴大哥的江山，我承认对不起他，也立誓善待柴氏子孙，有罪不得加刑，就算谋逆，也要止于狱中赐死，而不能族诛，不能屠戮于市。可是对孟昶，朕始终无愧！这些孟蜀旧臣，简直欺人太甚！”

赵光义道：“对王全斌所犯的死罪，皇兄到底怎么想的？”

“他该死！就凭他贪残无厌，杀害无辜，不顾平抑民情的大局，玩弄兵权，就该杀！可是这些天欧阳炯咄咄逼人，反倒让朕冷静了。”赵匡胤在金銮殿上来回走动，“欧阳炯企图煽动民情，逼迫朕诛杀功臣，朕绝不上当！让刘温叟将他传来！”

午后，御史中丞刘温叟将欧阳炯带到了偏殿。欧阳炯已经年过七旬，年轻时看破世态，时常在花间流连徜徉，眼看年入古稀，反而倔强起来。他在御前揖拜，神情端庄，尽管裹着朝服，可花白的垂髯须发带着些许出尘的仙气，连赵普也忍不住暗自赞叹。

“朕听说欧阳学士生于耕读世家，勤学好文，尤擅工词，‘忆昔花间初识面，红袖半遮，妆脸轻转’，是不是就出自你的手笔啊？”赵匡胤毫不含糊，一开口便揶揄道。

“臣年轻时的嬉玩之作甚多，作了不少艳曲，都花费于盖羽之欢，不过官家若有兴趣，可读一读臣拟香山居士的讽谏诗。从前孟公宽容大度，才使蜀中文化成就兴旺，官家也是胸有丘壑的圣人，大宋江山必将更加稳固发达。”欧阳炯很坦率，对赵匡胤的揶揄毫不避讳，亦能从容应对。

赵普和赵光义都很清楚，欧阳炯的才华绝不局限在花间词曲中，他的长篇古诗《贯休应梦罗汉画歌》和《题景焕画应天寺壁天王歌》，笔力苍劲，堪称佳作。能在孟蜀治下官居宰相，确实有他过人的一面。赵光义岂不知皇帝是在故意贬低他，只是不知道他到底有什么用意。

“蜀朝文人多是废唐遗族，文藻争鲜夺艳，不外乎男女那点儿私事儿。朕听说楚王喜爱曲词，日夜弹唱，欧阳学士便以长笛合奏，引为美谈，今日也给我们来一曲怎样？”赵匡胤的话音刚落，欧阳炯的脸色就变了，连站在一旁的赵光义和赵普也都愣住了，心想欧阳炯这连番的上疏真是把皇帝给惹急了。

“怎么？学士不肯为朕吹奏一曲？”赵匡胤的手指在龙案上的一根碧玉长笛上摩挲。

欧阳炯埋着头没说话，艰难地咽了咽口水，刘温叟看着他，心中有所不忍。

“你历经五朝，通达世故，为何在孟蜀便恣意吹弹，毫不顾忌，在大宋的朝堂上却难以作为呢？可见你与朕心意并不相通。身为人臣，不懂至少可以管住嘴巴不说话，但你再三率蜀臣上疏，并且煽动民意，要置王全斌于死地！你是否身在大宋，领我俸禄，但是那颗心还在孟蜀呢？”

欧阳炯扑通一声跪在地上，说道：“臣既然归顺大宋，便是大宋臣僚，所思所虑皆以大宋社稷为念。同样，蜀中百姓既然归顺大宋，便是大宋子民，陛下不该为大宋的百姓着想吗？他们含冤带屈，被王全斌那样的流氓屠杀，他杀的是大宋的百姓啊！陛下！请问臣做错了什么？”

“大胆！”赵匡胤怒气腾腾地拍着龙案，长笛啪的一声被拂在地上，“朕说的是你！一首曲子也不能吹奏，可知你心口不一，还敢自称以大宋社稷为念？”

欧阳炯跪在地上浑身哆嗦，慢慢移膝伸手拿起丢在地上的长笛。

这时，刘温叟再也忍不住了，他跪地奏请说：“欧阳学士在宫禁任职，掌管诰命，不可做伶人之事。”赵光义也赶紧上前解围说：“我大宋朝的臣僚，岂能跟那些偏安小国中的一样？也不能让朝中重臣净干些教坊乐工的事情，官家算了吧！”

赵匡胤哼了声：“孟蜀后宫骄奢淫逸，朕才不会学他绮筵公子，绣幌佳人，惺惺作态。教坊要创，也会创建雅乐、燕乐。朕要的是大智大勇之才，我就想试他一试，你们看吧！根本经不起试！”

说完，他卷起袖子扬长而去。

刘温叟愕然，赵普却忍俊不禁地笑起来。

过了不久，御史台携皇帝的诏书下到狱中，三个死囚披头散发，王全斌更是悔不当初，他喃喃自语道：“我不该跟官家喝了酒，就忘了自己说过的话，当时便请辞该多好……”

诏书说：“王全斌、王仁赡、崔彦进：你三人披坚执锐，出征蜀地，既然已经取得了大功，就该体谅朝廷安抚百姓的用意。等蜀地清宁，便及时班师，论功行赏。但你等却罔顾律法，贪得无厌，残杀无辜；不图平抑民情，只顾玩弄兵权！你三人犯下这等大错，朕依然顾念之前的功劳，特别给予宽大，只停任节度，仍委任藩镇宣政。你们应当好好反省一下，朕是不是没有恩惠。全斌责授崇义军节度观察留后，彦进责授昭化军节度观察留后，特别改建随州为崇义军、金州为昭化军来安置。仁赡责授右卫大将军。钦哉！”

本以为死罪难逃的三个人，听完诏书后，犹如劫后余生，都抑制不住满腔的感激之情，顿时号啕大哭起来：“臣定当肝脑涂地，为官家而战，子子孙孙护卫官家……”战场上杀人如麻的好汉，此时却像孩子一样哭成一团，磕头跪地谢领皇帝再造之恩。

眼看天气越来越热，汴水微澜，荷塘飘香，孟府后苑垂柳依依，长亭内外烟缭雾罩。这天，孟玄喆正光着臂膀在空地上舞刀，只见两个身穿青绸襕袍的老者被柴七领着，一前一后地走来，身后还跟着一名跛脚的武将。

“毋老！欧阳学士！乞儿叔叔！”孟玄喆放下长刀跑上前去，扶着毋昭裔跪地打恭说，“天气这么热，您老还专程到府上来！”

“你还在丁忧，不方便四处走动，何况汴水岸的风光独好，我们来府上逛一逛，欧阳贤弟有没有兴致吟诗一首啊？”毋昭裔笑呵呵地说着，转头问欧阳炯。

“今上不喜欢吟风弄月，欧阳每日在宫中打坐念禅，颐养身心，已经变得跟泥菩萨差不多了。毋老你不坐，我可要坐下来了！”欧阳炯说完，孟玄喆赶紧面带歉意地将毋昭裔搀扶到席台上坐下，王昭远招呼柴七奉茶。

“乞儿最近怎样？”毋昭裔致仕多年，尽管王昭远曾经贵为枢密院执事，在他心里依然是那个小鱼儿般在高祖手中摇晃的小和尚。

“每逢下雨前，还是会腿痛，不过有韩先生帮我，已经好了很多。”

“啊！”毋昭裔忽然望着青天叹息，“韩将军被俘后，在中途身故，可惜他兄弟二人连最后一面也没有见到。”

王昭远听着毋昭裔的长叹，几乎落下泪来，他与柴七是旧识，自然知道韩保贞的死讯。到现在为止，所谓蜀地的流寇叛乱，在朝廷重兵的强压下，终于得以平息，前后用了两年时间。曹彬和刘光义平叛有功，班师回朝，赵匡胤升任曹彬宣徽院南院使，刘光义领镇安军节度使，并下旨给予蜀地很多租税的减免，以养生息。

王全斌、崔彦进和王仁瞻三人被皇帝下旨赦免，不过是朝廷对孟蜀遗臣的警告，这当然也是帝王驭下的一贯策略。

欧阳炯向孟玄喆请罪，他已经再也没有能力与朝廷一争对错了，皇帝免了他正三品翰林学士的官职，让他在宫中做了一名散骑常侍。品阶不变，俸禄上还有增加，却很难有机会再表达自己的政治见解。与此同时，其余有过上疏的臣僚却被打压得抬不起头来，这实际上给曾经的联盟造成了割裂，而李昊、范禹偁等人因为明哲保身，并没有受到丝毫的牵连。

“当初花蕊夫人希望经由我等联名上疏，能让朝廷觉悟，没想到事与愿违，还连累了欧阳先生，玄喆心里很难过。”孟玄喆虽然有着深深的遗憾，但皇帝不久前还派了宫人前来慰问，表达了朝廷期待他起复后建功立业的一天，“父亲大人临终前教诲我等，孟氏子孙为国尽忠，不可谋反，尊圣不得不从。”

只能这样走下去了，欧阳炯深深地叹了口气。他已经老了，有生之年还不知能不能回到蜀地，他知道对孟玄喆也不能抱希望，他还年轻，还有无限的前途。他走到现在这一步，始终深信这条路的起点是对的，他和花蕊夫人都并非为了孟府，也并非为了自己，而是为了蜀中冤死的三万多降卒。可是这条路渐渐变得歪斜崎岖，而且离散的人越来越多，甚至他自己也像陷入泥沼中一样深感无力。

“花蕊夫人深受皇宠，怎么还会诚心为蜀中百姓着想，坊间传闻说陛下即将纳她为妃，也许她早就忘了自己曾是蜀王慧妃。”正在埋头煮茶的柴七突然说，大家原本都没注意他，这时都抬起头来吃惊地看着他。

“不要跟着坊间乱说！”欧阳炯制止道，“看来朝廷的这套策略成效显著，连你们也信了！”孟玄喆倒没有表现出什么，他说：“父亲大人休放花蕊夫人，或者就是希望她能另择高枝吧。”

柴七这时候忽然跪倒在欧阳炯的身前，磕头说道：“柴七在邙山碰到夫人的时候，她希望我能想办法到玉津园管事儿，我倒很想去看看，搞清楚真相如何，不知欧阳先生能不能帮我。”

欧阳炯答应下来，说：“到西苑管事儿的都是宦官，倒是东苑校场的清卫厢军还缺几个指挥，我可以帮你谋个差事，蜀地流民到京城的原本就很多，你有花蕊夫人作保，府中给你出具身份文牒，这件事儿不难。”

柴七感激地连连叩头，王昭远眯缝着眼睛一直在看着他，露出一丝意味深长的笑容。

眼看已近秋收，稻畦轩外的大片稻田穗绦垂垂，饱满的谷粒像金子般在阳光下闪闪发光。天色刚蒙蒙亮，花蕊便只穿着宽袖儿的绮罗纱裙，拿着三炷檀香，跪在内室的东墙下静静祷告。燕官端来早点，看着墙上悬挂着的画像，陷入了沉沉的思索。她想不明白，夫人与孟公这般纠缠是为了什么，既然念念不忘，为何花蕊不肯入住孟府？既然情投意合，为何孟昶临死还将她休放？

忽然外面传话，宫里来人，皇帝在西苑观稻，宣花蕊夫人侍驾。

花蕊心想是王全斌的案子有眉目了，赵匡胤肯主动宣她，必定已经怒气全消。怀着一丝忐忑和希冀的心情，她小心翼翼地前往观稻台，现在的大宋皇帝早已不是柳庄店那个意气用事的香孩儿了，他的机谋隐藏在赤子般的胸怀之中，而且并不在意是否被人察觉。

晌午后，众臣各自歇息，赵匡胤第一次在西苑的行宫驻跸。

“朕已经下诏，朕猜想夫人应该期待了很久，所以想将诏书亲自念给你听听。”

“好。”花蕊从他的表情里看不出任何端倪。

赵匡胤缓缓拿起诏书，口齿清晰地念道：“……咨尔披坚执锐，出征全蜀……全斌责授崇义军节度观察留后，彦进责授昭化军节度观察留后……仁赡责授右卫大将军。”

“朕，赦免了三位有功之臣。”赵匡胤放下手中的诏书，目不转睛地盯着花蕊，他已经做好准备听到痛哭和责怪的声音，并且想好了应对之策。可是花蕊听完后，既没有哭泣，也没有责怪，甚至连表情都没有变过，她叹了口气说：“官家果然心存大志，看来大宋一统天下的时日不久了。”

赵匡胤愣住了，他把花蕊的话在脑中咀嚼片刻，感到兴奋。他立刻走上前去，像男人与男人之间那样，双手拍着花蕊的肩膀。但她的心神散漫，对皇帝的赏识之谊无动于衷。在赵匡胤的眼中，花蕊仿佛一朵盛放的艳丽牡丹，炫目而妖娆，不知什么时候，他已经紧紧地将她抱在怀中：“蕊娘果然是朕的知己！如果人人都如你这般理解朕，我还有什么心愿无法达成，天底下的事儿还有什么能难住我呢？蕊娘你看！”

赵匡胤说着，像孩子献宝一样，指着桌案上的黄麻纸道：“朕还在草拟一道旨，是关于楚王的，从今往后不准臣僚再上疏有关蜀宫的旧事，王溥所修的史书里，也不再提说蜀国。那些荒唐的言论就此终止，可以吗？

你看，朕也是懂你的，对不对？”

“啊，官家不懂臣妾。”花蕊推开赵匡胤，她含着热泪说，“如果你懂我，就知道花蕊志不在此。成都府被打劫一空，宫城被拆，楚王视为珍宝的文献典藏也统统被烧毁。公道是天理，在人心。楚王也好，蜀地的百姓也罢，何曾因为官家说过什么而改变。人在做，天在看啊，陛下！”

花蕊的一番话仿佛一道惊雷将赵匡胤从振奋中震醒，他仿佛又回到了少年时，看到了柳庄店里的那个费蕊，她平静而优雅，却对他没有丝毫的情愫。原来这么多年，他能挣得天下，却难以挣得一颗不属于自己的心。“你的心……是铁做的吗？”巨大的落差让人心生愤恨，赵匡胤冷冷地说道，“你是说，不论朕做过什么，都敌不过天意，你跟孟昶算天意吗？他死了，变成了神，就伟大到连朕也敌不过是吗？我偏不信，你等着瞧吧，我不会刻意诋毁他的，但是我要你亲眼看到，有生之年，孟昶是怎么在天下人心中消失泯灭的，又是如何在蜀地百姓的心目中被慢慢抹去，变得一钱不值的！”

花蕊看到赵匡胤的眼睛变得赤红，强壮的身躯因为发怒而像野兽那样局促地起伏着，脸上的皮肤变得愈发深紫。她的耳边忽然响起孟昶说过的话，那是她从前理解不了，此时此刻却觉得是他早已准备好的箴言的话语。

花蕊说：“春花秋月相接，人世转换不停，纵是千古英雄，也终将逐浪而尽；所谓是非成败，其实转瞬成空；江山美人，亦不过付之一笑而已。官家何必执着这些？”

犹如冰水倾盆而下，赵匡胤感觉到前所未有的狼狈，他愤然离去，临走前说：“朕要做一位千古帝王，绝不会拘泥于小节，原以为蕊娘也是巾帼豪杰，却被孟昶的区区小恩小惠打动而不能自拔，你应该冷静下来再好好想想！”

接下来赵匡胤去了哪里，只有童应全知道，但是过了不久，永宁便带着芙蓉入宫面圣，芙蓉被赐霞帔。

晋王不能理解皇兄的所作所为，当他从内监官童应全口中得知发生在稻畦轩的事儿后，更觉得忧心忡忡，私下来到赵普的府邸与之商量：“区区降王后妃，竟让皇兄不顾帝王体统，几次三番临幸玉津园，传出去又是民间笑谈。”

赵普说：“官家也是血肉之躯，中宫不可永远空置，朝野之中恐怕只有宋太师的长女，系出高闳，可领后宫之首。”

赵光义皱了皱眉头，觉得赵普也改变了许多，他顾不得多想，亟亟说道：“赵相不要顾左右而言他，你知道我想说什么！谁领中宫臣僚都不会有意见，只要不是花蕊夫人。”

赵普捻须笑道：“晋王说笑话呢，官家再糊涂，也不会做出这样的事情来。”

赵光义说：“稻畦轩内，皇兄被花蕊激怒，以他的脾气，说不定真的会纳她为妃呢！”

赵普说：“官家是气糊涂了，岂能与死去的人争名？这事儿还得再想想，晋王有办法吗？”

赵光义说：“没有，除非花蕊死了！”

赵普忽然顿了顿，说：“民间向来喜欢为冤案叫屈，现在风头更甚，王全斌已经让官家失信于蜀地，若再死去一个花蕊夫人，今后各国还怎么打？官家呼声再高，也敌不过民愤啊！”

赵光义豁出去了，他哼了一声，说：“廷宜自小崇拜皇兄，绝不能看着他深陷泥潭，不能自拔。阴谋诡计不是皇帝所为，那就让我来做吧。至于千古骂名，他们爱骂不骂、爱写不写，反正已经死了两个人了，谁怕谁啊！”

赵光义说着，踏着步子要走，被赵普拦住：“这件事儿，还是让我来做吧，晋王此前不曾经手过类似的事情，皇帝怪罪下来，何必多牵连一个人呢？”

41. 帝王的取舍

太行的东南，有广阔的河谷平原向东铺开，像摊开的烙饼一样平整广袤，纵横的河道蜿蜒逶迤。秋收之后，稻田的秸秆被焚烧用作肥料，汴梁城外的田野变得黑一块儿黄一块儿的，斑驳的土地上，每隔一段距离便是一处草垛，那烟尘正是从草垛中央冒出来的。

玉津园东苑的水塘边、花树下、亭台楼榭四处都缭绕着青烟。

“看起来跟蓬莱仙境一样。”燕官遥望着远方说道，“不禁让人想起秋收时候的家乡，真怀念宣华苑啊！”

花蕊还在稻畦轩焚香祈祷，这现在已经成了她早晚的必修功课。

轩窗外传来阵阵管乐吹打的声音，永宁公主的玉澜堂像是有喜事儿发生。花蕊这才想起来，芙蓉和小七已经有一段时间没过来了。

上次她俩来的时候正巧碰上花蕊在上香。小七望着画中眉目清俊的郎君，还抚摩着脚下高不盈尺的仙童，不解地问她：“这位仙官是谁，我怎么没见过？”

她随口胡扯，说：“这是蜀地的张仙啊，人称送子神。”

“花娘娘很想要个孩子吗？”小七懵懂地问。

花蕊笑了，解释说：“娘娘曾经有孩子，年纪很小就薨了。供奉张仙成了习惯，蜀人的堂屋里都有这幅画儿的。”

“哦！”小七点点头，转身对芙蓉说：“阿姐也请一个张仙吧，等你嫁了人，让送子神也给你送个孩子。”

“七妹！”芙蓉的脸羞得跟傍晚的醉芙蓉一样，鲜艳欲滴，她扬着手作势要打，小七无路可退，躲到花蕊的身后说：“上回阿娘带你入宫面圣，官家赐了霞帔，阿耶回京的时候我都听见了。翻过年，阿姐就要入宫啦！”

芙蓉羞得要哭出来了，跺着脚呵斥：“七妹，你再胡说八道，小心嫁不出去啦！”

“我才不嫁呢！我就住在玉津园里，等隆谂哥哥来，我们一道去校场骑马！”

“骑马能骑一辈子吗？”花蕊逗她。

“隆谂哥哥喜欢骑马，也喜欢小七玩儿檀板，他的檀板打得比我好！”

花蕊若有所思地看着小七，她想起自己小时候跟孟昶的往事来。这时，芙蓉说道：“芙蓉还想住在玉津园呢，入宫有什么好啊，都见不到你们！”

花蕊嗯了一声，点点头说：“等芙蓉凤冠霞帔，从朱雀大街抬入大庆门的时候，娘娘亲自为你请一张送子神……”

“娘娘！娘娘！”

燕官急匆匆地跑进屋子，焦灼的声音打断了花蕊的思绪，她正好课毕起身，水雾盈动的双眸抬起来看着燕官。

“娘娘！”燕官愣愣地站在门口，越发觉得不认识她了，那个样子到底在哪里见过？啊，是画上，花蕊穿着拖地的长裙，素色的丝绦系在腰间，雪白的绸纱堆在脚下，头上的乌发由莲花冠束拢，嫩白的手臂上挂着鎏金镂空的花鸟香囊，那香囊里散发着阵阵沁人心脾的花香，真像是一位仙姑从宫中的古画上走下来！

“官家驻跸校场宴群臣，宗正寺来人到玉澜阁纳采，要在各殿门庭挂红纱灯笼。”燕官一边说着，一边扶花蕊出了稻畦轩。站在飞廊往外看去，只见整个玉津园都铺上了厚厚的毡毯，数不清的五色旗扇、幡帔，齐整的刀斧、钺戟让人眼花缭乱。八名头戴簪花儿、身穿紫袍的官媒骑在高头大马上，引导浩浩荡荡的仪仗，载着匡箱聘礼，双雁、肥羊、驯鹿、赤马，从西苑隔道一直延伸到了东苑的玉澜堂外。

花蕊叹道："玉澜堂风光正好，宋太师奉旨入京，大宋朝这是要有一位正宫娘娘了。"

燕官心酸，听她说着波澜不惊的话，脑海里却浮现着多年前宣华苑内艳如牡丹的慧妃花蕊。她正想开口说什么，只听侍女来报："宫中通事舍人求见。"

"冯舍人请！"

花蕊将通事舍人迎入稻畦轩正堂。舍人命人抬了一个乌木箱子进来："官家有旨，送花蕊夫人珊瑚树一株、十锦笺三十卷、徽墨十方、御酒一壶。"

箱子打开，一株两尺高的红珊瑚映入眼中，底座儿由鸡血石镶嵌。祇候抬出珊瑚树，花蕊却独独看着摆放整齐的十锦笺和徽墨露出了微笑，她伸出长臂，摩挲着细密的纸纹，爱不释手。

"官家还赐夫人御酒一壶，请喝了它吧！"

舍人指着旁边端着食案的祇候，语气和悦地说道。

"御酒？"燕官心里猛然一跳，不知哪儿来的勇气，冲在花蕊身前拦住。

"燕官，怎么？"花蕊已经伸出手去，准备从托盘儿中端酒杯了。

"我，夫人……"燕官语无伦次，不知该说什么，忽然转过身去，将手伸向祇候手中的托盘儿，"让奴家替娘娘喝了它吧！"

"刁奴，御酒岂是你能喝的！"通事舍人厉声大喝，挥手示意左右将燕官架走。

"放开她！"花蕊道，"官家御赐的酒当然是我喝。"话音刚落，她突然恍惚地意识到了什么……不会的！花蕊又笑起来，心想若赵匡胤有心要她死，何必花心思从蜀地采得十锦笺，连同徽墨一起送来呢？何况他还发过狠话，要她在有生之年，亲眼看看天下人是怎么忘记孟昶的。

"不！不！不！娘娘，即便官家无心，那些臣僚呢？他们未必肯放过娘娘！"燕官的双臂被挟着，她看着花蕊微笑甜美的表情，顾不得杀头的大罪，挣扎着仰天大喊："官家！皇帝陛下呀！你不能做这种自毁社稷的事情啊！娘娘千万不能喝！"

说时迟那时快，五六个内监祗候冲上前去，捂嘴的捂嘴，七手八脚将燕官抬出殿外。

很快，外面响起噼噼啪啪的杖打声、推攘声，还有燕官惨烈的呼叫声。花蕊心如刀绞，厉声呵斥："放肆，给我停下！"她愤怒地往殿外走去，却被祗候拦在了堂中。通事舍人悦然的表情变得狰狞起来，他冷冰冰地说道："娘娘还是喝下这壶酒，安心上路吧！"

到底是真的……赵匡胤竟然连正眼看她的勇气都没有。

花蕊痛愤双生，大声说："放了她，我这就喝！"她刚端起酒壶，忽然听见外面的喧嚷声戛然而止。通事舍人发觉了异常，倏地站立起来，没等他抬起腿，只见一道灰影冲进堂中，两名祗候啊的一声惨叫着倒在地上，乌血溅在花蕊手里的酒壶上，食案也随即翻倒在旁。

"柴七！"花蕊认出那个人影。

舍人猛然后退两步，一把推倒了身边的插屏架子。他俯身要去拔祗候腰间的长剑，拔了几次也拔不出来，没等他再次退开，柴七的砍刀已经劈落下来，咕咚一声，人头便被砍了下来，在地上滚了几圈儿，眼睛还亮铮铮地盯着花蕊。

"柴七，怎么是你！"花蕊惊喜交加，紧跑两步上前，刚伸出手，却见柴七手腕儿翻转，还淌着乌血的刀尖儿已经对准了她的胸口。

"为什么？"花蕊还未从惊喜中回过神儿，看着柴七送上来的刀刃，大吃一惊。

"是我。夫人不是让我在玉津园谋个管事吗！"虬髯蓬乱地生长在柴七的脸上，他的一双眼睛像豹子一样露出狠戾的凶光，"我答应永吉大哥，要先杀了你，再杀狗皇帝！"

花蕊怔了怔，忽然凄惨地笑了起来。原来如此，原来韩保贞至死也以为是她和赵匡胤谋害了孟昶，她想解释，却不知从何说起。看着眼前寒光微闪，花蕊不由得闭上了眼睛。

嗖——嗖——两道箭矢飞过，柴七发出了一声低吼，横刀哐当一声落了地。

“陛下驾到！”

燕官的声音在殿堂门口响起。花蕊睁开眼，只见门外光影闪动，一个瘸跛的武将提着弓弩冲了进来，将柴七按倒。花蕊定睛一看，竟然是王昭远。“乞儿，放开他！”花蕊话音刚落，只见皇帝赵匡胤已经大步踏入正堂中来。

他的身上还穿着射宴的撚金线望仙花袍，手里攥着冠冕上的绒球簪花儿，他看着堂中满地的血污，又看了眼白衣莲冠的花蕊，心里忽然一颤，情不自禁地将她揽在胸前：“你……你怎么样了？”

被王昭远按倒在地的柴七，看到赵匡胤对花蕊这般情深暧昧，不知哪儿来的一股力气，猛地从桎梏中挣脱开来，他发了疯一样，提起地上的砍刀便横劈过去。

赵匡胤抬起一脚将他踢开，可柴七杀红了眼，嗷嗷叫着拼命劈砍，全无章法。赵匡胤护着花蕊，躲闪不及，手臂被划开一道口子，鲜血直流。眼看花蕊就要被砍刀劈中，王昭远捡起地上的箭镞，跛着腿冲上前，狠狠地插进了柴七的胸口。

柴七捂着胸膛，那双豹眼直瞪瞪地看着王昭远，身体硬邦邦的，久久未动。

“柴七！”王昭远哭喊着抱住了他，只听扑通一声，两人双双跪倒在地。他搂着柴七的身体，过往在他的头脑中闪过，他红着眼睛仰天哭喊：“若主上还在，他是不会准许你这么做的……柴七啊！”

“柴七！”花蕊惊跳起来，掀开赵匡胤的臂弯扑上前去，大声恸哭，“你何苦啊，柴七！”

柴七睁大双眼，对王昭远说：“你知道，柴七年轻的时候，被天家所救；后来在彭州遇险，又是永吉大哥为我挡了铁锤。柴七这条命早就是他们的了。”他说完，又转过头去望着赵匡胤：“永吉大哥临死之前，唯一的心愿便是杀了花蕊和赵匡胤，只可惜柴七功夫不够，未能给天家报仇。赵匡胤，你会有报应的！你是怎么窃取的江山，老天爷都看在眼里，你会有报应的！

哈哈哈！”

柴七仰天笑着，双手猛地用力，随着他一声大吼，笑声戛然而止，那箭镞从后背穿出，鲜血溅在王昭远的脸上，又溅在花蕊的白衣上，像是团团晕开的花。

“柴七！柴七啊！啊！啊！”

王昭远狂乱地捶打着胸口，声嘶力竭。柴七的头颅搭在王昭远的肩膀上，再也不动了，只是他凶悍的目光还死死地盯着赵匡胤。

很快，丞相赵普带领御前厢军将稻畦轩团团围住，密不透风。宰执侍从把尸首拖开，迅速清理了殿堂，就着正堂的南面升起宝座。

赵匡胤犹如一尊铁塔般，威严冷峻地坐在黄罗交椅上，他望着东墙上散着幽香的“张仙”画像，心里有所触动。他想，也许晋王和赵普的话是对的，即便他有足够的自信可以超越孟昶，可是这需要很多年，甚至需要几代君王孜孜不倦地求治，才能让现实的富足和太平来说服天下人的心。

花蕊在燕官的陪伴下，静静地站在御前，刚刚的血腥和污秽她没有沾染丝毫，反而越发地超逸了。

赵匡胤问：“朕今日大宴群臣，所赐之物夫人可都收下了？”

花蕊回禀：“臣妾谢吾皇恩典，都已收下了。”

“皇帝所赐的御酒，夫人恐怕还没有喝。”赵普忽然从旁插嘴，用手指向一名侍从。赵匡胤看见那侍从手中的托盘儿上放置着一个歪斜的酒壶，他心中充满疑惑，正要问话，却听见花蕊身边的婢女燕官大叫一声：“官家！”紧接着咕咚一声跪在地上。

她的头发散乱不堪，脸上还有些划痕。赵匡胤记得，他闯进稻畦轩的时候，这个宫婢正在接受宫人的杖责。只听她亟亟说道：“夫人修行，不能喝酒，求官家将御酒赐给奴婢，由小奴替代夫人喝吧！”说完，未等皇帝下旨，她便起身朝着那托盘儿扑了过去。

祗候内监慌忙一闪，燕官扑了个空。

“大胆！”赵普大喝一声，命左右侍从将她架开。

燕官被人架着拖出殿堂，她大声哭泣着责问："官家，夫人何罪啊？"

赵匡胤浓眉一扬，冷冷地看着赵普。赵普却不看他，面色坦荡地望着前方。终于，赵匡胤咬了咬牙，对花蕊说道："今日宗正寺前往宋太师府邸纳采，群臣都喝了御酒。朕希望花娘娘也能为朕饮了这杯酒。"

花蕊笑了笑，抬起含水的双眸看着赵匡胤，她自知已经不能活下去了，皇帝胸膛里流淌的豪情和义气还在，可是他越来越像一位帝王，越来越懂得如何取舍了。

她提起祗候手中的酒壶，慢慢斟满酒杯，仰起头，准备一口干下去。

"蕊娘！"赵匡胤叫住了她，口中呼唤的是她的小名儿，"朕忽然想起一件事儿来，你曾问我江陵那桩旧案的事儿。"

"什么？"

"我骗了你，我怎会不知道青衫的密谋呢？"

"你在说什么？"

"费氏灭门，确是青衫所谋，他与田行皋勾结，劫持了费氏的万贯家财，并将你送入蜀宫，为的就是某一天，你能为他所用。孟知祥得了田行皋献上去的几件宝贝，就封他为施州刺史，却不知此人曾私自带兵出峡。你明白为什么田行皋谋反后，还能到南平避难了吧？"

"为什么？"

"因为田行皋也是青衫的人啊！"

"啊！"花蕊大叫一声，握不住手中的酒杯，杯中的酒几乎洒落在地，她浑身哆嗦着，手指赵匡胤凄惨地笑了起来："三郎到死也不知道！我竟信了你所谓的敢作敢当，原来你真的是天底下最大的骗子！"

"大丈夫可不拘小节。"

"好个不拘小节！"花蕊笑着，长袖一挥，仰头干了杯中烈酒，然后用尽全身的力气将金杯摔在地上，说："赵匡胤啊赵匡胤，你骗得我与三郎生离死别，骗得我们好惨啊！"

"娘娘！"王昭远扑通一声跪在地上，移膝爬到花蕊跟前，抱着她的裙脚失声痛哭。

“好了！花蕊夫人，朕言尽于此，从今往后，再也不欠你什么！”赵匡胤说完，起身离开了稻畦轩，这是他生平第一次来到稻畦轩，也是最后一次。

从此以后，皇帝临幸玉津园的次数日渐减少。

开宝年，宋芙蓉入宫。

这年秋后，皇帝再一次临幸玉津园观稻，这次只有宋芙蓉一人侍驾在侧。站在高高的观稻台上，眼前是一望无际的原野，望着金灿灿的稻穗儿把稻秆儿压弯了腰，芙蓉笑着说：“官家越来越沉默，是否像这稻穗儿一样，越是成熟聪明，就越是谦虚谨慎呢？”

赵匡胤将芙蓉搂在怀中，轻轻地抚摩着她的臂膀，没有回答。

芙蓉问道：“官家当初骗花娘娘，把江陵祸端栽赃到青衫头上，真的就能让她逃过死劫吗？”

赵匡胤眯缝着双眼，面无表情地说：“换成是你，既然知道自己冤枉了夫君，还在国破家亡的时候愤然离蜀，当着敌国皇帝的面儿，写下痛斥亲夫的《述国亡诗》传遍天下，内心会觉得安宁吗？以花蕊的性格，她必定会想办法为孟昶做些什么，怎么甘心就此死去呢！”

“臣妾不知花娘娘性情如此刚烈。”

“这只是朕的猜想而已，赵普和晋王岂是那么容易哄瞒的呢？不过她聪明绝顶，或者会有什么办法。”

宋芙蓉温声说道：“如果换成我，芙蓉会喝下毒酒，追随郎君。”

赵匡胤心中一动，搂着她说：“花蕊翾轻，坚韧难屈。但芙蓉啊，你就是你，不是她！你是朕的皇后娘娘！”

42. 南音

“过了前面的这条河，离开大宋的地界就安全了。接下来一路到泉州，总算不必太赶。”

富贵望着远处延绵的山峦对燕官说道：“泉州属清源军镇，使节陈洪进在江南国化外而治。乾德元年他派人绕道赴汴州向宋皇帝奉表称臣，愿意纳土归顺。皇帝下诏命改清源军为平海军，封陈洪进为节度使、泉漳观察使、检校太傅，赐号推诚顺化功臣。那里迟早也会归宋的，到时候又不知道是什么状况。”

燕官嗯了一声，说：“不行我们便驾船出海，漂到哪里算哪里呗！”

富贵笑了起来，他拖着疲惫的身躯，强打精神，迈着双脚，来到身后驾车的两个童仆跟前问：“怎么样了？”童仆回头看了看缁车，摇摇头。富贵掀开帷幕，烟柳手捧瓦罐儿端坐在旁，她的身边躺着一个人，富贵埋头看了看那人的样子，眼泪再次哗哗地流了下来。

那与其说是个人，不如说是鬼。只见那一头凌乱的长发像水一样四散在枕席上，半遮半掩着一张苍白的脸，枯槁的面皮贴在高耸的颧骨上，痛楚耸动的双眉下，仅剩两个空洞深陷的眼窝，如墨汁儿一般乌黑的双唇在微微颤动，显示这个人还活着。烟柳耐心地沾了些蜂糖水，轻轻涂抹在那人唇上，随着艰难的吞咽，喉咙里响起一阵咕咕的声音。

富贵不忍再多看一眼，想到能够结束逃亡的生活，可以见到分别多年的师傅、师兄妹和老朋友，他和燕官一行又打起了精神。他们向着太阳升起的方向，翻山越岭，穿林过河。大概又过了一个月，他们才离开江南国的境土，抵达平海军镇。

湿润的空气里吹来带有腥味儿的风，富贵和驾车的童仆都不由自主地掩住了鼻子。

翻过一座山，燕官站在土坡儿上，眼睛一直在看着夕阳下的远方，连绵的海岸线上是密密麻麻的船只，渔村掩映在大如华盖的巨榕之下。深蓝的海湾，如雪的盐田，层层浪花扑打在金色的滩涂上。

“歇一歇吧，我真的走不动了。”富贵扯了扯衣领儿，招呼着驾车的童仆，一屁股坐在地上。燕官目不转睛地看着渔村，望着巨榕树下堆砌的人群，她呆呆地站了许久，忽然大呼小叫着冲下了土坡儿。

那棵上百年的大榕树底下，像宫悬一样排列着几十号人，他们抱着琵琶，提着檀板，吹着笙箫，正在排演。光是乐器就多不胜数，竖箜篌、琵琶、笙、笛、箫、筚篥、毛员鼓、正鼓、齐鼓、和鼓、答腊鼓、铜鼓、羯鼓、鸡娄鼓、鼗鼓、铜钹、贝、筝、拍板、篪、吹叶等，立部的乐者在左侧，其余都为坐部。

一个头发花白的老人提着檀板，站在队列的面前冲着他们大吼：“不行，重来！‘慢头’这一段儿，再演奏一遍，都乱了套啦！你们是太傅亲自选派去开封的，这样的水平怎么拿得出手！哎，你！柳六儿，该你啦，你在想什么？”

那位被喊了名字的女人毫无反应，眼含热泪，直瞪瞪地看着他，目光却越过了他的身体。老人有些诧异，慢慢转过身去。只见他的身后跪着一位风尘仆仆的年轻女人，头埋得低低的，嘴里还在抽泣：“燕官拜见师父，师父老人家身体可好？”

“啊呀！”老人大呼一声，一把将她抱在怀中恸哭，“燕官，真的是燕官！你们总算到了呀！”

“燕官！真的是你哟！”排列齐整的人群突然炸开了锅，他们全都放下手中的乐器，扑上前来问道：“娘娘呢，娘娘在哪里？”

晚上，整个渔村都沸腾着，海潮扑打着渔船，灯火与星光璀璨，村头的祠堂张灯结彩，富贵和驾车的童仆被请到上座，喝酒吃肉，闹至通宵。

趁着众人酩酊大醉的间歇，李彦武和柳六儿带着燕官来到一处居所。

迈进独立的院墙，迎面的厅堂上有门匾横书，星光下能清楚地看见“御乐”二字，还能看到左右门联儿，上联儿是“御苑箫笙吹白雪”，下联儿是“东海正鼓奏黄钟”。步入厅堂，正面是神龛，神龛下的紫檀匣子里供奉着一副拍板儿。李彦武领着两位弟子手执一支香面向神龛静心祝拜，这“一支香”正是象征孟昶竖写的工メ谱。礼毕起身朝后院儿走去，四位年轻娘子面带喜色地迎面走来，手里还端着空食案。隔着门帘儿，只听见屋内响起咳嗽声，李彦武眼圈儿一红，和柳六儿一起跪在窗下：“娘娘，李彦武和柳六儿来看你啦！”

过了几天，参军来到渔村，柳六儿带领精选的三十二名教坊乐人跟他去平海府衙，李彦武和富贵一起随行相送。

“李师傅，这位就是你说的亲戚啊？”一路上，参军与李彦武并辔而行，他看着富贵问，“一路可还顺利？”

李彦武感激地回答说：“是啊，多亏魏参军帮忙，他们总算安全抵达了。”

参军说：“这就好！赵宋皇帝为皇后行册礼，太傅为拜贺贡礼煞费苦心，这南音能在帝后面前出尽风头，也不枉我等为你跑前跑后啊！”

李彦武说：“那是，那是！请魏参军放心，三十二名乐人都是李彦武精挑细选的，绝不会出岔子。”

参军满意地离去，富贵从后面紧跟上前，对李彦武打恭揖拜：“娘娘能平安抵达泉州，还要多谢李都头！”

李彦武一把将他扶起来，说：“李某这一生若有荣耀，也是天家和娘娘造就的，不尊崇他们，乐人还有什么脊梁骨儿啊！当初接到王执事快马书信，我的心都快跳出来了。幸好这军镇使节喜欢听曲子，我便求他帮忙，江南国境内有他的人悄悄护送，娘娘得以安全抵达，李彦武也算对得起天家了。对了，娘娘被赐死，你们又是怎么逃出来的？”

富贵看着天，眼前出现花蕊被王昭远抬回孟府的样子，他的眼泪便像珍珠般一颗颗顺着脸颊滴落下来："夫人不想死，她将天家留下的丹药混在了酒中喝下，又得韩先生调治了半月，才捡回一条命。听王执事说，夫人已被当场验亡，是他乞求皇帝开恩，他说夫人是蜀人，希望能将夫人的尸身带回孟府，由族人将她送回蜀地安葬。皇帝大发善心，准了奏。赵普极力反对也没有办法。我们从蜀地出峡，在夔州得船夫帮忙，再折转往东，为了避人耳目，不知走得多艰难啊！"

"这下好了，娘娘到此，我等会全力保护她的。"

"此次柳六儿领乐人入宫朝贺皇后，娘娘吩咐她带的画像可保管妥当了？"

"我已经跟柳六儿再三叮嘱，一定要当着朝廷百官的面儿将'送子神'亲手奉上，并祝愿皇帝皇后百子千孙，世代安康。除此以外，一概不说。"

"啊！"富贵将双手紧紧地攥成拳头，"但愿能如夫人所料，南音能被御赐就好！"

花蕊在渔村安然休养，身体大不如前。每日得空儿便同李彦武一起修纂曲牌、整编指谱。除了李彦武带出来的一些，她还将遗失的曲词再次校正，找人刊印出来。漳泉两地的公卿望族，每逢节日宴请，都以能够请到李彦武的乐人为荣。花蕊那张瘦削的脸庞上始终呈现着坚强和悦的光芒。

"李都头，柳六儿走多久啦？"

"半年啦，娘娘。"

"李师傅的名声越来越响，你还不愿意收徒吗？"花蕊打趣他。

"我专心教授这批弟子，日后见到天家的时候也能自夸一二，管弦就让他们负责传承下去吧！"

"都头说得好。"花蕊深知李彦武的造诣，与其收徒，不如让他专心提升管弦演奏的品质。

"燕官是不是又被请去军镇府衙了？"花蕊问烟柳。

"是啊，昨日有官媒受太傅夫人所托，为衙内说媒，还请娘娘做主呢！"烟柳放下手中的针线，笑着说："我见过那郎君，骑在大马上，仪表堂堂。

上回送燕官回来，他和燕官一路上有说有笑，竟然都没有看到旁边站着我这个大活人。”

“燕官愿意的话就答应下来吧，我做主啦！”

正絮叨着，富贵从外面一阵风似的跑了进来：“柳六儿回来啦！娘娘，大喜事儿！”

“什么事儿不好好说！”烟柳训斥他，“大把年纪了还这么风风火火的！”

“赵皇帝下旨，封天家为郎君大仙，特赐春秋二祭！册书跟着柳六儿一道回来的，已经到府衙啦！”

“真的呀！快快快，带我去看看！”李彦武跳了起来，像个孩子似的。

犊车载着册书从京城一路来到泉州，李彦武别提有多高兴了，他用最高调、最畅快的笑声表达心中的欢愉，笑着、吼着，到最后突然恸哭起来。

这一天，南音乐人穿着青缘的白袍，浩浩荡荡地在府衙广场集合。广场四周摆满了彩棚，法驾仪仗肃穆而立，喜爱管弦的人全都会集起来，不懂管弦的人也被这气派吸引住，以致整个广场人山人海。

府衙门楼下，面向西北的方向安置着巨大的香案，一尊鎏金的“郎君大仙”塑像端端正正地竖立在案头，案前摆放着时鲜蔬果、猪羊牺牲。

朝廷祭官身着绯色冠冕朝服，亲自主持祭典。鸣炮上香后，节度使与漳泉各地的公卿望族和家眷幕僚悉数到场，祭官为李彦武披戴红绸，随着《金炉宝篆》的祭曲响起，所有人都持香叩拜，偌大的场中只能听到衣袍撩扯的呼呼声。

花蕊站在府衙的高楼上，一动不动，她望着西南的方向，回想着这一生与孟昶过往的点点滴滴，耳边传来南音乐人高唱的声音，柔和动听的曲韵中有几分伤感、几分赞颂、几分朦胧神秘，还含有几分发泄的情感，这咿咿呀呀的唱词在大陆的东方回响着、蔓延着，延续了整整千年……

尾　声

庆历二年（1042 年）。这年的夏天分外炎热。

自大宋朝立国开始，历经太祖、太宗、真宗三朝，迄今已有八十四年的时间了。北方契丹、夏人频频南侵，大小征战六十余回，朝廷总是败多胜少，与辽合谈，也是围绕关南的土地。那是当年世宗皇帝柴荣亲临沧州，四十二天兵不血刃收回的三州三关十七县，任何人不敢轻易丢弃，于是朝廷便跟契丹签订如同贿赂般的协议，向辽增加岁币数量，共计贡银二十万两，绸缎三十万匹。

抑武兴文的国策让武人的地位越来越低，文人却受到空前的崇拜。入宫觐见皇帝的进士结队通过朱雀大街时，整个东京像疯了一样，万人空巷，前往围观。到现在，朝廷官设因此而冗繁，官多位少，等待官缺的冗员多不胜数，恩荫和贿赂让真正的实力和才华得不到施展。

眉州城的青石路被烈日暴晒多日，像煎锅一般滚烫，程氏绸庄、李家酒店、黄家香铺、曹八婆炊饼、杨五茶馆儿依然生意红火，伙计们不断地往街面儿上泼水降温，脚踩上去嘶嘶地冒白烟。树荫下蹲着贩卖时鲜茄瓠的走卒，一边给车驾盖上新鲜的荷叶，一边端着凉茶猛灌。

这时候，从学堂里跑出来一个身穿绿色学袍的小童，年纪有七八岁，光着脚丫踩过滚烫的石板，嘴里哎哟、哎哟地直叫唤。只见他从街那头一溜烟儿地跑向街这头，转了一个弯儿，又撒开腿往文庙方向跑去。不一会儿，后面追来一个青衣先生，头上绾着道髻，他一边追一边喊："想跑！看你跑得出眉州城不！”

文庙外几棵古银杏苍劲挺拔，伸展着茂密的枝杈，把万仞宫墙连同一大片的场地遮得严严实实的，很多人在树下乘凉，在石墩儿上坐着，在地上站着，在墙角儿蹲着，三五成群地吃茶聊天儿。

“换成往年，怕是要热死人的哪！”

“好容易太平几年吧，老天爷又看不下去了！”

“朝廷提防蜀人就跟提防盗贼一样，看谁都像孟大王的遗孤。满朝的朱紫贵戚都是恩荫北人，我当老天爷也看不下去！”

“想想孟大王那会儿，蜀中文士多不胜数，到了太祖一朝，整个儿蜀地连一位进士也没有。”

“听说朝廷会有科举新政，不知道什么时候惠及这里。”

那绿衣学童跑到这里停了下来，他坐在地上，背靠着石墩儿直喘气，乌溜溜的大眼睛望着说话的人问道：“孟大王是谁啊？”

那人拍了拍他的后脑勺儿说：“后蜀朝的孟大王咯！”

正说着，青衣道士也追到了这里，绿衣学童一下子跳了起来，像条小鱼似的在人群里穿梭。道士气喘吁吁，他扬着手里的荆条大声喊：“苏轼！你不尊师重教，我把你交给七君打屁股！”

人群中认识他们的人都笑了起来：“张道士！你三天两头追着学生跑，哪儿见过先生求着学生教的，你看都追到万仞宫墙下啦！”道士张易简气急败坏，要不是看在这学生聪慧敏捷的份儿上，他才不想教授这样一个顽劣孩童呢。

苏轼停下脚步，他噘着嘴说：“学生不是不尊师重教，只因先生说的跟家父全然不同，与祖父说的也不同。孔子曰：‘三人行，必有我师焉。’你们三个我该听谁的呢？难道不听先生的话就要挨条子吗？”

“苏轼说得有道理哎，张道士的学问比得过苏老泉吗？”一群人在一旁起哄。

张易简哼了哼说：“老泉钻到书眼儿里去了，他说的古今治乱得失，政见深湛却不合时宜，苏七君把孙子送到我这儿，我就不能让他走歪咯！”他一边说着一边伸手去揪苏轼，却被他偏着头闪开。

这一幕让大家笑得更起劲儿了，有人问：“小苏轼，苏七君又怎么啦？说来听听！”眉州城的苏序是出了名儿的有趣老头儿，他豁达开朗，一言一行都能让大伙儿喝酒下菜，高兴一整天，因为乐善好施，城中人都尊称他为“七君”。

“你猜！”苏轼回敬那些戏谑的玩笑。

“猜不着！”

张易简想阻止，却听他又一本正经地回答：“昨日我同姥爷路过府衙，看到石刻‘下民易虐，上天难欺；尔俸尔禄，民膏民脂’，我问姥爷什么意思，他说此乃夺胎换骨之法；再问家父，家父说取自后蜀《官箴》，可先生告诉我这是我朝太宗皇帝口谕……多问了两句，先生就要打，我才不傻呢，不跑只管等着挨打吗！”

在座的都听得很迷糊，不过他最后一句大家都听懂了，便前呼后拥地哈哈大笑起来。张易简一把揪住苏轼，口气坚定地说：“朝廷说这是太宗皇帝的口谕，它就是！太祖太宗皇帝英明神武，蜀地才能兴旺太平，蜀人才能安居乐业！七君和老泉怎么就不懂呢！走走走，我把你交给程夫人，这个小娃我再也不教了！反正你爹也是二十七才开始做学问的！”

这时候，宫墙下蹲着剔牙的乞丐说话了：“到现在，蜀地总算有些后蜀朝的模样了。”

“后蜀朝？”苏轼亮着眼睛在张易简怀里挣扎，他大声地问，“后蜀朝什么样？”

“滚开！刘阿斗一样的皇帝，也配跟大宋的太祖太宗相比吗？”张易简大怒，旁边有人附和起来：“是啊，那个胸无大志、贪图玩乐的昏君哦！”

“是叫王衍吗？只打了六十六天就举城投降的皇帝啊！”

“说的是孟昶！同样是后主，王衍被李存勖灭族，孟昶就遇到明君了，死了还受封楚王。都是亡国之君，幸与不幸，区别太大啦！”

“原来是这样啊……”苏轼很失望，没想到祖父盛赞的后蜀王朝，竟有那样一个无能昏聩的君主。

“先生，放我下来吧，我不跑了。”张易简看到他忽然变乖，还有些怔忪，想不明白。苏轼恹恹地回到学堂，仆僮正等着他下学。

狂风四起，骇人的闷雷在天边震撼。苏轼路过万仞宫墙，人群早就散了，只有那个乞丐还蹲在墙角儿。他走到乞丐的跟前，将手中的炊饼递给他：“我问你，你知道后蜀朝是什么样子吗？”

乞丐捧着饼只是嘿嘿地笑。

随行的仆僮赶紧上前撵开乞丐：“去去去！拿了饼就快走！”乞丐说：“蟆颐观的神仙婆婆知道好多，你想听就去那里找她咯！”话没说完，他就被仆僮丢去的石块儿砸中，一溜烟儿地跑了。

苏轼走到纱縠行，刚到苏宅门口，就看见母亲程夫人在招呼仆僮备轿：“明允还在蟆颐观，万一下起雨，玻璃江要涨水的，回不来的话就在观里借宿一宿。”

苏轼眯着眼睛偷笑，蟆颐观可不就是父亲最爱去的地方吗！他知道观中有个老尼，难道她就是“神仙婆婆”？苏轼央求母亲同意他去找父亲苏洵，于是便越过玻璃江，来到了观中。巨大的桢楠树掩映着道观，老泉眼的旁边是间亭子，父亲苏洵正在里面埋头苦读。

苏轼沿着巨木林荫的石径来到江岸边。

雷声隆隆，狂风大作，在背山面江突兀的石叽上，有间草堂禅房。禅房的蒲团上果然趺坐着一位老尼，他想，这就是那乞丐说的“神仙婆婆”了吧。心里一高兴，他便踩踏着落叶蹦蹦跳跳地跑上草堂，来到老尼的跟前。

那位“神仙婆婆”真的太老了，形容枯槁的面容，只剩下一对眼窝，混浊的老泪模糊了她的双眼。她趺坐在蒲团上，狂风将她的衣衫吹起，单薄的身体仿佛随时会被风刮跑一样。她静静地看着房前，看着玻璃江的浪涛，不知道在想什么。苏轼忽然感觉伤感，他脱下袜履，走到老尼的面前，蹲了下来，轻轻地问道：“神仙婆婆，你知道后蜀王朝的故事吗？”

如常此时已臻化境，听到苏轼的话，侧头看向了他。

那双混浊的眼瞳渐渐变得清澈起来，她问："你想听那个朝代的故事？"

"婆婆这么老了，应该在那个朝代生活过吧。你比我的祖父还老，如果太祖父还活着的话，或者跟你一样。"

如常看着这个天真无邪的稚童，眉清目秀的面庞上，那双点墨一样乌黑的眼睛闪动着聪慧的光芒。轰隆！——清亮的雷声在螟颐观的上方炸响，紧接着大雨倾盆而下。狂风将泥土的清香带入禅房，与稚童身上的幽香混在了一起，好像有什么东西触动了她，某段记忆被唤醒，如常问："你的祖父、太祖父叫什么名字？"

"我的祖父叫苏序，太祖父叫苏杲。"

"啊！原来是苏杲的后人，过来。"如常敞开胸怀，苏轼感到很亲近，乖乖地被她拥到了怀里。天地都变得空灵了，风声、雨声、雷鸣声……如常感到恍惚，圆寂之前，确实有太多太多的往事涌上心头，她想都说出来，不论这个孩子能不能听懂。

"从哪一年讲起呢？那时候，我还没有出生呢……"

苏轼依偎在如常的怀中，望着禅房屋檐滴落的雨水，从黄昏听到了日暮。此时他的父亲苏洵还在老泉眼的亭子里发奋地用功，早已忘了身外的一切。

苏轼听到玄宝亡故，如常出家时，眼泪顺着双腮滴落下来，禁不住号啕大哭："如果我是玄宝，一定不会让姐姐出家的！"

"茫茫生死间，离散皆有定数。如常这一生，已经如愿以偿，没有遗憾了。"

苏轼不懂，他喃喃地咀嚼如常的话，又问："蜀王孟昶喜爱花娘娘，为何要写休书放妻？我们不是越喜爱某个人，就越发希望跟他永远也不分开吗？"

"蜀王当然是喜爱花娘娘的！摩诃池边留下多少绚烂的诗篇啊，有一首还是他专为花娘娘写的……"

"专门写的啊！"

"冰肌玉骨清无汗，水殿风来暗香满。绣帘一点月窥人，欹枕钗横云鬓乱。起来琼户启无声，时见疏星渡河汉。屈指西风几时来，只恐流年暗中换。”

“屈指西风几时来，只恐流年暗中换。”苏轼太小了，理解不到曲词的意思。他歪着头看着如常，老尼微阖着双眸映入眼帘，平静无波，可是他仿佛看到无尽的苍凉和寂寥，不知不觉地又哭了。

“想不到你这个孩子，慧根这么深。”

…………

很多年过去，苏轼对幼年的往事早已淡忘了。

那一年，苏洵带着两个儿子苏轼和苏辙到汴京应试，父子三人一举名动京师，贯通儒、释、道三教精神的蜀学再次兴起。尤其是苏轼，始终在文坛领袖、书画宗师的巅峰屹立不倒。神宗年间，苏轼却因“乌台诗案”被贬黜。事实上，儒家思想在这个时代已经开始僵化，不少官员会耍一些舞文弄墨的伎俩，所以很多无谓的小事儿被无限放大，从而引发激烈的争论，甚至形成迫害。

苏轼就是这种制度的受害者。

元丰五年（1082 年）。

长江对岸的落日，犹如玛瑙悬缀在江心，变幻的霞晖把江水染成了红色。东山坡上的荒田被开垦，有数十亩之多；泉水被拦腰筑坝，低洼湿润的地方有稻田数亩，稻茎已经尺长，在霞光中随风摇曳；高平处栽种着枣树和栗子树，另有桑林菜圃，晚风把繁盛的枝叶吹得哗哗作响。

山顶上急匆匆地跑来一个人，远远望去，凭那五大三粗的腰背很难看出这是个妇人。只见她迎着落日站在坡顶的枣树下，叉着腰面对山下的茅亭吆喝：“老古，老古，赶紧去通传先生，有客人来啦！”

茅亭里探出一个头，听到这跋扈的声音赶紧缩了回去。

“我叫你，听到没有！”妇人怒了，声音洪亮如钟，又像狮吼。

农夫老古磨磨蹭蹭地从茅亭走出来，妇人已经从山顶跑来，她的身后还跟着三个古怪的人。

只见其中一位是芒鞋道士；另一位穿交领蓝衫，不僧不道；第三位就更奇特了，虽然生得白净清秀，风神萧散，却是唐人的打扮，穿着绯红的圆领襕袍，腰上系着精美的蹀躞带，两根逍遥巾在风中乱舞。

“学生米芾路过黄州，前来拜会东坡先生，还请大叔帮忙通传。”那位长相清秀、唐人装扮的书生态度恭敬，吐字清越，让老古精神一振。自从东坡到此与他接邻而居，几年来让他长了很多见识，于是他拱手打恭说：“先生刚从樊口回来，恐怕还在休息吧！”一边说着，一边领着来人往亭子下方的草堂走去。

时至黄昏，草堂四周静谧安宁，只有高柳树飒飒轻响，从小桥踏上台阶，推开木篱，里面栽种着几棵茶树。老古在门外喊：“先生，又有客人来访，你起来没？”

房中无人应答，唐人书生却上前一步，抬头望着正堂上方的匾额惊呼：“董兄你看，这是先生真迹！‘雪堂’二字浑厚，得晋人之韵，尤其是这‘雪’字，如石压蟾蜍，雄秀兼备啊！”

“哈哈哈！”随着清亮爽朗的笑声，堂前走出来一个人，他身穿紫色襕袍，头戴子瞻帽，身材颀长而矫健，双颊清瘦，双眼明亮，稀疏的须髯隐逸飘动，像慈厚的长者，又似亲近的朋友。

“又是谁在说苏某的字如石压蛤蟆？是你吗？”

堂下三人看着他目瞪口呆，忘了此行的来意。

“先生吸引的古怪人何止他们几个，”老古指着米芾说，“我看他言行有礼，这才带他来雪堂让您瞧瞧。”

米芾忽然醒悟，立刻跪下就要磕头行弟子礼，却被苏轼一把扶了起来。

此时，苏轼谪居黄州已有三年。他在长江岸边的农田躬耕，自称“东坡居士”。

米芾、董钺和道士杨世昌的来访，让他的人生又增添了许多精彩。通宵的畅饮、彻夜的深谈让他觉得很舒爽。米芾拿出自己的作品，苏轼评价颇高，并给予了他钻研晋书的建议。

聊到朝廷最近发生的琐事，米芾无意中提起：“最近荆公和禹玉相公都在传抄花蕊夫人的宫词，先生是否也愿临帖？”苏轼心中一动，端着酒杯的手放了下来，他眯着眼睛问：“太宗皇帝曾经下旨，存王建宫词，而将花蕊宫词斥之不取。失传了这么多年，怎么又被发现了，还争相传抄呢？”

“正是。听说王平甫奉召编定蜀民献书，发现一卷残破的手稿，鉴定为花蕊夫人所作。他命人抄录报给三馆，朝廷却让去除，后来又在禹玉相公力争之下得以传诵。”

米芾一行告辞以后，苏轼久久难以平静。

这个生性乐观豁达的苏轼，经历了宦海沉浮，已经脱胎换骨成为苏东坡，《念奴娇》和《赤壁赋》豪放雄浑，《定风波》与《黄州寒食诗帖》超脱惆怅，他笔下承载的人与事何止百千，却始终感觉少了点儿什么。

接连几个夜晚，他的心在遥思，不知不觉回想起蜀中往事，回想起惊艳他童年的花蕊夫人，回想起那个同样带着浑身的脏水却早已死去的蜀王孟昶，他喝得酩酊大醉。

晨光微曦，雪堂又有客访。

东坡宿醉未醒，来人拾起地上《花蕊夫人宫词》的字帖，望向南墙，只见满满一壁，留有词云：

余七岁时，见眉州老尼，姓朱，忘其名，年九十岁。自言尝随其师入蜀主孟昶宫中，一日大热，蜀主与花蕊夫人夜纳凉摩诃池上，作一词，朱具能记之。今四十年，朱已死久矣，人无知此词者，但记其首两句，暇日寻味，岂《洞仙歌》令乎？乃为足之云。

冰肌玉骨，自清凉无汗。水殿风来暗香满。绣帘开、一点明月窥人，人未寝，攲枕钗横鬓乱。

起来携素手，庭户无声，时见疏星渡河汉。试问夜如何？夜已三更，金波淡、玉绳低转。但屈指、西风几时来？又不道流年暗中偷换。

【全文终】

后记：细品《洞仙歌·冰肌玉骨》——探寻逆风中的芙蓉

《洞仙歌·冰肌玉骨》

余七岁时，见眉州老尼，姓朱，忘其名，年九十岁。自言尝随其师入蜀主孟昶宫中，一日大热，蜀主与花蕊夫人夜纳凉摩诃池上，作一词，朱具能记之。今四十年，朱已死久矣，人无知此词者，但记其首两句，暇日寻味，岂《洞仙歌》令乎？乃为足之云。

冰肌玉骨，自清凉无汗。水殿风来暗香满。绣帘开、一点明月窥人，人未寝，欹枕钗横鬓乱。

起来携素手，庭户无声，时见疏星渡河汉。试问夜如何？夜已三更，金波淡、玉绳低转。但屈指、西风几时来？又不道流年暗中偷换。

世人都说苏东坡在《洞仙歌·冰肌玉骨》中道尽了美人风骨。

这首词是他为续补蜀主孟昶佚词而作，是对孟昶诗作的檃栝。（所谓“檃栝”，原意是矫正弯曲的竹木、器具，后来引申为对原有作品进行再创作，这是宋词、元曲中常见的一种体裁。）从序言中得知，苏子七岁时遇到眉州老尼，听她讲述了五代时期后蜀宫中的情形，一日，蜀主孟昶与花蕊夫人夜起纳凉，并作一词。《洞仙歌》原是唐朝的教坊曲，在五代和北宋开国初期是没有的，直到离作者很近的时代才作为词牌出现。所以序言中所谓“岂《洞仙歌》令乎？”可以理解为苏子自隐其才的手法。

后蜀王朝是五代时期四川的一个政权，存续时间为公元934～965年。三十二年的历史，蜀主孟昶便在位三十一年，直到公元965年被赵匡胤所灭。入朝后的孟昶仅七天便莫名身故，留下千古悬案。这首词写作的时间是在苏子四十七岁的时候，公元1082年；往前推四十年，苏子七岁，遇到老尼的时间是公元1042年；再往前推九十年，老尼应该出生在952年左右。那时柴荣已经建立后周，分裂的乱世格局隐约有了一统的归属。

公元965年后蜀灭亡，老尼只有十三岁。假设她能记事的年纪在十至十三岁，也就是公元962～965年期间，那么老尼随师父入宫，正值后蜀王朝家国飘摇、困兽犹斗的时期。

据传，孟昶佚词是《玉楼春》体，考证为：

冰肌玉骨清无汗，水殿风来暗香满。
绣帘一点月窥人，欹枕钗横云鬓乱。
起来琼户启无声，时见疏星渡河汉。
屈指西风几时来，只恐流年暗中换。

如果这首词确定是出自孟昶笔下的话，他吟诵“屈指西风几时来，只恐流年暗中换”这一句时，应该是佳人在侧，他一边计算着光阴的流逝，一边担心着运势转换，伤感惊惶中带着对宿命的惆怅和对未知的迷惘。

檃栝的《洞仙歌》显然更具苏子本人的风骨，原词的无奈与惆怅变得幽眇跌宕起来。展现在眼前的是某个大热的夜晚，蜀主与花蕊夫人携手纳凉于宣华苑内的摩诃池边，美人“冰肌玉骨”“自清凉无汗”，仿似来自天边的仙女；天上几点疏星，点缀河汉，尽管云鬓纷乱宝钗横，仍不掩国色，惹得明月也从绣帘中窥探。“试问夜如何”后句，风月无边的艳情被一举提升到另外的境界和层面，到“但屈指、西风几时来？又不道流年暗中偷换”这里，苏子已经完全摆脱了宿命的消极和伤感，让人看到那股超脱于时空之外的、更空阔开朗的宇宙意识。

关于《洞仙歌·冰肌玉骨》的写作时代，清末词家朱孝臧在《东坡乐府笺》中有注解：“公生丙子，七岁为壬午，又四十年为壬戌也。”苏子生于景佑三年十二月十九日（1037年1月8日），七岁为庆历二年，壬午（1042年），又四十年为元丰五年，壬戌（1082年）。

这果然又是一首作于元丰五年的苏词！

据载，苏子因“乌台诗案”贬谪黄州，住在长江边的临皋亭，元丰五年依东坡筑雪堂，自号“东坡居士”。劫后余生，他内心充盈的痛苦与伤痕，与孟昶、花蕊的悲凉心境是何等相似！这一年，他写下的《定风波》与《黄州寒食诗帖》旷达超脱、起伏跌宕；赤壁“一词二赋”（“一词”指《念奴娇·大江东去》，“二赋”指《赤壁赋》和《后赤壁赋》）才情恣肆、冠绝古今。甚至《红楼梦》第四十一回，妙玉给宝钗使用的茶具（分瓜）爮斝，书中特意提到上有“宋元丰五年四月眉山苏轼见于秘府”一行小字。

可见“元丰五年”在苏子一生中所占据的位置十分重要，关于这一点古今早有定论。但人们往往着重探讨和欣赏“一词二赋”的豪放与超脱，而忽略了这首艳情词。事实上，《洞仙歌·冰肌玉骨》和“一词二赋”、《定风波》及《黄州寒食诗帖》都是相同时段的心声，自然也会流泄与之相似的情感。

苏子是当时的文坛领袖，他遭人迫害，因文字招祸，在元丰五年写下这首《洞仙歌·冰肌玉骨》，绝不会简单地羡慕帝王宠妃的风月艳情。联想到苏子出生成长的背景、苏子当时的处境以及孟蜀皇帝的遭遇，加上小序中隐约的交代，可谓“自隐杼机，让人睹神龙之形而不能察神龙其身，从而为自己逸兴走笔、暗寓情怀创造了条件”（朱孝臧的门人龙榆生所评）。

苏子为什么要借风月艳情自隐胸臆？他所暗喻的“情怀”到底是什么呢？通过透视后蜀王朝的兴衰，探索那个文治启蒙的时代，也许就能够理解作为政治家的苏东坡了。

后蜀蜀主叫孟昶，是一位有争议的皇帝。

翻开北宋的历史文献，孟昶有昏君和明君两种截然不同的形象。《资治通鉴》中，司马光对孟昶着墨不多，而欧阳修主修的《新唐书》和自修的《新五代史》中，首次把这个昏君的形象注入官方正史。著名的七宝溺器也是出于此，并称："昶好打球走马，又为方士房中之术，多采良家子以充后宫"，"年少不亲政事"，等等。

但北宋初年，蜀地士人景焕所著的《野人闲话》中却说孟昶"承祖纂业，性多明敏，以孝慈仁义，在位三纪已来，尊儒尚道，贵农贱商""能文章，好博览，知兴亡，有诗才""开献纳院，创贡举场，不十余年，山西潭隐者俱起，肃肃多士，赳赳武夫，亦一方之盛事"。总之，景焕笔下的孟昶是位难得的明君。

北宋丞相张商英的兄长张唐英在《蜀梼杌》中称赞孟昶"昶好学，凡为文皆本于理"。贞观之治时，"米卖四五文"，代表了唐代最富庶的时候，但后蜀时期，"斗米三钱"，比贞观还便宜。孟昶离蜀，百姓自发到江边送行，沿途哭泣，昏倒了数百人。（"昶之行，万民拥道，哭声动地，昶以袂掩面而哭。自二江至眉州，沿路百姓恸绝者数百人。"）

后蜀覆灭后，宋太祖赵匡胤册封孟昶为检校太师兼中书令、秦国公，享三公待遇，死后追赠尚书令、楚王，谥号"恭孝"。后蜀太后李氏被尊为国母。这么高的册封说明他统治后蜀的作为是被北宋朝廷承认的，而孟昶的后代也在北宋身居高位，子女均得善终。

从文献中可以体会到，北宋初期因为平蜀用策失当，导致蜀人的利益情感和意愿诉求与朝廷截然相反，但也侧面反映出孟昶在史书中的形象跟历史上的形象是有差别的。用现代人的眼光看，孟昶建设成都，留下一座"芙蓉城"；他刊刻经典，有国家级文物《广政石经》；他创作《官箴》，"尔俸尔禄，民膏民脂"令人耳熟能详；他是中国音乐活化石"南音"的祖师，在海内外被尊为乐神，至今依然配享春秋两祭。

关于词中美人花蕊夫人，历史上同样众说纷纭，甚至连她的姓氏都有不同的说法。

翻遍《旧五代史》《新五代史》《宋史》《资治通鉴》《续资治通鉴》

《续资治通鉴长编》等，关于花蕊夫人都无从记载，也就是说，正史中根本没有这个人物！

花蕊夫人最为人津津乐道的，莫过于那首流传甚广的《述国亡诗》。

北宋陈师道在《后山诗话》中记录了这个故事："费氏，蜀之青城人，以才色入蜀宫，后主嬖之，号花蕊夫人，效王建作宫词百首。国亡，入备后宫。太祖闻之，召使陈诗。"于是花蕊夫人在大庭广众之下吟出了传诵千古的"君王城上竖降旗，妾在深宫哪得知。十四万人齐解甲，更无一个是男儿"。

不仅如此，她还留有宫词百首。中国的诗歌长河中，"宫词"是不可或缺的诗体，而论及"宫词"的时候，不能不提及花蕊夫人。她之所以别号为"花蕊"，是因为"意花不足拟其色，似花蕊翾轻也"，可见她是位绝色美人，又因极端聪慧，故又"升号慧妃，以号如其性也"，因此孟昶对她非常宠爱。词中，蜀主在辗转中依然与她携手纳凉于深夜，可见二人恩爱之深。

花蕊夫人身上最大的流言莫过于她被宋太祖赵匡胤（一说宋太宗赵光义）强霸，这也是孟昶入朝七天便莫名身故的主因。她的死，野史笔记中的记载更为荒诞，或被赐毒，或被射杀，更有《余烬录》将她卷入"烛影斧声"的千古之谜案，连宋太祖赵匡胤也因她而死。

凡此种种，花蕊夫人在北宋初期的历史中显得格外神秘，因为破绽百出，不合逻辑，所以让人在怀疑的同时，更对当时的人物产生了反感和不屑一顾。

可是，每每吟诵这首《洞仙歌·冰肌玉骨》，随苏子的心境仔细展阅这位美人，很多人的内心都深怀着复杂的感慨！这个聪慧美丽的世外仙灵，徜徉在红尘中，一往情深。虽然在某些人的眼中，她世俗而香艳，但是聪明如她，即便在缠绵至深的时候，依然能清醒地明白西风早到，流年已转，每个人都不过是光阴的过客，个人的命运如同星辰流连在广袤的宇宙深处，在一瞬与永恒中不朽。

"试问夜如何？夜已三更，金波淡、玉绳低转。但屈指、西风几时来？又不道流年暗中偷换。"这一句表达的就是这样的清澈和旷达，忧而不伤。

再翻阅《花蕊宫词》，感受那纯洁活泼、甜而不腻的诗情，不知道野史写书人怎么舍得将如此美好的女性任意糟蹋和亵渎！诗如人品，艳如其体貌，美如其心灵，花蕊正是因为心灵美、外形美、气质美，从而形成了语言之美。可叹花容月貌、冰肌玉骨而又绣口锦心的孟蜀花蕊，一生历尽“欢、悲、合、离”（不是悲欢离合）。当面对赵匡胤的威风吟出“更无一个是男儿”时，是何等的慷慨悲歌！当其诳说她祭祀的是“打弹张仙”（实为孟昶遗像）时，又何等的难言之痛！笑锦城春暖，哭汴京秋寒，这对比强烈的大起大落的人生悲剧，就算是铁石人儿也会为之悲伤！孟昶虽是亡国之君，但他的前半生尚不失为一个有所作为的好皇帝。他对花蕊和花蕊对他的爱情是真挚的，花蕊用真情彩笔写了这段生活，应该受到珍视。（此段摘录自流沙河为《花蕊宫词注笺》所作的序）

北宋僧人文莹在《续湘山野录》中有一段关于花蕊夫人的记录值得一看，原文如下：

> 王平甫安国奉诏定蜀民、楚民、秦民三家所献书可入三馆者，令令史李希颜料理之。其书多剥脱，而二诗弊纸所书花蕊夫人诗“而二诗弊纸所书花蕊夫人诗‘而二诗弊纸’，学津讨原本、张氏刊本、有正书局本、说郛（涵芬楼本）引湘山野录、宋诗纪事引成都文类及三家宫词花蕊夫人篇均作‘而得一弊纸’”。笔书乃花蕊手写，而其辞甚奇，与王建宫词无异。建之辞，自唐至今，诵者不绝口，而此独遗弃不见取，受诏定三家书者，又斥去之，甚为可惜也。遂令令史郭祥缮写入三馆。既归，口诵数篇与荆公，荆公明日在中书语及之，而禹玉相公、当世参政愿传其本，于是盛行于时。文莹亲于平甫处得副本，凡三十二章，因录于此。

他说，王安石的弟弟王安国奉诏编定蜀民、楚民和秦民献书的时候，发现一卷残破的手稿，鉴定为花蕊夫人所作。他命人抄录报给三馆，朝廷却下令把它去除。于是他口诵数篇给王安石听，王安石第二天在中书省讲起这件事情，花蕊夫人留下的宫词在禹玉相公（指王珪，当时的副宰相）的力争之下得以传诵，文莹在王安国那里得到了副本，并记录了下来。

花蕊夫人的宫词是被几番斥之不取的，这与后蜀皇帝孟昶在北宋正史中的记载形成了微妙的巧合。他们两人一个被极力掩盖，一个被贴上“昏君”的标签儿。迄今为止，三国蜀汉时代令人耳熟能详，而那个流传着星月般璀璨诗篇、涌现出无数艺术大师的后蜀王朝却让很多人漠然缄口，那的确是个让人一言难尽的时期，是一个纵使提笔写下长篇也难以捕捉其真实的时期。

了解了蜀主与花蕊夫人以及后蜀亡国的背景后，再寻思苏子所作《洞仙歌·冰肌玉骨》的胸臆，我认为词中所暗喻的正是“苏氏蜀学”的经学情怀。

经学是古代儒家学术的主体。在中国，研究经学，通过科考进官场，是君子之道；而苏子的治经之道，来自家教传承，他说：“治经独传于家学。”他的父亲是“二十七，始发奋”的苏洵。苏洵之学，无所师承，用苏洵自己的话说：“吾晚学无师。”苏子的兄弟苏辙也说：“臣幼无他师，学于先臣洵。”也就是说，“苏氏蜀学”由苏洵开创，苏轼、苏辙集大成，黄庭坚、张耒、秦观等文人学士追随其后，博通经史，遍采儒家六经百家之说，又吸取释道的思辨及哲学精华，最终逐步形成“三教合一”的思想体系。

苏子出生在四川眉山，祖上是武则天当政时的宰相苏味道。苏味道的玄孙苏祜，生于唐哀宗天佑二年（905 年），没于周世宗显德五年（958 年），刚好与五代相始终，其妻李氏是唐太宗之子李瑜的后裔。生活在五代时期的苏祜，对“三苏”父子，尤其是父亲苏洵可谓影响至深。

由于中原长期战乱，从唐末起，四川便是皇室避难的首选之地，衣冠士族的迁徙也为文教事业的兴盛提供了人才储备。文学上，“唐宋八大家”中的“三苏”父子占据三席；史学上，“隋前存书有二，唐后莫隆于蜀”；经学方面，更有程颐“《易》学在蜀”的感叹。北宋吕陶也发出“蜀学之盛冠天下而垂无穷者”的赞誉。

苏子二十一岁名动京师，以“三苏”父子为代表的“蜀学”，与二程“洛学”和王安石“新学”鼎足而三，共同构成当时中国的三大学术主流。但是随着“乌台诗案”的爆发，苏子从熠熠星光般的明星士大夫之位断崖式地坠落而下，历经生死磨难，躬耕于废圃东坡。经过一番磨难思悟，脱胎换骨后的“东坡居士”更为磅礴，灭寂后的再生足以惊天地、动乾坤。

元丰五年，是苏子生命中非常重要的一年，也是他创作井喷，直抵文学巅峰的一年。有学者提出“苏东坡文艺创作黄州高峰说”，其中元丰五年作为苏子黄州时期文学创作高峰中的高峰，是他整个人生的一个重要转折点。

在《洞仙歌·冰肌玉骨》一词中，苏子毫不避讳地颂扬了孟昶和花蕊夫人的爱情，这既是成熟后敛去的锋芒，更是在成熟中恪守的一份锐气。他让孟昶和花蕊夫人的故事得到了广泛的流传，他辅以的序言让人忍不住想去揣摩那个消失的王朝，他是否怀念过那位带着脏水死去的蜀王呢？他是否因质本高洁的花蕊夫人扼腕而歌呢？我想是的，他在经历了生死之后，以超旷的心态，着俯视的目光，用从容的笔触，从那些跌宕的岁月中提炼出淡定和唯美，掩去了生命里的无奈和苍凉，只留下美丽的心灵。